www.einaudi.it

ISBN 978-88-06-24061-5

I racconti delle donne

A cura di Annalena Benini

Einaudi

Una festa bellissima

di Annalena Benini

> Dimmi, che altro avrei dovuto fare?
> Non è vero che tutto muore prima o poi,
> fin troppo presto?
> Dimmi, che cosa pensi di fare
> della tua unica vita, selvaggia e preziosa?
>
> MARY OLIVER, *Giorno d'estate*.

Ogni volta che incontro una donna, vorrei subito saltare tutti i convenevoli e sapere che cosa pensa, come si sente, se è felice o se è delusa, qual è la vita che non si vede ma che sta nascosta dentro gli occhi, se ha paura di perdere la sua forza, e se ogni tanto cade anche lei nel pozzo.

Sono cresciuta in una famiglia di donne, ho visto mio padre annoiarsi ai pranzi di Natale se costretto a parlare a tavola con alcuni fidanzati di passaggio e non con noi, ho avvertito, prima confusamente e poi in modo sempre piú nitido, il movimento verso la libertà, la ricchezza, il mistero di essere una donna: mia madre e mia zia che bisbigliano in cucina e ridono, mia nonna che le guarda preoccupata e contenta dall'altra stanza, mia sorella che ha appena imparato a camminare e si aggrappa a me, io che sono ancora troppo piccola per avere accesso a quei segreti ma non c'è niente che mi interessi di piú al mondo.

Leggendo anni dopo Simone de Beauvoir, nell'*Età forte*, ho sentito la stessa curiosità e commozione che provavo davanti a quei segreti. «D'un tratto conobbi un gran numero di donne che avevano passato la quarantina, e che, attraverso la diversità delle loro situazioni e dei loro meriti, avevano fatta tutte quante un'identica esperienza: erano vissute come "esseri relativi". Poiché io scrivevo, poiché la mia situazione era diversa dalla loro, e anche, credo, perché sapevo ascoltare, esse mi dissero molte cose; cominciai a rendermi conto delle difficoltà, delle false facilità, dei tranelli, degli ostacoli, che la maggior parte delle donne trovano sul loro cammino, e sentii anche fino a che punto esse ne fossero ad un tempo menomate ed arricchite».

Simone de Beauvoir raccontava in quelle pagine le donne degli anni Quaranta del secolo scorso, a Parigi, e aggiungeva anche: io ero diversa da loro. Adesso che capisco meglio che cosa significhi «menomate ed arricchite», e ancora e sempre ho paura che nella vita mi sfugga qualcosa, sento non una diversità, non una distanza, ma invece il calore di un'appartenenza e la gratitudine per il cammino fatto da quelle donne. E quindi anche il desiderio di mostrare il cambiamento assoluto di questi «esseri relativi»: il loro (il nostro) movimento.

«Qualcosa che eccede il confronto con gli uomini, qualcosa di incomparabile», ha scritto la filosofa Luisa Muraro in un saggio sull'indicibile fortuna di essere una donna. Non è una dichiarazione di inimicizia verso i maschi e non è una rivendicazione, è solo la constatazione di una differenza sostanziale fra uomini e donne, su cui si fonda sempre lo sguardo, spesso la vita e a volte l'amore. E la differenza è interessante, viva, e merita di essere raccontata: dalla polvere dei pavimenti al piú inconfessabile dei pensieri.

Ho cercato di farlo in questo libro attraverso la letteratura, attraverso le parole e le storie delle scrittrici nel punto esatto in cui illuminano le donne dentro l'esistenza, nella formazione, nella delusione, nella costruzione di sé che passa sempre attraverso l'incontro con l'altro.

Volevo mostrare un doppio movimento: quello della scrittura e quello della vita, offrire a chi legge la ricchezza della letteratura e del cambiamento femminile, i mutamenti delle relazioni umane e il moltiplicarsi delle forze e del coraggio. E il divertimento, l'ironia. La folla di possibilità e di speranza, la fatica, il mal di testa, la vampata sottile di calore, il patto dell'amicizia. Una grandezza nella precisione spietata del raccontare che viene incontro anche al banco dei formaggi del supermercato dentro una lite coniugale, e alla fermata dell'autobus quando non sai che autobus prendere.

Ho cominciato da lontano, ma non lontanissimo, scegliendo una ragazza nata nei primi anni del Novecento, Lily Everit: va a una festa controvoglia, con la testa piena del suo mondo, e incontra subito la signora Dalloway, che si specchia in Lily e si sente «assurdamente commossa» senza avere idea di quanto quella giovane donna sia già cosí tanto diversa da lei.

Da quell'istante, apertura ideale della letteratura e della vita nella modernità, le donne, e le scrittrici, hanno costruito una strada netta, libera, e hanno fatto un patto con la verità: non nasconderemo niente, racconteremo tutto.

Ho immaginato anche io una festa, allora, un ricevimento con tutti questi personaggi e le loro creatrici che si muovono insieme, che finalmente possono incontrarsi, ballare, fiammeggiare: una società sovversiva di ragazze che si tengono vive le une con le altre, e indagano, ognuna con il proprio respiro e con la propria ironia, la solitudine, l'amicizia, il tradimento, il tormento per un uomo, l'autonomia interiore, la fatica coniugale, la delusione, l'invidia, i figli, l'amore, il divorzio, la speranza di qualcosa di meglio, la paura, la competizione, la vanità, il sesso, l'irresolutezza, la morte, e l'eterno attaccamento delle une con le altre. Anche il pericolo di cadere ogni tanto nel «gran pozzo oscuro», che ha raccontato Natalia Ginzburg, un abisso doloroso di malinconia. Ma che non significa soltanto: cadere. Come ha scritto Alba de Céspedes, in risposta a Natalia Ginzburg: «Ogni volta che cadiamo nel pozzo noi scendiamo alle piú profonde radici del nostro essere umano e nel riaffiorare portiamo in noi esperienze tali che ci permettono di comprendere tutto quello che gli uomini – i quali non cadono mai nel pozzo – non comprenderanno mai».

Dal valzer con un imbranato di Dorothy Parker all'incontro di una cinquantenne con un cameriere in pizzeria di Valeria Parrella, all'invidia di Kathryn Chetkovich per il suo fidanzato scrittore, al ricordo del tradimento di Alice Munro, all'ossessione di Edna O'Brien, gli uomini non sono sfuocati o in secondo piano: costituiscono il racconto, permettono di muovere gli occhi, sono oggetto d'amore e di confronto. Vengono svelati, ma anche permettono di rivelare la nudità femminile. Sembra che le donne abbiano una disposizione intima verso il resto del mondo, un continuo tentativo di comprensione degli altri, e anche, però, una tensione verso il rimpicciolimento di sé che chissà da dove arriva, chissà perché gli uomini non ce l'hanno: il risultato è che il dolore entra nella scrittura in un modo sottile, si infila tra le parole anche leggere di un valzer controvoglia, o di un divorzio ormai lontano nel tempo, e queste contaminazioni fra la forza sovrumana e la malinconia interiore, fra l'allegria e la possibilità di una sconfinata sofferenza, costruiscono una letteratura vivida capace di portarci al fondo di noi stessi, e anche di tirarci fuori da lí.

La forma del racconto, che è uno scrigno dentro cui tutto avviene e si apre e chiude con una chiave, permette di sentire la compiutezza di un momento, la commozione per quel viaggio sull'accelerato della sera raccontato da Grace Paley, lo sgomento per il segreto della bambina in quell'ultima estate nigeriana nella storia di Chimamanda Ngozi Adichie, e anche la vertigine del suicidio di Saffo, per amore di un uomo indifferente, o per dolore di sé: «Tutte le donne amano una donna: amano perdutamente se stesse, il loro stesso corpo è infatti di solito l'unica forma in cui siano d'accordo di trovare una qualche bellezza», scrive Marguerite Yourcenar.

Ho scelto questi racconti, che avrebbero potuto essere molti di piú e che sempre si nutrono di altri racconti, secondo due soli criteri: complessità e bellezza.

Racconti che facciano divertire e appassionare uomini e donne, e che illuminino un aspetto dell'esistenza che prima era in ombra, che consolino e incuriosiscano e che accendano di desiderio verso le altre parole di queste scrittrici. Ho scelto le storie non solo delle piú grandi autrici del nostro tempo, che hanno aperto la strada o che stanno percorrendo la loro strada, ma anche delle autrici che hanno fermato un momento importante, si sono poste cioè i problemi nel modo corretto, come sostiene Cechov.

Kathryn Chetkovich ha usato nel suo racconto inedito in Italia, *Invidia*, un'espressione che mi ha turbata, perché è una dichiarazione di verità dolente, ed è qualcosa che, nonostante il secolo trascorso dalle feste della signora Dalloway, continua a muoversi dentro di me, in un modo segreto che cerco per la maggior parte del tempo di ignorare, ma poi esce fuori anche contro la mia stessa volontà: «Io volevo quello che vogliono sempre le donne: sentirmi legittimata».

Sentirmi legittimata, come essere nient'affatto relativo, sentirmi legittimata davanti agli uomini ma soprattutto davanti alle donne, che hanno negli occhi quelle vite nascoste, quei pensieri segreti. Sentirmi legittimata nella speranza, che non finisce mai ed è rivelata dal solo fatto di scrivere e riscrivere e dall'atto grandioso di tentare di contenere l'umanità dentro un racconto, per poi ricominciare.

Grace Paley diceva: «Scrivere di donne è un atto politico», perché significa prendersi cura di loro. E significa offrire agli uomini molte possibilità di comprensione, di divertimento e vicinanza a questa misteriosa e speciale parte dell'umanità.

«Noi sappiamo di essere molto speciali. Eppure continuiamo a sforzarci di capire in che senso: non in questo, non in quello, in quale allora?» Lydia Davis è un genio di ironia e tormento, e la risposta alla sua domanda poetica, emotiva e intellettuale è in questo libro. In questa incomparabile, magnifica disposizione all'intimità, al confronto. Al racconto.

I racconti delle donne

Virginia Woolf

La presentazione

Lily Everit vide la signora Dalloway dirigersi verso di lei dall'altra parte della stanza, e l'avrebbe volentieri pregata di non venire a disturbarla; e tuttavia sentí, mentre la signora Dalloway si avvicinava con la mano destra sollevata e un sorriso di cui lei, pur essendo al suo primo ricevimento, conosceva il significato – «Ma devi venir fuori dal tuo angolo e fare conversazione» –, un sorriso allo stesso tempo benevolo e drastico, imperioso, sentí uno strano miscuglio di eccitazione e timore, il desiderio di essere lasciata in pace e insieme la voglia di essere tirata fuori e buttata giú, giú nei turbolenti abissi. Ma la signora Dalloway fu intercettata, acciuffata da un vecchio signore coi baffi bianchi, e cosí Lily Everit ebbe un istante di tregua in cui aggrapparsi a se stessa, come una boa nel mare, e sorseggiare, come un calice di vino, il pensiero del suo saggio sulla personalità del decano Swift che proprio quella mattina il professor Miller aveva marcato con tre stelle rosse, ottimo. Ottimo, ripeteva a se stessa; ma ora il cordiale era assai piú diluito di quanto fosse quando stava dritta davanti al lungo specchio mentre sua sorella e Mildred, la domestica, provvedevano agli ultimi ritocchi (un colpetto qui, una tiratina là). Mentre le loro mani si affaccendavano intorno a lei, infatti, aveva la sensazione che sfiorassero gradevolmente la superficie, ma sotto giacesse intatto come un grumo di metallo lucente il suo saggio sulla personalità del decano Swift; e i loro apprezzamenti quando era scesa al pian terreno e in piedi nell'ingresso attendeva l'arrivo della carrozza – Rupert era uscito dalla sua stanza e le aveva detto che era uno schianto – increspavano la superficie, s'infilavano fra i nastri come una brezza, ma nulla di piú. Un'unica vita divisa (ne era certa) tra fatti concreti, quel saggio, e finzione, quell'andare a una festa, tra scoglio e onda, pensava, mentre la carrozza filava e lei vedeva le cose con tale intensità che d'ora in poi avrebbe sempre visto la realtà e se stessa, un riflesso bianco nella schiena scura del vetturino, inestricabilmente congiunte: il momento della visione. Poi, quando giunse a destinazione e cominciò a vedere gente che saliva e scendeva le scale, quel grumo solido (il suo saggio sulla personalità di Swift) vacillò, iniziò a sciogliersi, non riusciva piú a conservarlo, e tutto il suo essere (non piú affilato come un diamante che taglia in due il cuore della vita) divenne una velatura di allarme, apprensione e diffidenza mentre se ne stava con le spalle al muro nel suo angolo. Eccolo dunque il famoso posto: il mondo.

Guardandosi intorno, Lily Everit istintivamente nascose quel suo saggio, tanto era vergognosa adesso, e anche confusa, e malgrado ciò in punta di piedi per mettere a fuoco e nelle giuste proporzioni (le vecchie essendo del tutto sbagliate) quelle cose che si rimpicciolivano ed espandevano (come chiamarle? persone? impressioni sulla vita delle persone?) e sembravano minacciarla e sopraffarla, mandando tutto in fumo, non lasciandole che una possibilità, quella di starsene sulla difensiva.

Ora la signora Dalloway, che non aveva mai abbassato del tutto il braccio, e lo muoveva, mentre parlava, in modo da farle intendere che stava arrivando, che era stata solo trattenuta dal vecchio soldato coi baffi bianchi, ora lo sollevò di nuovo con decisione e la raggiunse, e disse alla timida deliziosa ragazza, con il suo pallore, i suoi occhi luminosi, i capelli scuri poeticamente intrecciati attorno al capo e il corpo sottile in un abito che sembrava scivolar via:

– Vieni e lascia che ti presenti, – e a quel punto la signora Dalloway ebbe un'esitazione, poi rammentando che

Lily era quella intelligente, che leggeva poesie, si guardò attorno in cerca di qualche giovanotto appena tornato da Oxford, uno che avesse letto tutto e fosse in grado di parlare di Shelley. E prendendo Lily Everit per mano la condusse verso un gruppo dove c'erano dei giovanotti che chiacchieravano, e Bob Brinsley.

Lily Everit restò un po' indietro, quasi fosse una riottosa barca a vela che fa la reverenza nella scia di un piroscafo, e sentiva, mentre la signora Dalloway la guidava, che ora sarebbe accaduto; che adesso nulla avrebbe potuto impedirlo, o evitarle (e non vedeva l'ora che tutto finisse) di essere scagliata in un gorgo dove sarebbe perita o si sarebbe salvata. Ma cos'era il gorgo?

Oh, era fatto di un milione di cose e ognuna le era ben chiara: l'abbazia di Westminster; l'impressione che tutt'intorno a loro ci fossero solenni edifici tremendamente alti; essere una donna. Forse era quello che saltava all'occhio, che restava, in parte per via dell'abito, ma tutti i piccoli gesti cavallereschi e gli omaggi da salotto, tutto le faceva sentire che era uscita dalla crisalide e veniva apprezzata per ciò che nella tranquilla oscurità dell'infanzia non era mai stata – questa fragile e bella creatura, dinanzi alla quale gli uomini s'inchinavano, questa creatura limitata e circoscritta che non poteva fare ciò che voleva, una farfalla con migliaia di sfaccettature negli occhi e un piumaggio delicato, e innumerevoli difficoltà, sensibilità e tristezze: una donna.

Mentre attraversava la stanza insieme alla signora Dalloway accettò la parte che le era stata assegnata, e naturalmente la esagerò un po', come un soldato orgoglioso delle tradizioni di una vecchia e illustre uniforme, consapevole, mentre camminava, della propria eleganza, delle scarpe affusolate, dei capelli arricciati e raccolti; e del fatto che, se le cadeva un fazzoletto (come era accaduto), un uomo si sarebbe prontamente chinato a raccoglierlo e a restituirglielo; in tal modo accentuando l'artificiosa fragilità del suo comportamento innaturale, perché dopotutto non le apparteneva.

Le apparteneva, piuttosto, correre e affrettarsi e meditare in lunghe passeggiate solitarie, scavalcare cancelli, annaspare nel fango, e nella bruma, nel sogno, nell'estasi della solitudine, seguire nell'aria i cerchi del piviere e sorprendere i conigli e incappare nel cuore dei boschi e delle vaste brughiere solitarie in piccole cerimonie senza pubblico, riti privati, pura bellezza esibita da scarabei, mughetti, foglie morte e quiete pozze d'acqua, indifferenti a ciò che gli esseri umani dicevano di loro, cosa che riempiva la sua mente di estatico stupore e la tratteneva laggiú finché doveva toccare il montante del cancello per ritrovare il senso di sé – tutto ciò era stato, fino a quella sera, il suo abituale modo di essere, tramite il quale si conosceva e si piaceva e penetrava nel cuore di sua madre, suo padre, i suoi fratelli e sorelle; e quest'altro era un fiore sbocciato in dieci minuti. E insieme al fiore sbocciò anche, inevitabilmente, il mondo del fiore, cosí diverso, cosí strano; le torri di Westminster, gli edifici alti e solenni; la conversazione; quella civiltà, pensò Lily, restando indietro mentre la signora Dalloway la guidava; quel modo di vivere regolato, che le cadeva intorno al collo come un giogo, delicato, implacabile, dal cielo, un'affermazione impossibile da confutare. Gettò uno sguardo al suo saggio, con le tre stelle rosse offuscate fino a oscurarsi, ma in modo pacato, pensoso, come arrendendosi alla pressione di una forza indiscutibile, ovvero alla convinzione che a lei non spettava dominare, o asserire, bensí piuttosto arieggiare e abbellire quella vita ordinata dove tutto era già stato fatto: alte torri, campane solenni, appartamenti costruiti mattone su mattone dalla fatica dell'uomo, chiese costruite dalla fatica dell'uomo, e anche parlamenti; e perfino l'intreccio di cavi telegrafici pensò guardando fuori dalla finestra mentre camminava. Cos'aveva lei da opporre a quelle possenti imprese mascoline? Un saggio sulla personalità del decano

Swift! E quando raggiunse il gruppo che Bob Brinsley dominava (col piede poggiato sul parafuoco e la testa all'indietro), con la sua grande fronte onesta e la sicurezza di sé, la sua finezza e reputazione e il robusto benessere fisico, e l'abbronzatura, la disinvoltura, e la discendenza diretta da Shakespeare, cosa poteva fare lei se non stendere il suo saggio, oh, anche tutta se stessa, sul pavimento come un mantello che lui potesse calpestare, o una rosa che lui potesse strappare. E lo fece, platealmente, quando la signora Dalloway, sempre tenendola per mano come se lei stesse per sottrarsi a quella prova suprema, quella presentazione, disse: – Signor Brinsley... Signorina Everit. Entrambi amate Shelley –. Ma quello di lei non era amore al confronto di quello di lui.

Nel dir cosí, la signora Dalloway si sentí, come sempre si sentiva ricordando la propria giovinezza, assurdamente commossa: la giovinezza che incontrava la giovinezza grazie a lei, e la scintilla, al battere del ferro sulla pietra (colse il palese irrigidirsi di entrambi), il piú bello e il piú antico di tutti i fuochi quale lo vide nel mutamento d'espressione di Bob Brinsley, dalla noncuranza alla formalità, alla cerimoniosità, mentre stringeva mani, lasciando presagire, pensò Clarissa, la tenerezza, la bontà, l'attenzione per le donne latente in ogni uomo, una visione che a lei faceva venire le lacrime agli occhi, mentre la commuoveva ancora piú intimamente vedere anche in Lily uno sguardo timido, timoroso, senza dubbio il piú incantevole di tutti gli sguardi negli occhi di una ragazza; e un uomo che prova questo per una donna, e una donna per un uomo, e poi il fluire da quel contatto di innumerevoli case, tribolazioni, dolori, gioia profonda e assoluta fedeltà di fronte alla catastrofe, l'umanità dentro di sé era dolce, pensò Clarissa, e la sua vita (presentare una coppia la riportava al primo incontro con Richard!) davvero fortunata. E si allontanò.

Ma, pensò Lily Everit. Ma... ma... ma cosa?

Oh niente, pensò, affrettandosi a soffocare con grazia il suo istinto sottile. In linea diretta da Shakespeare, pensò, e parlamenti e chiese, pensò, oh sí, e anche i cavi del telegrafo, pensò, e con deliberata ostentazione pregò il signor Brinsley di crederle quando gli offrí il suo saggio sulla personalità del decano Swift perché ne facesse quel che voleva – calpestarlo e distruggerlo – perché come poteva una semplice bambina comprendere anche solo per un istante la personalità del decano Swift. – Sí, – disse. Le piaceva leggere.

– E immagino che scriva, – disse lui. – Poesie, probabilmente.

– Saggi, – rispose. E non avrebbe permesso che quello scoramento s'impadronisse di lei. Chiese e parlamenti, palazzi, persino i cavi del telegrafo – tutto, disse a se stessa, costruito col lavoro dell'uomo, e quel giovanotto, disse a se stessa, era diretta discendenza di Shakespeare, perciò non avrebbe permesso che quel terrore, quel dubbio di qualcosa di diverso, avesse presa su di lei, facesse avvizzire le sue ali e la trascinasse fuori nella solitudine. Ma mentre diceva a se stessa tutto ciò, lo vide – non c'era altro modo di descrivere quella sensazione – uccidere una mosca. Ritto, col piede poggiato sul parafuoco e la testa all'indietro, strappava le ali a una mosca e intanto parlava di sé con insolenza, con arroganza. Ma non avrebbe fatto caso a quanto era insolente e arrogante con lei, se solo non fosse stato brutale con le mosche.

Ma perché no, disse, mentre soffocava nervosamente quell'idea, perché no, dal momento che lui è il piú grande fra gli oggetti terreni? A lei spettava il compito di venerare, di adornare, di abbellire, a ciò servivano le sue ali. Ma lui parlava, e guardava, e rideva; strappava le ali a una mosca. Le strappava le ali dal dorso con le sue mani abili e forti, e di fronte a quel gesto lei non poteva nascondersi la verità. Ma è necessario che sia cosí, ragionò, pensando alle chiese, ai parlamenti, ai palazzi di appartamenti, e cosí tentò di rannicchiarsi e acquattarsi e appiattire le ali sul dorso. Ma... ma, cosa succedeva, perché? A dispetto di tutto ciò che poteva fare, il suo saggio sulla personalità di Swift diventava sempre piú vistoso e le tre stelle brillavano di nuovo, ma non erano piú limpide e lucenti, bensí incerte e macchiate di sangue, come se quell'uomo, quel grande signor Brinsley, col solo fatto di strappare le ali a una mosca mentre parlava (del proprio saggio, di se stesso, e una volta ridendo di una ragazza che era lí) avesse oscurato con una nuvola la sua leggerezza, turbandola e facendole avvizzire le ali sul dorso, e, quando lui distolse lo sguardo, lei pensò con orrore alle torri e alla civiltà, e il giogo che le era caduto sul collo dal cielo la schiacciava, e si sentí come una mendicante nuda che ha cercato riparo in un giardino ombroso e viene scacciata e avvertita – no, non ci sono santuari né farfalle, in questo mondo, e questa civiltà, le chiese, i parlamenti, i palazzi – questa civiltà, disse a se stessa Lily Everit mentre accettava i gentili complimenti dell'anziana signora Bromley sul suo aspetto, dipende da me... E piú tardi la signora Bromley disse che Lily, come tutti gli Everit, sembrava «una che regge il peso del mondo sulle proprie spalle».

«Non riesco a smettere di scrivere».

Nel 1925, quando scrisse questo racconto, Virginia Woolf aveva appena pubblicato *Il lettore comune* e *Mrs Dalloway*, in aprile e in maggio. Da un anno aveva convinto Leonard Woolf a tornare a vivere a Londra, perché le mancava la velocità della città, e aveva incontrato Vita Sackville-West, erano diventate molto amiche, stava per iniziare la loro storia d'amore, che le ispirerà *Orlando*. Il 1925 è stato molto importante per Virginia, che stava escogitando *Gita al faro* e nel suo diario scriveva: «Quarantatre anni: quanti libri ancora?» E anche: «Eppure sono l'unica donna d'Inghilterra libera di scrivere ciò che vuole. Le altre devono pensare a romanzi a puntate e a direttori di riviste». Si sentiva piena di energia, di preoccupazione e di volontà, teneva il conto delle copie vendute alla settimana, delle recensioni, dei profitti. Progettava di costruire un bagno e un impianto per l'acqua calda a Rodmell, con i soldi guadagnati «con lo scrivere».

«Una cosa, nel considerare il mio stato d'animo, mi sembra ora indiscutibile; che sono finalmente arrivata in fondo al mio pozzo di petrolio e non riesco a scribacchiare abbastanza in fretta per portarlo tutto quanto alla superficie. Adesso ho almeno sei racconti che mi zampillano dentro, e sento, finalmente, di poter coniare in parole tutti i miei pensieri. Resta nondimeno un'infinità di problemi; ma non ho mai sentito prima d'ora quest'impeto, questa urgenza. Credo di poter scrivere molto piú in fretta: se è scrivere questo gettarsi della frase sul foglio; e poi la copiatura e ricopiatura a macchina, la prova e la riprova; la mia scrittura è ora come un contorno tracciato a pennello; solo piú tardi lo riempio. Ora, mettiamo che io riesca a diventare uno dei romanzieri interessanti, non dico grandi, ma interessanti». Virginia Woolf comincia a sentire la consapevolezza di essere negli anni creativi eroici, febbrili, e di successo. Anche se ripeteva sempre nei diari che il piacere profondo è scrivere, mentre l'essere letti è un piacere superficiale. E lei quell'anno non riusciva letteralmente a smettere di scrivere, come racconta nel 1925 in una lettera a Vita Sackville-West: «Non riesco a smettere di scrivere. Mi vergogno al solo pensiero di quante storie io abbia scritto in questo mese, e riesco a malapena a trattenere le dita dall'iniziare un nuovo romanzo, ma giuro che non lo farò prima di agosto». Le storie le si gonfiavano dentro la testa, e lei dentro la testa le strutturava, le titolava, le approfondiva, le divideva in parti, e poi diceva a se stessa: devo frenarmi.

In questo meraviglioso racconto Virginia Woolf ha regalato altra vita a Mrs Dalloway, ma tutta l'attenzione è per Lily Everit, fanciulla in fiore con il pensiero del suo saggio sullo stile di Swift, che vorrebbe scomparire dalla festa e dalle presentazioni e dalle conversazioni, e ha dentro un altro mondo, e non lo cambierà. Ma il gorgo in cui sente di venire gettata alla festa, il gorgo in cui soccomberà o si salverà, è fatto di milioni di cose. Mrs Dalloway la pilota verso un gruppo di giovani che chiacchierano. E Lily ha chiaro in mente che una delle cose che compongono il gorgo è: essere una donna.

Dorothy Parker

Il valzer

Oddio, grazie infinite. Sarà un vero piacere.

Non voglio ballare con lui. Non voglio ballare con nessuno. E anche se ne avessi voglia, non con lui. Anzi, sarebbe proprio l'ultimo della lista. Come se non avessi visto in che modo balla: sembra uscito dalla notte di Valpurga. Pensa, meno di un quarto d'ora fa me ne stavo lí a dispiacermi per quella povera disgraziata che stava ballando con lui. E adesso sarò io quella disgraziata. Fantastico. Com'è piccolo il mondo.

Ah sí, e che mondo meraviglioso, una vera gemma. E quel che vi accade è cosí fascinosamente imprevedibile, vero? Ero lí, a pensare ai fatti miei senza far male a una mosca. E lui si presenta bel bello, tutto sorrisini e buone maniere, a implorarmi di concedergli il privilegio di una memorabile mazurka. Oh insomma, sa a malapena come mi chiamo, per non parlare di quel che significa. Significa Disperazione, Smarrimento, Futilità, Degradazione e Omicidio Premeditato, ma lui che ne sa? E non so neppure il suo, di nome. Non ne ho la piú pallida idea. Dall'espressione nei suoi occhi, direi che si chiama Sfigato. Ehi, come va, signor Sfigato? E come sta quell'angelo del suo fratellino, quello con due teste?

E che diamine, perché mai mi doveva venire tra i piedi, con le sue stupide richieste? Ma perché non mi lascia in pace? In fondo chiedo cosí poco: che mi lascino tranquilla nel mio angolino, a rimuginare tutta la sera sui miei guai. Ma no, doveva farsi avanti, tutto inchini e mossette e posso avere l'onore. E io a dirgli che sarebbe stato un vero piacere ballare con lui. Non riesco a capire come mai un fulmine non mi abbia fatto secca. Già, e cadere stecchita mi sarebbe sembrata una gita di piacere, paragonata alla tortura di dover ballare con questo tizio. Ma che altro potevo fare? Tutti gli altri si erano alzati per ballare, a parte noi due. Ero in trappola. Intrappolata come un trappista in una trappola.

Che altro si può dire, quando un uomo ti invita a ballare? Ci mancherebbe altro, dovrai passare sul mio cadavere? Oh grazie infinite, ne sarei estasiata, ma ho le doglie. Oh sí, che bello, balliamo. Finalmente un uomo che non teme di prendersi il beri-beri. No, non potevo far altro che dire: «Sarà un vero piacere». Be', tanto vale andare fino in fondo. Benone, signor Palla-di-cannone, è il tuo momento. Hai vinto la mano: conduci tu.

Be', direi che piú che una mazurka è un valzer, no? Potremmo fermarci un istante e ascoltare la musica. Sí? Oh sí, è un valzer. Le spiace? Oh, sono semplicemente estasiata. Sarà un vero piacere ballare un valzer con lei.

Sarà un vero piacere ballare un valzer con lei. Sarà un vero piacere ballare un valzer con lei. Sarà un vero piacere farmi levare le tonsille, sarà un vero piacere ritrovarmi su una nave in fiamme nel cuore della notte. Oh insomma, ormai è troppo tardi. Ci siamo. Oh Dio, Dio, Dio. Oddio, è ancora peggio di quanto pensassi. Immagino che questa sia l'unica regola senza eccezioni: ogni cosa si rivela peggiore di come prevedi. Se solo avessi intuito come sarebbe stato questo ballo, avrei resistito con tutte le mie forze. E chi mi schiodava dalla sedia? Oh be', probabilmente alla fin fine arriverò allo stesso risultato: se questo tizio continua cosí, ci ritroviamo con il sedere a terra.

Sono proprio contenta di avergli fatto notare che stanno suonando un valzer. Dio solo sa cosa poteva succedere, se avesse pensato che era un ritmo veloce: roba da far saltare in aria il palazzo. Ma poi, perché diamine si ostina a voler essere qualcosa che non è? Perché non possiamo starcene in un posto giusto il tempo per acclimatarci? Sempre di corsa, via, sempre di fretta: la maledizione che pesa sulla vita americana. Ecco perché siamo tutti cosí – ahi! – Per l'amor del cielo, e non mi prendere a calci, idiota, è solo il secondo movimento. Oh il mio stinco, il mio povero, caro stinco, con me fin dalla nascita!

Oh no, buon Dio, no. Non mi ha fatto assolutissimamente nulla. E poi è stata colpa mia. Giuro, davvero. Oh, ma che gentile, non doveva. Giuro, è stata colpa mia.

Chissà se è meglio farlo fuori qui, all'istante, a mani nude, o aspettare che inciampi nei suoi piedi. Uhm, meglio evitare le scenate: me ne starò qui zitta e buona, a vedere dove andrà a finire, di questo passo. Mica può continuare all'infinito: anche lui è fatto di carne e ossa. Morire, deve morire, e morirà, per tutto quello che mi ha fatto. Non vorrei passare per una troppo permalosa, ma non si può negare che quel calcio fosse premeditato. Freud dice sempre che gli incidenti non esistono. Mica vengo giú dall'albero: ne ho conosciuti di ballerini che mi hanno rovinato le scarpette e strappato il vestito; ma quando si tratta di calci... be', mi si scatena dentro la Femminilità Oltraggiata. Calciami nello stinco e sorridi.

Però forse non l'ha fatto apposta. Forse è solo il suo modo di essere spiritoso. Dovrei essere lieta che almeno uno dei due si diverta. E probabilmente mi dovrò considerare fortunata se riuscirò a tornare al mio posto tutta intera. Forse è troppo chiedere a un perfetto sconosciuto di lasciarti intatti gli stinchi. Dopotutto, questo poveraccio sta facendo del suo meglio. Probabilmente è cresciuto sulle montagne, e non ha avuto occasione di imparare. Scommetto che dovevano sbatterlo a terra per tenerlo fermo e riuscire a infilargli le scarpe.

Sí, delizioso, vero? Delizioso. Un valzer sublime. Vero? Oh sí, anch'io lo trovo delizioso.

Ehi; qui sto piombando nell'orbita della Tripla Minaccia. Oh, mio eroe. Cuor di leone, garretti di bufalo. Ma guardalo: non un pensiero alle conseguenze, non un timore per la sua faccia, eccolo che si lancia nella mischia, gli occhi accesi, le guance in fiamme. E si può forse affermare che io abbia esitato? Ma no, figuriamoci. E se dovessi passare i prossimi due anni chiusa in un busto di gesso? Coraggio, mio carnefice, non avere pietà! E poi, chi mai vuole vivere in eterno?

Oh. Oh Dio. Oh be', si è ripreso, grazie al cielo. Per un momento ho pensato che lo avrebbero portato fuori in barella. Mai, mai potrei sopportare che gli accadesse qualcosa. Lo amo. Lo amo al di sopra di qualsiasi altra cosa al mondo. Ma guarda quanto entusiasmo riesce a dare a un tremendo, normalissimo valzer, come sembrano mosci gli altri ballerini al suo confronto. Gioventú, energia, coraggio, forza e allegria e… ahi! Via dalla mia caviglia, villano senza creanza. Ma cosa credi che sia io, una passerella? Ahi!

Ma no, certo che no, non mi ha fatto male. Ma no, per nulla. Giuro. E poi è stata colpa mia. Ecco, vede, quel suo passo… oh sí, è delizioso. Ma non è facilissimo seguirlo, da principio. Ah sí, l'ha inventato lei? Ma sul serio? Be', ma è incredibile! Ah sí, adesso credo di aver capito. Ma è carinissimo! La stavo osservando prima, mentre ballava. È di grandissimo effetto.

È di grandissimo effetto. Scommetto di essere di grandissimo effetto. L'acconciatura si è disfatta, la gonna mi si incolla alle gambe. Sento un sudorino freddo sulla fronte. Devo avere l'aria di una appena uscita dal *Crollo della casa degli Usher*. Questo genere di cose si fa sentire, sulle donne della mia età. E lui in persona ha inventato quel passo, lui, con la sua degenere arguzia. E da principio era un tantino difficile da seguire, ma ora credo di aver capito. Due passi, scivolata, e allunghi la gamba di venti metri: come no. L'ho capito. E ho capito tante altre cose, tra cui uno stinco fratturato e un fegato grosso cosí. Detesto questo essere a cui sono incatenata. L'ho odiato dall'istante in cui ho visto la sua faccia astuta e animalesca. E sono imprigionata in questo orribile abbraccio da quando è iniziato il valzer, trentacinque anni fa. Ma l'orchestra finirà mai di suonare? O questo osceno scherzo, travestito da valzer, finirà solo quando l'inferno ci inghiottirà tutti?

Oh, stanno per suonare un altro valzer. Oh, benone. Oh, delizioso. Stanco? Io no, lo devo ammettere. Continuerei a danzare per ore e ore.

Io no, lo devo ammettere. Sono morta e defunta, ecco tutto. Stecchita, e per cosa poi! E la musica non finirà mai di suonare, e noi continueremo cosí. Charlie Passo Doppio e io, per l'eternità. Oh be', probabilmente dopo i primi centomila anni ci farò il callo. A quel punto non mi importerà piú di nulla, non del caldo né del dolore, non del mio cuore infranto, non della spaventosa, tremenda stanchezza. Be', non sarà mai abbastanza presto.

Chissà perché non gli ho detto che ero stanca. Perché non gli ho suggerito di tornare al tavolo. Potevo dirgli: godiamoci la musica. Sí, e in quel caso, sarebbe stata la prima volta che ci prestava orecchio, dall'inizio della serata. George Jean Nathan diceva che le note sublimi del valzer dovrebbero essere ascoltate immobili, e non accompagnate da bizzarre contorsioni del corpo umano. Sí, mi pare che abbia detto cosí. Mi sembra che fosse George Jean Nathan. Comunque, qualsiasi cosa abbia detto e chiunque fosse, e qualsiasi cosa stia facendo in questo momento, di sicuro sta meglio di me. Non c'è dubbio. Chiunque non stia ballando con questo qui, il bisonte, si sta divertendo.

Però se torniamo al tavolo probabilmente gli dovrei parlare, ma guardalo! Che mai si può dire a un coso del genere! È andato al circo quest'anno? Che gelato preferisce? Come pronuncia gatto? Mi sa che non c'è piú speranza. È come se fossi finita in una betoniera in piena attività.

Non me ne importa piú un accidente, l'unica cosa che posso dire quando mi pesta i piedi è che riesco a sentire lo scricchiolio delle ossa che si sgretolano. E che tutta la mia vita mi sfila davanti agli occhi. Quella volta che mi sono ritrovata in mezzo a un uragano nelle Indie Occidentali, quella volta che mi sono fatta un taglio cosí in testa in un incidente con il taxi, la sera che quell'ubriacona ha scagliato un portacenere di bronzo addosso al suo grande amore, e invece ha colpito me, e quell'estate che la barca continuava a rovesciarsi. Ah, che vita dolce e pacifica è stata la mia, finché non sono capitata qui, con Piè Veloce. E che ne sapevo io di cos'è un guaio, prima di finire in questa *danse macabre*? Oddio, comincio a sragionare. Mi sembra quasi che l'orchestra stia per finirla. Impossibile: non smetterà mai, mai piú. Eppure sento nelle orecchie un silenzio angelico...

Oh, hanno smesso, che peccato! Non hanno piú intenzione di riprendere. Accidenti. Oh, lei crede che ricominceranno? Sí, se lei gli passa venti dollari? Oh, ma sarebbe delizioso! E, per favore, dica che suonino lo stesso pezzo. Sarebbe una vera gioia continuare questo valzer.

L'accondiscendenza verso il dolore.

Il valzer uscí sul «New Yorker» il 2 settembre 1933, Dorothy Parker aveva quarant'anni. E a proposito dei quarant'anni, Dorothy Parker ha scritto anche una prosa intitolata *La mezza età, ovvero il periodo blu*, che si conclude cosí: «Oh vieni, mezza età, vieni, vieni! Vienimi accanto, porgimi la tua mano, fatti guardare negli occhi... Oh... Dunque è questo il tuo vero aspetto?... Che Dio mi aiuti... aiuto...»

Giornalista, poetessa, scrittrice, sceneggiatrice, critica teatrale, sperperatrice di vita e di talento, signora mondana temuta e adorata per i giudizi taglienti, per il sarcasmo, per la forza spietata delle sue osservazioni. Ha raccontato la solitudine, la vanità, la gelosia, le pene d'amore, l'attesa di una telefonata che non arriva, l'alcool, la guerra tra uomini e donne e il vuoto di certe giornate a New York. È il modello di tutte le scrittrici che, dopo di lei, hanno usato l'ironia e il sense of humour nell'osservare la verità della vita quotidiana (quando Nora Ephron è morta, è stata definita «la nostra Dorothy Parker, ma con meno conflitti»).

«Che altro si può dire, quando un uomo ti invita a ballare? Ci mancherebbe altro, dovrai passare sul mio cadavere? Oh grazie infinite, ne sarei estasiata, ma ho le doglie. "Sarà un vero piacere". Sarà un vero piacere farmi levare le tonsille, sarà un vero piacere ritrovarmi su una nave in fiamme nel cuore della notte»: vale per tutti, vale per sempre, vale non soltanto per i balli indesiderati, parte da un valzer e arriva all'accondiscendenza verso il dolore.

Dorothy Parker ha detestato l'etichetta di umorista, e infatti non lo è mai stata. «Diamine, che cosa insopportabile che cominciassero a ridere prima ancora che aprissi bocca, – ha detto nel 1956 alla giornalista della "Paris Review" che la intervistava. – Non voglio essere classificata come una scrittrice umoristica. Mi fa sentire colpevole». Si è sentita colpevole per tutta la vita: per non avere fatto abbastanza. Per non essere diventata, nella sua idea di scrittura, Ernest Hemingway o Francis Scott Fitzgerald, per avere sprecato il tempo e la salute mentale a Hollywood («a ucciderci non sono le tragedie: sono i casini»), e per essersi lasciata consumare dalla vita mentre se ne nutriva per raccontare gli esseri umani. «Vorrei saper scrivere bene, ma so che non è cosí, so di non essere stata capace. Per tutta la vita, però, avrò grande ammirazione per chi invece ci è riuscito». Nel 1956 lei si sentiva perduta, preparava il suo epitaffio, «Scusate la polvere», viveva in albergo a New York con un barboncino, beveva troppo. Ma aveva già scritto tanto, e nel suo continuo costruire e demolire ha creato un modo diverso di guardare il mondo, e di averne pietà.

Inventario

Quattro cose conosco molto bene:
ozio, dolore, un amico e un nemico.

Di quattro cose avrei poi fatto senza:
amore, curiosità, lentiggini e dubbio.

Tre cose non potranno esser mai mie:
soddisfazione, invidia e champagne a sufficienza.

Tre cose avrò finché rimango in vita:
riso, speranza e un pugno nell'occhio.

Marguerite Yourcenar

Saffo o del suicidio

Poco fa ho visto in fondo agli specchi di un palco una donna che si chiama Saffo. È pallida come la neve, come la morte o il viso chiaro delle lebbrose. E poiché si trucca per nascondere quel pallore, sembra il cadavere di un'assassinata, con un po' del suo stesso sangue sulle guance. I suoi occhi cavi si aggrottano per sfuggire alla luce, lontano da quelle aride palpebre che non offrono nemmeno piú ombra. I suoi lunghi riccioli cadono a ciocche, come le foglie delle foreste sotto le tempeste precoci; ogni giorno si strappa dei nuovi capelli bianchi, e quegli scialbi fili di seta saranno ben presto tanto numerosi da tesserle il lenzuolo funebre. Piange la sua giovinezza come una donna che l'avesse tradita, la sua infanzia come una figlioletta che avesse perduta. È magra: al momento del bagno, distoglie lo sguardo dallo specchio per non vedere i suoi seni tristi. Va errando di città in città con tre grandi bauli pieni di perle false e di sfilacciature di uccelli. È acrobata come nei vecchi tempi era poetessa, perché la forma particolare dei suoi polmoni la obbliga a scegliersi un mestiere che stia fra cielo e terra. Ogni sera, alle prese con le bestie del Circo che se la divorano con gli occhi, svolge i suoi impegni di stella in uno spazio ingombro di pulegge e di pali. Il suo corpo appiattito contro il muro, spezzettato dalle lettere delle pubblicità luminose appartiene a quel gruppo di fantasmi in voga che planano nel grigiore delle città. Creatura magnetizzata, troppo alata per il suolo, troppo carnale per il cielo, i suoi piedi massaggiati con la cera hanno rotto il patto che ci lega alla terra; la Morte le agita laggiú le sue sciarpe di vertigine senza riuscire mai a confonderle la vista. Da lontano, nuda, ricoperta di stellari lustrini, ha l'aria di un atleta che rifiuti d'essere angelo per non togliere ogni pregio ai suoi salti pericolosi; da vicino, drappeggiata in lunghe vestaglie che le restituiscono le ali, può far pensare di essere travestita da donna. Lei sola sa che sotto la gola le palpita un cuore troppo pesante e troppo grosso per esistere altrove che al fondo di un petto allargato da due seni: quel peso nascosto al fondo di una gabbia di ossa conferisce a ognuno dei suoi balzi nel vuoto il sapore mortale del rischio. Divorata a metà da quella fiera implacabile, lei si sforza segretamente di essere la domatrice del proprio cuore. È nata in un'isola, e questo è già un inizio di solitudine: poi il suo mestiere è sopravvenuto a costringerla ogni sera a una specie d'isolamento nel senso dell'altezza; sdraiata sull'altalena del suo destino di stella, esposta seminuda a tutti i venti dell'abisso, una mancanza di dolcezza la fa soffrire come per una mancanza di cuscini. Gli uomini della sua vita non sono stati che i gradini che ha scalato non senza sporcarsi i piedi. Il direttore, il suonatore di trombone, l'agente pubblicitario le hanno dato il disgusto dei baffi incerati, dei sigari, dei liquori, delle cravatte a strisce, dei portafogli di cuoio, di tutti gli attributi esterni della virilità che scatenano la fantasia delle donne. Soltanto il corpo delle fanciulle sarebbe abbastanza dolce, abbastanza morbido, ancora abbastanza fluido per lasciarsi manipolare dalle mani di quel grande angelo che fingerebbe per gioco di mollarle in pieno abisso: lei non riesce a trattenerle a lungo in quello spazio astratto limitato da ogni parte dalla sbarra dei trapezi: presto spaventate da quella geometria che si trasforma in colpi d'ala, tutte prima o poi hanno rinunziato a farle da compagna di cielo. Lei deve ridiscendere a terra per trovarsi allo stesso livello della loro vita rattoppata a stracci che non sono nemmeno fasce di bambini, quegli amori finiscono per assumere l'aspetto di una vacanza del sabato, di un giorno di permesso passato dal gabbiere in compagnia di damigelle. Il fiato le manca in queste camere che non sono che alcove. Apre la porta sul vuoto con disperazione, come un uomo obbligato dall'amore a vivere tra le bambole. Tutte le donne amano una donna: amano perdutamente se stesse, il loro stesso corpo è infatti di solito l'unica forma in cui siano d'accordo nel trovare qualche bellezza. Gli occhi penetranti di Saffo guardano piú lontano, presbiti del dolore. Chiede alle ragazze ciò che si aspettano dagli specchi le civettuole tutte intente ad addobbarsi: un sorriso che risponda al suo sorriso tremulo, finché il vapore delle labbra sempre piú vicine confonda il riflesso e riscaldi il cristallo. Narciso si ama com'è. Nelle sue compagne Saffo adora con amarezza ciò che non è stata. Povera, coperta di quel disprezzo che per l'artista è l'altra faccia della gloria, non avendo per avvenire se non le prospettive dell'abisso, va accarezzando la felicità sul corpo delle sue amiche meno minacciate. I veli delle comunicande che portano l'anima all'esterno di se stesse le fanno sognare un'infanzia piú limpida di quanto non sia sempre stata la sua, perché perdute le illusioni si continua sempre a prestare agli altri un'infanzia senza peccato. Il pallore delle ragazze risveglia in lei il ricordo pressoché incredibile della verginità. In Girinno lei ha amato l'orgoglio, e si è abbassata a baciarle i piedi. L'amore di Anactoria le ha fatto scoprire il sapore delle frittelle mangiate a grossi bocconi nelle feste popolari, dei cavalli di legno degli spassi da fiera, del fieno dei covoni che solletica la nuca della bella ragazza sdraiata. Di Attide ha amato il dolore. Ha incontrato Attide in fondo a una grande città asfissiata dal fiato delle folle e dalla nebbia del fiume; la sua bocca conservava l'odore di un confetto allo zenzero che aveva appena finito di sgranocchiare; tracce di fuliggine le s'incollavano sulle guance brinate di lacrime; correva su un ponte, vestita di falsa lontra, con scarpe rotte ai piedi; il suo viso di giovane capra traboccava di torva dolcezza. Per giustificare le sue labbra serrate, pallide come la cicatrice di una ferita, i suoi occhi simili a turchesi malati, Attide possedeva in fondo alla memoria tre racconti diversi che dopo tutto non erano che le tre facce dello stesso dolore: il suo amico, con il quale usava passeggiare la domenica, l'aveva abbandonata perché una sera, in un taxi, rientrando dal teatro, lei non aveva accettato di farsi accarezzare; una ragazza che le prestava un divano per dormire in un angolo della sua camera da studentessa l'aveva cacciata accusandola falsamente di volerle rubare il cuore del suo fidanzato; e poi, suo padre la picchiava. Aveva paura di tutto: dei fantasmi, degli uomini, del numero tredici e degli occhi verdi dei gatti. La sala da pranzo dell'albergo l'abbagliò come un tempio in cui si sentiva tenuta a parlare soltanto a voce bassa; la sala da bagno le fece battere le mani. Saffo spende per questa ragazzina lunatica il capitale accumulato dei suoi anni di arrendevolezza e di temerarietà. Impone ai direttori di circo questa mediocre artista capace solo di qualche giochetto di destrezza con dei mazzi di fiori. Le due girano insieme lungo le piste e le pedane di tutte le capitali, con quella regolarità nel cambiamento che è propria degli artisti nomadi e dei dissoluti tristi. Ogni mattino, nelle camere ammobiliate in cui abitano per evitare ad Attide la promiscuità degli alberghi pieni di clienti troppo ricchi, esse rattoppano i loro costumi teatrali e rimagliano le sfilature delle loro aderentissime calze di seta. A forza di curare quella ragazzetta patita, di scostarle dal cammino gli uomini che potrebbero tentarla, lo smorto amore di Saffo assume a sua insaputa una forma materna, come se quindici anni di voluttà sterili avessero avuto il risultato di farle generare quella bambinella. I giovani in smoking incontrati nei corridoi dei palchi ricordano tutti ad Attide l'amico di cui lei forse rimpiange quei baci respinti: Saffo l'ha cosí spesso sentita parlare della bella biancheria di Filippo, dei suoi gemelli di camicia azzurri, e dello scaffale pieno di riviste porno che abbellivano la sua camera a Chelsea, che lei finí per avere di quell'uomo d'affari correttamente vestito un'immagine precisa come quella di alcuni amanti che non ha potuto evitare d'introdurre nella sua vita: e lo allinea distrattamente tra i suoi peggiori ricordi. Le palpebre di Attide assumono a poco a poco delle tinte di violette; va a cercare in fermo posta certe lettere che strappa dopo averle lette; pare stranamente informata sui viaggi d'affari che potrebbero obbligare quel giovane a incrociare per caso la loro strada di nomadi povere. Saffo è addolorata di non poter offrire ad Attide che un rifugio in disparte dalla vita, soffre perché soltanto la paura dell'amore appoggia questa piccola testa fragile contro la sua forte spalla. Quella donna amara di tutte le lacrime che ha avuto il coraggio di non versare mai, si rende conto di non poter offrire alle sue amiche che un carezzevole sconforto; la sua unica scusa è di dirsi che l'amore in tutte le sue forme non ha nulla di meglio da offrire alle creature pavide, e che Attide allontanandosi avrebbe poche possibilità di incontrare una felicità maggiore. Una sera Saffo rientra dal circo piú tardi del solito, portando nelle braccia fasci di fiori che ha raccolto soltanto per infiorare Attide. La portinaia fa al suo passaggio una smorfia diversa da quella di ogni giorno; la spirale della scala di colpo ricorda gli anelli di un serpente. Saffo osserva che la bottiglia del latte non sta sullo zerbino al suo solito posto; già dall'ingresso annusa un odore di acqua di colonia e di tabacco biondo. Constata in cucina l'assenza di un'Attide intenta a friggere pomodori; in bagno, la mancanza di una fanciulla nuda che giochi con l'acqua; nella camera da letto, l'avvenuto rapimento di un'Attide disposta a lasciarsi cullare. Davanti all'armadio a specchi dalle ante spalancate, piange sulla biancheria scomparsa della ragazza amata. Un gemello azzurro caduto sul pavimento è la firma dell'autore di quella partenza che Saffo si ostina a non credere eterna, per paura di non poterla sopportare senza morire. Ricomincia ad aggirarsi sola sulla pista delle città, cercando avidamente in ogni serie di palchi un viso che il suo delirio preferisce a qualsiasi cosa. Dopo qualche anno, uno dei suoi giri di spettacoli nel Levante la riporta a Smirne; viene a sapere che ora Filippo vi dirige una manifattura di tabacchi orientali; si è appena sposato con una donna imponente e ricca che non può essere Attide: la fanciulla abbandonata, sente dire, è entrata in una compagnia di ballerine, Saffo ricomincia il giro degli alberghi del Levante dove ogni portiere ha un suo modo particolare di essere insolente, impudente o servile; delle case di piacere dove l'odore del sudore avvelena i profumi, dei bar dove un'ora di abbrutimento nell'alcool e nel calore umano non lascia altra traccia che il cerchio di un bicchiere su una tavola di legno nero; scandaglia perfino i ricoveri dell'Esercito della Salvezza nella speranza sempre vana di ritrovare un'Attide caduta in povertà disposta a lasciarsi amare. A Istanbul, il caso le dà ogni sera come vicino di tavola un giovane trasandato che dice di essere impiegato in un'agenzia di viaggi; la sua mano un po' sporca sostiene pigramente il fardello di una fronte triste. Scambiano quelle poche parole banali che per due esseri diventano spesso una passerella verso l'amore. Lui dice di chiamarsi Faone, sostiene di essere figlio di una greca di Smirne e di un marinaio della flotta britannica: il cuore di Saffo batte ascoltando ancora una volta quel delizioso accento tante volte baciato sulle labbra di Attide. Lui ha alle spalle ricordi di fughe, di miseria e di pericoli indipendenti dalle guerre e piú segretamente legati alle leggi del suo cuore. Sembra appartenere anche lui a una razza minacciata, alla quale una tolleranza precaria e sempre provvisoria permette di rimanere in vita. Quel ragazzo senza permesso di soggiorno ha non poche personalissime preoccupazioni; è contrabbandiere, trafficante di morfina, forse agente della polizia segreta; vive in un mondo di conciliaboli e di parole d'ordine in cui Saffo non entra. Lui non ha bisogno di raccontarle la sua storia perché fra di loro si stabilisca la fraternità della sciagura. Lei gli confida le sue lacrime; si dilunga a parlargli di Attide. Lui crede di averla conosciuta: ricorda vagamente di aver visto in un cabaret di Pera una ragazza nuda che ballava facendo dei giochi con fiori. Possiede, Faone, una barchetta a vela per andare in giro sul Bosforo la domenica; si mettono insieme alla ricerca in tutti quei caffè vecchiotti che si allineano sulla riva, nei ristoranti delle isole, nelle pensioncine della costa asiatica dove vivono modestamente gli stranieri poveri. Seduta a poppa, Saffo guarda tremolare alla luce della lanterna quel bel viso di giovane maschio che è adesso il suo unico sole umano. Ritrova in quei tratti certe caratteristiche che un tempo ha amato nella sua piccola fuggitiva: la stessa bocca tumefatta che una misteriosa ape sembra aver punto, la stessa piccola fronte dura sotto capelli diversi e che questa volta sembrano intinti nel miele, gli stessi occhi simili a due lunghi e torbidi turchesi, ma incastonati in un viso cotto dal sole anziché pallido, cosí che la smorta ragazza bruna appare ormai la semplice cera persa di quel dio di bronzo e d'oro. Sbalordita, Saffo comincia a poco a poco a preferire quelle spalle rigide come la sbarra del trapezio, quelle mani indurite dal contatto dei remi, tutto quel corpo in cui sussiste quel tanto di dolcezza femminile che basta a farglielo amare. Stesa sul fondo della barca, si abbandona alle pulsazioni nuove dell'onda che quel nocchiero va fendendo. Non gli parla piú di Attide se non per dirgli che la fanciulla smarrita gli somiglia ma è molto piú bello lui: Faone accetta questi omaggi con una gioia preoccupata e tinta d'ironia. Lei strappa davanti a lui una lettera in cui Attide le annunciava il suo ritorno, e di cui non s'è nemmeno data la pena di decifrare l'indirizzo. Lui la osserva, con un debole sorriso sulle labbra che gli tremano. Per la prima volta lei trascura le discipline del suo severo mestiere; interrompe quegli esercizi che mettevano ogni muscolo sotto il controllo dell'anima; cenano insieme; cosa inaudita per lei, mangia un po' troppo. Le restano ormai pochi giorni da rimanere con lui in quella città da cui la cacciano i suoi contratti, obbligandola a planare verso altri cieli. Lui accetta finalmente di passare quell'ultima sera nell'alloggetto che lei occupa vicino al porto. Nella camera ingombra lei guarda l'andirivieni di quella creatura simile a una voce in cui le note acute si mescolano alle note profonde. Incerto nei gesti quasi temendo di spezzare un'illusione vulnerabile, Faone si china con curiosità sui ritratti di Attide. Saffo si siede sul divano viennese ricoperto di ricami turchi; si stringe fra le mani il viso come sforzandosi di cancellare la traccia di quei ricordi. Questa donna che finora si riservava la scelta, la proposta, la seduzione, la protezione delle sue amiche piú fragili, si stende e finalmente si abbandona, mollemente arresa al peso del suo proprio sesso e del suo proprio cuore, felice di non dover ormai piú compiere, con un amante, che il gesto di accettare. Ascolta il giovane aggirarsi nella camera accanto, dove il biancore di un letto si presenta come una speranza rimasta malgrado tutto meravigliosamente aperta; lo sente aprire flaconi sul ripiano della pettiniera, frugare nei cassetti con la sicurezza di un ladro o di un amichetto cui sia permesso tutto, e infine aprire le due ante dell'armadio dove i vestiti di Saffo pendono come altrettanti suicidi, mescolati a qualche superstite fronzolo di Attide. All'improvviso un frusciare di seta simile al passaggio di fantasmi si avvicina come una carezza capace di far gridare. Lei si alza, volge il capo: l'essere amato è ravvolto in una vestaglia che Attide si è lasciata dietro al momento di andarsene: la mussolina posata sulla carne nuda rivela la grazia quasi femminea di quelle lunghe gambe da ballerino; liberato dagli attillati abiti maschili, quel corpo flessibile e liscio è quasi un corpo di donna. Quel Faone cosí a suo agio nel travestimento non è piú che un surrogato della bella ninfa assente; ed è ancora una fanciulla quella che le viene incontro con un riso da sorgente. Smarrita, Saffo corre a testa nuda verso la porta, fugge quello spettro di carne che non potrà darle se non gli stessi tristi baci. Scende di corsa per le strade seminate di detriti e spazzatura che conducono al mare, affonda nel mareggiare dei corpi. Sa che nessun incontro può offrirle la salvezza, se ovunque va non può che ritrovare Attide. Quel volto smisurato le blocca ogni via di scampo che non dia sulla morte. La sera scende come una stanchezza che le offuschi la memoria; un po' di sangue persiste dal lato del tramonto. All'improvviso esplodono dei cembali come se la febbre glieli facesse cozzare dentro il cuore: a sua insaputa, una lunga abitudine l'ha ricondotta verso il circo a quella solita ora serale che la vede in lotta con l'angelo della vertigine. Per l'ultima volta si inebria di quell'odore di bestia selvaggia che è stato l'odore della sua vita, di quella musica enorme e discordante come quella dell'amore. Una costumista apre a Saffo il suo camerino di condannata a morte: lei si denuda come per offrirsi a Dio; si spalma di un bianco grasso che già la trasforma in fantasma; si aggancia in fretta intorno al collo la collanina di un ricordo. Un inserviente vestito di nero viene ad avvertirla che il momento è venuto: lei si arrampica su per la scala di corda del suo celeste patibolo: fugge verticalmente la beffa di aver potuto credere che un uomo esistesse. Si strappa agli imbonimenti dei venditori d'aranciata, alle acute risate dei bambini color di rosa, ai gonnellini delle danzatrici, alle mille maglie delle reti umane. Si issa con un colpo di reni sull'unico punto di appoggio che il suo amore del suicidio possa accettare: la sbarra del trapezio oscillante in pieno vuoto trasforma in uccello quell'essere stanco di non essere che donna a metà: ora fluttua, alcione del suo stesso abisso, reggendosi per un piede sotto gli occhi del pubblico che non crede alla sventura. La intralcia la sua abilità: nonostante gli sforzi, non riesce a perdere l'equilibrio: ambiguo scudiero, la Morte la rimette in sella sul trapezio vicino. Finalmente se ne sale piú in alto del regno delle lampade: gli spettatori non possono piú applaudirla perché non la vedono piú. Aggrappata alla corda che aziona la volta tatuata di stelle dipinte, la sola risorsa che le resta per superarsi ancora è di andare oltre quel firmamento di tela. Il vento della vertigine fa gemere sotto di lei i cavi, le pulegge, i cabestani del suo destino ormai superato; lo spazio oscilla e boccheggia come il mare in tempo di tramontana, il cielo gremito d'astri sembra capovolgersi fra pennoni e alberi di nave. Laggiú la musica è ormai soltanto una vasta onda liscia che spazza via ogni ricordo. I suoi occhi non distinguono piú i semafori rossi dai semafori verdi; i fari azzurri che sciabolano la folla nera fanno brillare qua e là delle spalle nude di donna simili a dolci scogli. Saffo artigliata alla sua morte come a un promontorio, per cadere sceglie il punto in cui le maglie della rete non la tratterranno. Il suo destino d'acrobata non occupa infatti che una metà dell'immenso circo indistinto: nell'altra parte dell'arena dove sulla sabbia i pagliacci eseguono i loro giochi con le foche, niente è predisposto per impedirle di morire. Saffo si tuffa, con le braccia spalancate come per abbracciare la metà dell'infinito, non lasciandosi dietro che l'oscillare di una corda a prova del suo distacco dal cielo. Ma chi non realizza la propria vita corre anche il rischio di fallire il suicidio. La sua caduta obliqua cozza contro una lampada simile a una grossa medusa azzurra. Stordita, ma intatta, l'urto fa rimbalzare l'inutile suicida verso le reti dove schiume di luce si rapprendono e si sciolgono; le maglie s'incavano senza cedere sotto il peso di quella statua ripescata dalle profondità del cielo. E ben presto gl'inservienti non avranno che da rimorchiare sulla sabbia quel corpo di marmo pallido, ruscellante di sudore come d'acqua di mare un'annegata.

Non mi ucciderò. Ci si scorda cosí presto dei morti.

Non si costruisce una felicità che su fondamenta di disperazione. Penso proprio che ora posso mettermi a costruire.

Della mia vita non si accusi nessuno.

Non si tratta di un suicidio. Si tratta soltanto di battere un record.

«E tu te ne vai?»

«Spero che questo libro non venga mai letto». È l'incipit di *Fuochi*, da cui ho tratto questo racconto. Marguerite Yourcenar aveva trentadue anni, era il 1935, e viveva prevalentemente in Grecia («Importa probabilmente a me sola che *Saffo o del Suicidio* sia nato da uno spettacolo di varietà a Pera, e sia stato scritto sul ponte di un cargo ormeggiato sul Bosforo, mentre il grammofono di un amico greco girava instancabilmente il ritornello popolare americano: "He goes through the air with the greatest of ease, the daring young man on the flying trapeze"», ha scritto vent'anni dopo). Questo racconto, e l'intero libro fatto di frammenti, monologhi, pensieri isolati, poesie e prose liriche con voce di donna, è nato da una grande crisi d'amore, dalla storia con un uomo che l'ha rifiutata: «E tu te ne vai? Tu te ne vai... No, tu non te ne vai: io ti trattengo... Mi lasci nelle mani la tua anima come un mantello». Lui era André Fraigneau, di quattro anni piú giovane di lei, lavorava da Grasset e l'ammirava, la consigliava, biondo, bellissimo e omosessuale. «Lei cercava sempre di sedurre tutti, uomini e donne, mi tempestava di poemi, si può dire che sono stato oggetto di una passione di cui aveva voglia», ha dichiarato alla biografa di Marguerite Yourcenar, Josyane Savigneau. Marguerite non aveva ancora incontrato, a Parigi, Grace Frick, che per quarant'anni è stata la compagna della sua vita.

«Ma, oltreché sentire il ridicolo di commentare troppo lungamente un'opera che desideravo non fosse mai letta, non è qui il luogo adatto a discutere se l'amore totale per una particolare creatura, con ciò che comporta di rischio per sé e per l'altro, d'inevitabile inganno, di abnegazione e di umiltà autentiche, ma altresí di violenza latente e di egoistiche esigenze, meriti o no il posto privilegiato che gli hanno riservato i poeti», ha scritto riflettendo sull'autobiografia e sulla grandezza, o piccolezza, dell'amore. Prima donna eletta all'Académie française, ha cominciato a pubblicare poesie e prose a diciott'anni (*Le Jardin des Chimères* fu proposto all'editore dal padre come fosse opera sua) e si è sempre tuffata nel passato modernizzandolo, ha strofinato la letteratura con la vita, concretizzando il sentimento, creando un linguaggio poetico mentre creava un personaggio, «L'être que j'appelle moi», la persona che chiamo io. Cosí come ha raccontato la vita dell'imperatore Adriano (*Memorie di Adriano*) nel modo in cui potrebbe averla vissuta e capita lui («non ho mai scritto un romanzo storico in tutta la mia vita, non me ne piace quasi nessuno»).

«Potrei dire che tutti i miei libri furono concepiti quando avevo vent'anni, anche se sarebbero stati scritti solo trenta, quarant'anni dopo. Ma forse si può dire lo stesso della maggior parte degli scrittori: le scorte emotive vengono immagazzinate molto presto». Le scorte emotive di Marguerite Yourcenar le hanno permesso di entrare anche in Saffo, aderendo alla leggenda controversa del suicidio per un uomo indifferente: «Sdraiata sull'altalena del suo destino di stella, esposta seminuda a tutti i venti dell'abisso, una mancanza di dolcezza la fa soffrire come per una mancanza di cuscini. Gli uomini della sua vita non sono stati che i gradini che ha scalato non senza sporcarsi i piedi».

Elsa Morante

Prima della classe

Ero la prima della classe. Le altre bambine mi mettevano in tasca, di nascosto, dei torroncini o dei «coccetti», e cioè delle piccolissime pentole o padelle di coccio. Ma io sapevo che esse non mi amavano e facevano tutto per interesse, affinché io suggerissi e lasciassi copiare i compiti. Nessuna meraviglia, del resto, perché io stessa non mi amavo.

Avrei voluto essere brava in ginnastica e nei giochi, essere grassa e colorita come Marcella Pélissier. L'anima mia si protendeva disperatamente verso tutti coloro che, grassi e coloriti, erano bravi in ginnastica e nei giochi. L'anima mia, nera d'orgoglio e di sprezzo, era in realtà quanto esiste di piú avvilito. Io facevo poesie con le rime, che venivano recitate da ragazzini scornati e lamentevoli nelle feste scolastiche. La direttrice mi presentava al pubblico dicendo: – Signori, devo premettere che le poesie che udirete sono state composte dalla bambina qui presente, e non esito a riconoscere, con intensa emozione, che siamo dinanzi a un genio –. Io m'inchinavo, pallidissima, lanciando sguardi lampeggianti di superbia alle modeste compagne. Vedevo i ginocchi delle mie compagne sporchi di terra, i graziosi polpacci rossi di Marcella Pélissier, e me stessa lontana da tutti, in un'ombra nera e piena di lampi, un fenomeno della creazione. Mia madre raccontava, traboccante di legittima baldanza, che all'età di due anni e mezzo, girando intorno alla tavola, avevo composto il mio primo poema in versi sciolti. Ed io covavo un empio rancore contro di lei, che aveva partorito un simile prodigio.

Se credevano di adularmi, con quel rispetto e quelle mosse, come se io fossi stata la vicedirettrice, si sbagliavano. E se mi domandavano: – Che farai da grande? – sperando di sentirsi rispondere: «Farò poemi», commettevano un errore ancor piú grossolano. Difatti, ad una simile domanda, io dispettosa rispondevo: – A te che te ne importa?

Ancora due cose mi distinguevano dalle altre, cingendomi di un'aureola e additandomi al rispetto universale. La prima era che, da piccola, avevo avuto il giradito. Per questo l'unghia del mio pollice sinistro non era liscia e ovale come le altre, ma pressoché quadra, dura come pietra e tutta striata di bianco. Tutta la scolaresca ammirava quell'anomalia, molte mi chiedevano umilmente di toccarla col dito.

Oltre all'anomalia, c'era un'altra cosa e cioè che, quando mi veniva la febbre, avevo l'incubo. Mia madre girava stravolta, con vesciche piene di ghiaccio, e diceva piano: – Elsa ha l'incubo –. Subito i miei fratelli si precipitavano al mio lettino, con viso compunto. Ma sentendo la mia voce rauca gridare: – Sí, Dio, perdonami e conterò tutti i grani di granoturco nei sacchi. Andate via, formiche, via, migliaia. Aiutami, Dio, – e vedendomi slargare le dita nel vuoto e sbarrare gli occhi, si guardavano fissi sbottando a ridere. Sapevano che non si doveva, ma era inevitabile. Mia madre diceva: – Vergogna, disgraziati, – ed essi in preda ad ilarità furiosa si buttavano per terra e si davano pugni. Questo non esclude che il mio incubo fosse oggetto della generale ammirazione. – Com'è? – mi chiedevano le compagne. E di me si diceva con importanza, a bassa voce: – Ha un incubo.

Nella mia classe eravamo tutte femmine col grembiule bianco, fuorché il figlio della maestra, che era maschio col grembiule turchino. Il cognome della maestra, per una gentile coincidenza, era Amore, cosí che egli sul grembiule portava ricamato a punto erba il cognome Amore. Era grassoccio, corto di gambe, con occhi lucenti e neri, le guance rosse e la testa tutta pelata, perché aveva avuto le croste. Tutte le alunne gli facevano sorrisi, e, come a figlio di maestra, gli empivano le tasche del grembiule di torroncini e di matite. Ma lui a tutte quante preferiva me.

La cosa piú dolce era che il motivo della sua predilezione non era il fatto che io fossi un genio, e nemmeno che avessi il giradito e l'incubo. Aggiungerò anzi che egli pareva per natura issato in una sfera ben superiore, in cui tali cose non valevano affatto, ed erano guardate soltanto con una gioviale benevolenza. Il motivo dunque era tutt'altro, e me lo rivelò il giorno in cui guardandomi con lucente occhio arguto e toccandomi estatico mi disse: – Che bei riccetti che hai.

Tutte assumevano nel parlarmi un'aria saccente, e con me discorrevano solo di compiti, di madri e di padri, lasciandomi sempre sola fuori dei loro frivoli capannelli. Ma Amore mi si confidava su cose umane: mi magnificava, ad esempio, la marmellata di sua nonna, ed altresí me ne offriva. Mi guardava e diceva: – Come sei pulita, – rapito, ridacchiando. E mi prendeva per mano andando in su ed in giú e una volta perfino, in segno di estrema amicizia e affabilità, mi carezzò la guancia.

Che Dio benedica Amore. Non so come, sentivo oscuramente che costui, dal mio pianeta deserto e corrusco, mi riconduceva per vie segrete alla terra.

La ragazza con i brutti guanti.

Elsa Morante è stata la figlia piú amata, mandata dalla zia ricca a studiare e a mangiare bene, a curare l'anemia, lodata per l'intelligenza e per la bellezza. È stata la speranza e il riscatto di sua madre, Irma Poggibonsi, maestra elementare, che aveva avuto questi figli da un altro uomo, per l'impotenza del marito Augusto Morante. «Mia madre raccontava, traboccante di legittima baldanza, che all'età di due anni e mezzo, girando intorno alla tavola, avevo composto il mio primo poema in versi sciolti. Ed io covavo un empio rancore contro di lei, che aveva partorito un simile prodigio». Elsa Morante andò via di casa a diciott'anni, non volle sua madre al matrimonio con Alberto Moravia, nel 1941 (e al rinfresco litigò con la suocera che voleva darle lezioni di economia domestica, la definí «una donna senz'anima» e non la rivide mai piú), e non la volle nemmeno al Ninfeo di Villa Giulia, nel 1957, quando vinse il Premio Strega con *L'isola di Arturo*. Elsa Morante era sempre in guerra, e anche quando aveva tutto il Paese ai suoi piedi, come i compagni di classe alle scuole elementari, si sentiva comunque in fondo al cuore la ragazza ubriaca e povera con i brutti guanti che gli altri guardano dall'alto in basso, come ha scritto in una lettera alla sua amica Luisa Fantini, all'inizio della storia d'amore con Moravia.

«A. è uno snob e io vorrei soddisfare con la mia persona il suo snobismo, avendo per esempio un'alta posizione sociale o essendo illustre. Niente di tutto questo è, e ieri quella visita alla Mostra con la coscienza di non essere una persona importante là dentro, e lui che parlava con la contessa, e io ubriaca con brutti guanti alle mani e poi non mi presentarono agli Accademici, e il suo racconto di quei giorni passati in quella villa aristocratica, di quella signora dell'aristocrazia amata da lui... Basta, è una lunga lista di umiliazioni. Credevo di averle vinte col solito pensiero che io valgo tanto, che so di essere... Un errore». Aveva dovuto impegnare al Monte di Pietà la macchina per scrivere per pagare i debiti. Ma voleva diventare la regina del mondo borghese di Alberto Moravia, e desiderava per sé, oltre al suo amore assoluto, anche la sua disciplina di scrittore.

«Invidio Alberto che è cosí metodico. Lui non crede all'ispirazione ma alla perseveranza e qualunque cosa avvenga si mette a scrivere ogni mattina. Poi è libero e soddisfatto e la giornata gli si stende davanti placata. Io invece riesco a scrivere soltanto di pomeriggio e solo quando i miei personaggi mi chiamano. Ma il lavoro pomeridiano incide su tutta la giornata, proietta la sua ombra, come un rimorso, anche sul profilo innocente dei mattini. Solo il momento in cui si deve accendere la lampada sul tavolo mi salva». Elsa Morante ha vissuto e scritto cosí, combattendo, inseguendo e scappando, la prima della classe e l'ultima del mondo, la piú importante scrittrice italiana, al tempo stesso la piú amata e la piú infelice, la piú difficile e la piú grande.

Clarice Lispector

Il giorno di Joana

Io tendo al male, questo è sicuro, pensava Joana. Se no, che altro sarebbe quella sensazione di forza repressa, pronta a scoppiare in violenza, quella sete di usarla a occhi chiusi, tutta, con la sicurezza istintiva di una belva? Non era forse solo nel male che si poteva respirare senza paura, accettando l'aria e i polmoni? Neanche il piacere mi darebbe tanto piacere quanto il male, pensava sorpresa. Sentiva dentro di sé un animale perfetto, pieno di contraddizioni, di egoismo e di vitalità.

Le venne in mente il marito, che probabilmente in quell'idea non l'avrebbe riconosciuta. Tentò di ricordare la figura di Otávio. Ma appena si rendeva conto che era uscito di casa Joana si trasformava, si concentrava su se stessa e, come se lui l'avesse solo interrotta per un attimo, continuava lentamente a vivere il filo dell'infanzia, lo perdeva e si muoveva per le stanze profondamente sola. Dal quartiere tranquillo, dalle case lontane, non le arrivavano rumori. E, libera, neppure lei sapeva quel che pensava.

Sí, sentiva dentro di sé un animale perfetto, e le ripugnava, un giorno, doverlo lasciar libero. Forse per paura della mancanza di estetica. O per timore di qualche rivelazione… No, no – si ripeteva –, non bisogna aver paura di creare. Nel piú profondo, probabilmente l'animale le ripugnava perché in lei c'era ancora il desiderio di piacere e di essere amata da qualcuno autorevole come la zia morta. Per poterla poi calpestare, però, ripudiare senza ripensamenti. Perché la frase migliore, ancor sempre la piú attuale, era: la bontà mi dà il vomito. La bontà era tiepida e lieve, puzzava di carne cruda in serbo da molto tempo. Non imputridita del tutto, però. La rinfrescavano di tanto in tanto, la speziavano un po', quanto bastava per conservarla, un pezzo di carne tiepida e cheta.

Un giorno, prima di sposarsi, quand'ancora era viva la zia, aveva visto un omone goloso che mangiava. Aveva spiato i suoi occhi strabuzzati, lucidi e stupidi che cercavano di non perdere nulla del piacere che il cibo poteva dargli. E le mani, le mani. Una teneva la forchetta infilzata in un pezzo di carne sanguinolenta – non tiepida e cheta, ma vivissima, ironica, immorale –, l'altra era contratta sulla tovaglia, e la graffiava nervosamente, già bramosa di mangiare un altro boccone. Le gambe sotto il tavolo ritmavano il tempo di una musica inaudita, la musica del diavolo, di pura e incontenuta violenza. La ferocia, la ricchezza del suo colore... con le labbra e la base del naso arrossate, pallide e segnate di viola sotto gli occhietti minuti. Joana aveva tremato, rabbrividendo davanti al suo misero caffè. Ma poi non avrebbe saputo dire se era stato per ripugnanza o per fascino e voluttà. Per tutte e due, certamente. Sapeva che quell'uomo era una forza. Non si sentiva capace di mangiare come lui, era naturalmente sobria, ma quella vista la turbava. La emozionava anche leggere le storie terribili di quei drammi dove la malvagità era fredda e intensa come un bagno di ghiaccio. Come se vedesse qualcuno bere dell'acqua e scoprisse di aver sete, una sete profonda e antica. Forse era solo mancanza di vita: stava vivendo meno di quel che poteva e immaginava che la sua sete chiedesse inondazioni. Forse solo qualche sorsata... Ah, ecco una lezione, ecco una lezione, avrebbe detto la zia: mai anelare avanti, mai rubare prima di sapere se ciò che vuoi rubare esiste altrove, onestamente in serbo per te. Oppure no? Rubare rende tutto piú prezioso. Il gusto del male – masticare rosso, ingoiare fuoco dolciastro.

Non accusarmi. Cercare la base dell'egoismo: tutto ciò

che non sono non mi può interessare, è impossibile essere al di là di ciò che si è – eppure io mi oltrepasso anche senza il delirio, sono senza nient'altro che me stessa, cosí, normalmente –, ho un corpo e tutto quel che faccio è proseguimento del mio inizio; se la civiltà dei Maia non mi interessa è perché non ho niente dentro che si possa accostare ai loro bassorilievi; accetto tutto quel che viene da me perché non ho cognizione delle cause, forse senza saperlo sto calpestando ciò che è vitale; è la mia piú grande umiltà, le pareva di indovinare.

Il peggio è che avrebbe potuto cancellare tutto ciò che aveva pensato. I suoi pensieri, una volta edificati, erano statue nel giardino, e lei passava per il giardino guardando e seguendo la sua strada.

Era allegra, quel giorno, e bella. Con un po' di febbre, anche. Perché quel romanticismo: un po' di febbre? Ma la verità è che ce l'ho davvero: occhi lucidi, quella forza e quel languore, battiti disordinati del cuore. Quando la brezza lieve, la brezza d'estate le sfiorava il corpo, questo rabbrividiva tutto di freddo e di caldo. E allora lei pensava in fretta, senza poter smettere di inventare. È perché sono ancora molto giovane, e se mi toccano o non mi toccano, io lo sento – rifletteva. Pensare adesso, per esempio, a ruscelli biondi. Proprio perché non esistono ruscelli biondi, capisci? cosí si fugge. Sí, ma quelli dorati dal sole, biondi in un certo senso... Vuol dire che in realtà io non ho immaginato. Sempre la stessa tendenza: né il male né l'immaginazione. Nel primo, nel suo centro finale, la sensazione semplice e senza aggettivi, cieca come una pietra che rotola. Nell'immaginazione, che sola ha la forza del male, solo la visione ingrandita e trasformata, e sotto, la verità impassibile. Si mente e si cade nella verità. Persino nella libertà, quando allegra sceglieva nuovi sentieri e poi li riconosceva. Essere liberi era seguire se stessi, in fin dei conti, ed ecco di nuovo il cammino segnato. Sarebbe riuscita a vedere solo ciò che già possedeva dentro di sé. Perduto dunque il gusto d'immaginare. E il giorno in cui ho pianto? – c'era anche un certo desiderio di mentire – studiavo matematica e improvvisamente ho sentito l'impossibilità tremenda e fredda del miracolo. Guardo da quella finestra e l'unica verità, la verità che non potrei dire a quell'uomo, abbordandolo, senza che lui mi sfuggisse, l'unica verità è che vivo. Sinceramente, io vivo. Chi sono? Be', questo è già troppo. Mi ricordo di uno studio cromatico di Bach e perdo l'intelligenza. È freddo e puro come ghiaccio, eppure si può dormirci sopra. Perdo la coscienza, ma non importa, nell'allucinazione trovo la piú grande serenità. È curioso che non sappia dire chi sono. Cioè, lo so bene, ma non lo posso dire. Soprattutto, ho paura di dirlo, perché nel momento in cui tento di parlare non solo non esprimo ciò che sento ma ciò che sento si trasforma lentamente in ciò che dico. O perlomeno ciò che mi fa agire non è ciò che sento ma ciò che dico. Sento chi sono e l'impressione alloggia nella parte alta del cervello, nelle labbra – soprattutto nella lingua –, sulla superficie delle braccia, e corre dentro, anche, ben dentro al mio corpo, ma dove, proprio dove, non so dirlo. Il gusto è grigio, un po' arrossato, nei pezzi vecchi un po' azzurrognolo e si muove come gelatina, piano piano. A volte si fa acuto, mi urta, mi ferisce. Benissimo pensare adesso al cielo azzurro, per esempio. Ma soprattutto, da dove viene quella certezza di essere viva? No, non sto bene. Perché nessuno si fa queste domande e io... Ma è che basta tacere per scoprire, sotto tutte le realtà, l'unica irriducibile, quella dell'esistenza. E sotto tutti i dubbi – lo studio cromatico – so che tutto è perfetto, perché ha seguíto, gamma per gamma, il cammino fatale rispetto a se stesso. Nulla sfugge alla perfezione delle cose, ecco la morale di tutto. Ma questo non spiega perché io mi emozioni quando Otávio tossisce e si mette la mano sul petto, cosí. Oppure quando fuma e la cenere gli cade sui baffi, senza che lui se ne accorga. Ah, allora è pietà, quella che sento. Pietà è la mia forma di amore. Di odio e di comunicazione. È quel che mi sostiene contro il mondo, come c'è chi vive per il desiderio, chi per la paura. Pietà delle cose che succedono senza che io lo sappia. Ma sono stanca, nonostante la mia allegria di oggi, allegria che non si sa da dove venga, come quella dei mattini d'estate. Sono stanca, adesso acutamente! Piangiamo insieme, sottovoce. Per aver sofferto e per continuare a soffrire cosí dolcemente. Il dolore stanco in una lacrima semplificata. Ma ora è già desiderio di poesia, lo confesso, Dio. Dormiamo mano nella mano. Il mondo ruota e altrove ci sono cose che non conosco. Dormiamo su Dio e sul mistero, una nave cheta e fragile che fluttua sul mare, ecco il sonno.

Perché era cosí ardente e leggera, come l'aria che viene dal fornello quando lo si scoperchia?

Il giorno era stato uguale agli altri e forse di lí proveniva l'accumulo di vita. Si era svegliata inondata dalla luce del giorno, invasa. Ancora a letto, aveva pensato a sabbia, mare, bere acqua di mare nella casa della zia morta, a sentire, soprattutto a sentire. Attese qualche secondo sul letto e siccome non succedeva nulla, visse un giorno normale. Ancora non si era liberata del desiderio-potere-miracolo di quand'era piccola. La formula si realizzava tante volte: sentire la cosa senza possederla. Bisognava solo che tutto l'aiutasse, che la lasciasse lieve e pura, a digiuno, per ricevere l'immaginazione. Difficile come volare e, senza appoggiare i piedi, ricevere fra le braccia qualcosa di estremamente prezioso, un bambino, per esempio. Solo a un certo punto del gioco perdeva la sensazione di star mentendo – e temeva di non essere presente in tutti i suoi pensieri. Desiderò il mare e sentí le lenzuola del letto. Il giorno proseguí e la lasciò indietro, sola.

Ancora coricata, se n'era rimasta silenziosa, quasi senza pensare, come a volte le succedeva. Osservava superficialmente la casa piena di sole, a quell'ora, i vetri altezzosi e brillanti come se fossero loro la luce. Otávio era uscito. Nessuno in casa. E a tal punto nessuno dentro di lei che, volendo, avrebbe potuto avere i pensieri piú avulsi dalla realtà. Se mi vedessi là nella terra delle stelle, sarei solo mia. Non era notte, non c'erano stelle, impossibile osservarsi a una tale distanza. Distratta, si ricordò allora di qualcuno – grandi denti separati, occhi senza ciglia – che diceva, molto sicuro della propria originalità, ma sincero: tremendamente notturna, la mia vita. Dopo aver parlato, quel qualcuno rimaneva immobile, tranquillo come un bue di notte; di quando in quando muoveva la testa con un gesto senza logica e finalità per poi tornare a concentrarsi nel suo torpore. Colmava tutto il mondo di sgomento. Ah, sí, era un uomo della sua infanzia e accanto al ricordo c'era un mazzolino umido di violette, tremule di rigoglio... In quel momento piú sveglia, con un po' piú di volontà e di abbandono, Joana avrebbe potuto rivivere tutta la sua infanzia... Il breve periodo di vita insieme al padre, il trasferimento a casa della zia, il professore che le insegnava a vivere, la pubertà che sorgeva misteriosa, il collegio, il matrimonio con Otávio... Ma tutto ciò era molto piú breve, un semplice sguardo sorpreso avrebbe svuotato tutti quei fatti.

Era un po' di febbre, sí. Se il peccato esisteva, lei aveva peccato. Tutta la sua vita era stata uno sbaglio, lei era futile. Dov'era la donna della voce? Dov'erano le donne solo femmine? E la continuazione di quel che aveva iniziato da bambina? Era un po' di febbre. Risultato di quei giorni in cui vagava da una parte all'altra, ripudiando e amando mille volte le stesse cose. Di quelle notti che vivevano buie e silenziose, con quelle stelline scintillanti lassú. La giovane donna distesa sul letto, occhio vigile nella penombra. Il letto biancastro che nuotava nell'oscurità. La stanchezza che le si insinuava nel corpo, la lucidità che sfuggiva al polipo. Sogni sfilacciati, inizi di visioni. Otávio che viveva nell'altra camera. E d'improvviso tutta la spossatezza dell'attesa che si concentrava in un movimento nervoso e rapido del corpo, il grido muto. Poi, freddo e sonno.

«Scrivere è una maledizione che salva».

Clarice Lispector aveva ventitre anni quando, nel 1943, in Brasile uscí *Vicino al cuore selvaggio*, da cui ho tratto il monologo di Joana. Finalmente l'America del Sud e la lingua portoghese avevano la loro scrittrice «nello spirito di Joyce e di Virginia Woolf». Lei diceva di sé, e qui c'è anche il senso della sua scrittura: «Libertà è poco. Quel che desidero non ha ancora nome».

È stata una donna bellissima, ritratta da Giorgio De Chirico, ha avuto un matrimonio molto infelice durato quindici anni, con un diplomatico brasiliano, due figli e una nostalgia lancinante per le sue origini mai onorate: è nata nel 1920 in un piccolo villaggio dell'Ucraina, Čečel'nyk, in una famiglia ebrea, durante la guerra civile e i pogrom contro gli ebrei, la prova generale dell'Olocausto. Il padre, la madre, Clarice e le due sorelle maggiori riuscirono a scappare e dopo un periodo in Romania arrivarono in Brasile. Clarice non è mai tornata in Ucraina e dell'Ucraina non ha ricordi: «su quella terra non ho letteralmente mai messo piede: mi hanno portata in braccio», ma il ricordo del dolore e dello sradicamento l'ha accompagnata sempre. Quando aveva nove anni vide la madre morire di sifilide dopo lunghe e atroci sofferenze poiché, durante i giorni della fuga, era stata stuprata da un gruppo di soldati. Sperava di salvarla, perché la madre si era convinta che i bambini nascono per curare gli adulti, ma non ci riuscí.

«Buffo, ma a pensarci bene, non esiste un vero luogo dove vivere. Tutto è terra altrui, dove gli altri vivono contenti», scrisse alle sorelle Elisa e Tania nel 1946. Gli altri vivono contenti, lei ha vissuto in terra altrui e in una condizione al tempo stesso di libertà interiore e di schiavitú verso la scrittura e la fase estrema della creatività. «Scrivere è una maledizione che salva».

Appena ha imparato a leggere, Clarice Lispector ha scritto storie. «Caotiche, intense, totalmente fuori dalla realtà della vita», ha detto nella sua unica intervista televisiva nel 1977, quando era ancora bellissima, molto triste, e stava per morire. Caotiche, intense, introspettive, con il passaggio continuo dalla terza alla prima persona singolare, e l'irrompere assoluto della coscienza. Storie e donne libere, ma in lotta. «Io tendo al male, questo è sicuro, pensava Joana». C'è un nitido senso di solitudine, dentro una vitalità fortissima, e la consapevolezza della differenza fra uomini e donne. La filosofa francese Hélène Cixous la definí cosí: «Se Kafka fosse una donna; se Rilke fosse una scrittrice brasiliana ebrea nata in Ucraina; se Rimbaud fosse stato una madre e fosse arrivato all'età di cinquant'anni; se Heidegger fosse stato in grado di essere meno tedesco». Ma Clarice Lispector è stata Clarice Lispector, e ha costruito su se stessa e sulle donne che ha raccontato questa letteratura unica, fatta di istanti e ripensamenti, e ossessiva, spesso disperata meditazione esistenziale.

«Sono nata per amare gli altri, sono nata per scrivere e per occuparmi dei miei figli. Amare gli altri è qualcosa di cosí vasto che comprende perfino il perdono per me stessa, ed è già sufficiente. Amare gli altri è l'unica salvezza individuale che conosco: nessuno sarà perduto se darà amore e a volte riceverà amore in cambio».

Natalia Ginzburg

Discorso sulle donne

L'altro giorno m'è capitato fra le mani un articolo che avevo scritto subito dopo la liberazione e ci sono rimasta un po' male. Era piuttosto stupido: intanto era tutto in ghingheri, belle frasi ben studiate e girate bene; adesso non voglio piú scrivere cosí. E poi dicevo con calore e convinzione delle cose ovvie: del resto succedeva un po' a tutti, subito dopo la liberazione, di scaldarsi molto a dire delle cose ovvie: era anche giusto in un certo senso, perché in vent'anni di fascismo uno aveva perduto il senso dei valori piú elementari, e bisognava ricominciare da capo, ricominciare a chiamare le cose col loro nome, e scrivere pur di scrivere, per vedere se eravamo ancora delle persone vive.

Quel mio articolo parlava delle donne in genere, e diceva delle cose che si sanno, diceva che le donne non sono poi tanto peggio degli uomini e possono fare anche loro qualcosa di buono se ci si mettono, se la società le aiuta, e cosí via. Ma era stupido perché non mi curavo di vedere come le donne erano davvero: le donne di cui parlavo allora erano donne inventate, niente affatto simili a me o alle donne che m'è successo d'incontrare nella mia vita; cosí come ne parlavo pareva facilissimo tirarle fuori dalla schiavitú e farne degli esseri liberi. E invece avevo tralasciato di dire una cosa molto importante: che le donne hanno la cattiva abitudine di cascare ogni tanto in un pozzo, di lasciarsi prendere da una tremenda malinconia e affogarci dentro, e annaspare per tornare a galla: questo è il vero guaio delle donne. Le donne spesso si vergognano d'avere questo guaio, e fingono di non avere guai e di essere energiche e libere, e camminano a passi fermi per le strade con grandi cappelli e bei vestiti e bocche dipinte e un'aria volitiva e sprezzante; ma a me non è mai successo d'incontrare una donna senza scoprire dopo un poco in lei qualcosa di dolente e di pietoso che non c'è negli uomini, un continuo pericolo di cascare in un gran pozzo oscuro, qualcosa che proviene proprio dal temperamento femminile e forse da una secolare tradizione di soggezione e di schiavitú e che non sarà tanto facile vincere; m'è successo di scoprire proprio nelle donne piú energiche e sprezzanti qualcosa che m'induceva a commiserarle e che capivo molto bene perché ho anch'io la stessa sofferenza da tanti anni e soltanto da poco tempo ho capito che proviene dal fatto che sono una donna e che mi sarà difficile liberarmene mai. Due donne infatti si capiscono molto bene quando si mettono a parlare del pozzo oscuro in cui cadono e possono scambiarsi molte impressioni sui pozzi e sull'assoluta incapacità di comunicare con gli altri e di combinare qualcosa di serio che si sente allora e sugli annaspamenti per tornare a galla.

Ho conosciuto moltissime donne. Ho conosciuto donne con dei bambini e donne senza bambini, mi piacciono di piú le donne con dei bambini perché so subito di cosa parlare, fino a quanti mesi l'hai allattato e dopo cosa gli hai dato e adesso cosa gli dai. Due donne insieme possono parlare all'infinito su questo tema. Ho conosciuto delle donne che potevano prendere il treno e partire lasciando i propri bambini per qualche tempo senza sentire una terribile angoscia e il senso di fare una cosa contro natura, vivere quietamente per molti giorni lontano dai bambini e non provare quella paura viscerale e inconsulta che sia successo loro qualcosa di male, come invece capita a me ogni volta; e non è che quelle donne non volessero bene ai loro bambini, gli volevano bene quanto io voglio bene ai miei ma semplicemente erano piú in gamba. Ho incontrato donne tranquille ma poche, la maggior parte sono come me e non riescono a vincere quella paura viscerale e straziante e quel senso di fare una cosa contro natura ogni volta che si coricano in un letto d'una città straniera molti e molti chilometri lontano dai bambini. Ho cercato d'essere piú in gamba che potevo in questo, ho cercato di dominarmi meglio che potevo e ogni volta che son salita in treno senza i bambini mi son detta: «Questa volta non avrò paura», ma la paura è nata sempre in me e quello che non ho ancora capito è se mi passerà quando i miei bambini saranno uomini, spero bene che mi passerà. E non posso pensare tranquillamente a girare i paesi come vorrei, a dire il vero ci penso sempre ma so bene che non mi è possibile farlo. Cosí ci sono delle donne canguri e delle donne non canguri, ma le donne canguri sono molte di piú.

Io dunque ho conosciuto moltissime donne, donne tranquille e donne non tranquille, ma nel pozzo ci cascano anche le donne tranquille: tutte cascano nel pozzo ogni tanto. Ho conosciuto donne che si trovano molto brutte e donne che si trovano molto belle, donne che riescono a girare i paesi e donne che non ci riescono, donne che hanno mal di testa ogni tanto e donne che non hanno mai mal di testa, donne che si lavano il collo e donne che non se lo lavano, donne che hanno tanti bei fazzolettini bianchi di lino e donne che non hanno mai fazzoletti o se li hanno li perdono, donne che portano il cappello e donne che non lo portano, donne che hanno paura d'essere troppo grasse e donne che hanno paura d'essere troppo magre, donne che zappano tutto il giorno in un campo e donne che spezzano la legna sul ginocchio e accendono il fuoco e fanno la polenta e cullano il bambino e lo allattano e donne che s'annoiano a morte e frequentano corsi di storia delle religioni e donne che s'annoiano a morte e portano il cane a passeggio e donne che s'annoiano a morte e tormentano chi hanno sottomano, il marito o il figlio o la cameriera, e donne che escono al mattino con le mani viola dal freddo e una sciarpettina intorno al collo e donne che escono al mattino muovendo il sedere e specchiandosi nelle vetrine e donne che hanno perso l'impiego e si siedono a mangiare un panino su una panchina del giardino della stazione e donne che sono state piantate da un uomo e si siedono su una panchina del giardino della stazione e s'incipriano un po' la faccia. Ho conosciuto moltissime donne, e adesso sono certa di trovare in loro dopo un poco qualcosa che è degno di commiserazione, un guaio tenuto piú o meno segreto, piú o meno grosso: la tendenza a cascare nel pozzo e trovarci una possibilità di sofferenza sconfinata che gli uomini non conoscono forse perché sono piú forti di salute o piú in gamba a dimenticare se stessi e a identificarsi col lavoro che fanno, piú sicuri di sé e piú padroni del proprio corpo e della propria vita e piú liberi. Le donne cominciano nell'adolescenza a soffrire e a piangere in segreto nelle loro stanze, piangono per via del loro naso o della loro bocca o di qualche parte del loro corpo che trovano che non va bene o piangono perché pensano che nessuno le amerà mai o piangono perché hanno paura di essere stupide o perché hanno paura di annoiarsi in villeggiatura o perché hanno pochi vestiti, queste sono le ragioni che dànno loro a se stesse ma sono in fondo solo dei pretesti e in verità piangono perché sono cascate nel pozzo e capiscono che ci cascheranno spesso nella loro vita e questo renderà loro difficile combinare qualcosa di serio. Le donne pensano molto a loro stesse e ci pensano in un modo doloroso e febbrile che è sconosciuto a un uomo. È molto difficile che riescano a identificarsi col lavoro che fanno, è difficile che riescano ad affiorare da quelle acque buie e dolorose della loro malinconia e dimenticarsi di se stesse.

Le donne fanno dei figli e quando hanno il primo bambino, comincia in loro una nuova specie di tristezza che è fatta di fatica e di paura e c'è sempre anche nelle donne piú sane e tranquille. È la paura che il bambino s'ammali o è la paura di non avere denaro abbastanza per comperare tutto quello che serve al bambino o è la paura d'avere il latte troppo grasso o di avere il latte troppo liquido, è il senso di non poter piú tanto girare i paesi se prima si faceva o è il senso di non potersi piú occupare di politica o è il senso di non poter piú scrivere o di non poter piú dipingere come prima o di non poter piú fare delle ascensioni in montagna come prima per via del bambino, è il senso di non poter disporre della propria vita, è l'affanno di doversi difendere dalla malattia e dalla morte perché la salute e la vita di una donna è necessaria al suo bambino.

E ci sono donne che non hanno figli e questa è una grande disgrazia, è la peggiore disgrazia che possa avere una donna perché a un certo punto diventa deserto e noia e sazietà di tutte quelle cose che si facevano prima con ardimento, scrivere e dipingere e politica e sport e diventa tutto cenere nelle mani e una donna consapevolmente o inconsapevolmente si vergogna di non avere fatto dei figli e comincia a girare i paesi ma anche girare i paesi è un po' difficile per una donna, perché ha freddo o perché le fanno male le scarpe o perché le si smagliano le calze o perché la gente si stupisce a vedere una donna che gira i paesi e ficca il naso di qua e di là. E tutto questo ancora si può superare ma c'è poi la malinconia e cenere nelle mani e invidia a vedere le finestre illuminate delle case nelle città straniere; e magari per un periodo abbastanza lungo riescono a vincere la malinconia e passeggiano al sole con un passo fermo e fanno all'amore con gli uomini e guadagnano del denaro e si sentono forti e intelligenti e belle né troppo grasse né troppo magre e si comprano dei cappelli strani con nodi di velluto e leggono dei libri e ne scrivono, ma poi a un certo punto ricascano nel pozzo con paura e vergogna e disgusto di sé e non riescono piú a scrivere libri e neppure a leggerne, non riescono a interessarsi a niente che non sia il loro personale guaio che tante volte non sanno spiegarsi bene e gli dànno dei nomi diversi, naso brutto bocca brutta gambe brutte noia cenere figli non figli. E poi le donne cominciano a invecchiare e si cercano i capelli bianchi per strapparli e si guardano le piccole rughe sotto gli occhi, e cominciano a dover mettere dei grandi busti con due stecche sulla pancia e due sul sedere e si sentono strizzate e soffocate lí dentro, e ogni mattina e ogni sera osservano come il loro viso e il loro corpo si trasformi a poco a poco in qualcosa di nuovo e di penoso che presto non servirà piú a niente, non servirà piú a far l'amore né a girare i paesi né a fare dello sport e sarà qualcosa che invece loro stesse dovranno servire con acqua calda e massaggi e creme oppure lasciarlo devastare e avvizzire alla pioggia e al sole e dimenticare il tempo che era bello e giovane.

Le donne sono una stirpe disgraziata e infelice con tanti secoli di schiavitú sulle spalle e quello che devono fare è difendersi con le unghie e coi denti dalla loro malsana abitudine di cascare nel pozzo ogni tanto perché un essere libero non casca quasi mai nel pozzo e non pensa cosí sempre a se stesso ma si occupa di tutte le cose importanti e serie che ci sono al mondo e si occupa di se stesso soltanto per sforzarsi di essere ogni giorno piú libero. Cosí devo imparare a fare anch'io per la prima perché se no certo non potrò combinare niente di serio e il mondo non andrà mai avanti bene finché sarà cosí popolato d'una schiera di esseri non liberi.

«Noi non possiamo mentire in nessuna delle cose che facciamo».

Cara Natalia, la smetta di fare bambini e scriva un libro piú bello del mio.

CESARE PAVESE, cartolina a Natalia Ginzburg, 1941.

Natalia Ginzburg scrisse il *Discorso sulle donne* quando aveva trentadue anni, nel 1948, e nella vita aveva incontrato la paura, l'orrore, la guerra. Suo marito Leone Ginzburg era «morto di cuore e di botte» in carcere a Regina Coeli, a Roma, a nemmeno trentacinque anni e per mano delle SS. Lei aveva ventisette anni e doveva proteggere i suoi tre figli, li svegliava di notte e li vestiva convulsamente per scappare. Leone Ginzburg le scriveva dal carcere, le dichiarava il suo amore e le dava indicazioni per la vita. «La mia aspirazione è che tu normalizzi, appena ti sia possibile, la tua esistenza; che tu lavori e scriva e sia utile agli altri». Le ultime parole sono: «Ti bacio ancora e ancora e ancora. Sii coraggiosa».

Essere coraggiosa ha significato anche, per Natalia Ginzburg, dire sempre la verità. «Noi non possiamo mentire nei libri e non possiamo mentire in nessuna delle cose che facciamo [...] Non mentire e non tollerare che ci mentano gli altri», ha scritto. Questo convincimento morale e letterario ha creato una forza espressiva, nei romanzi, nei racconti, negli articoli di giornale e in ogni cosa scritta, che ha come nucleo la chiarezza del vero. Nel racconto della vita quotidiana, dei ricordi, delle impressioni. Senza abbellimenti, senza oscurità: qualcosa che arrivi dritto a chi legge, come in un rapporto confidenziale, senza fronzoli e con una malinconica delicatezza data dal dolore insuperabile, e anche da qualcosa che assomiglia a un'intransigenza.

«Ma a me non è mai successo d'incontrare una donna senza scoprire dopo un poco in lei qualcosa di dolente e di pietoso che non c'è negli uomini, un continuo pericolo di cascare in un gran pozzo oscuro, qualcosa che proviene proprio dal temperamento femminile, qualcosa che capivo molto bene perché ho anch'io la stessa sofferenza da tanti anni e soltanto da poco tempo ho capito che proviene dal fatto che sono una donna e che mi sarà difficile liberarmene mai». L'intera esistenza di Natalia Ginzburg, ma anche la sua vita creativa, la sua opera, la sua allegria, sono state segnate dall'immagine del pozzo. L'attrazione, il pericolo di caderci dentro, la necessità di caderci dentro.

Alba de Céspedes, che pubblicò questo scritto sul suo mensile politico e culturale «Mercurio», le rispose dissentendo su un punto fondamentale: «Io credo che questi pozzi siano la nostra forza. Poiché ogni volta che cadiamo nel pozzo noi scendiamo alle piú profonde radici del nostro essere umano», e invece gli uomini non si abbandonano mai totalmente, non rischiano mai di cadere nel pozzo, e questo è un difetto, non un segno di superiorità.

Natalia decise di non includere questo pezzo ne *Le piccole virtú*, anche se Italo Calvino le scrisse in una lettera, l'11 luglio 1962, che lo trovava «in gran parte divertentissimo». Lei però aveva come sempre chiesto consiglio al figlio Carlo, il primogenito, «persona dura, intransigente e severa» (con queste parole lo aveva descritto a Calvino), e Carlo pensava che il *Discorso* non dovesse entrare in un libro perché «troppo stupido». Il *Discorso* è ancora vivo, oggi, dopo settant'anni, e quel pozzo ancora esiste.

Joan Didion

A letto

Tre, quattro, ma anche cinque volte al mese passo la giornata a letto con l'emicrania, insensibile al mondo che mi circonda. Quasi ogni giorno di ogni mese, fra un attacco e l'altro, avverto l'improvviso fastidio irrazionale e il flusso di sangue nelle arterie cerebrali che mi dicono che l'emicrania sta arrivando, e prendo dei farmaci per prevenirne la comparsa. Se non li prendessi, riuscirei a funzionare forse un giorno su quattro. In breve, l'errore fisiologico detto emicrania è un fatto centrale nella mia vita. A quindici, sedici e anche venticinque anni pensavo di potermene liberare semplicemente negandolo, carattere contro chimica. «Ha mal di testa *ogni tanto*? *Spesso*? *Mai*?» chiedevano i moduli. «Barrare una casella». Conscia della trappola e decisa a ottenere qualsivoglia esito la fortunata circumnavigazione del modulo promettesse (un posto di lavoro, una borsa di studio, il rispetto dei miei simili o la grazia di Dio), barravo una casella. «*Ogni tanto*» mentivo. Il fatto di trascorrere un paio di giorni la settimana praticamente svenuta dal dolore mi pareva un segreto vergognoso, la prova non solo di un'inferiorità biochimica ma di ogni mia brutta abitudine, scontrosità, cattiva idea.

Perché io non avevo tumori al cervello, vista affaticata, pressione alta, insomma nulla che non andasse: avevo semplicemente delle emicranie e l'emicrania, come ben sa chiunque non ne soffra, è immaginaria. Io a quei tempi ci lottavo, ne ignoravo le avvisaglie, andavo comunque a scuola e in seguito al lavoro, mi sorbivo con la guancia destra rigata di lacrime involontarie lezioni sull'inglese medio e presentazioni a pubblicitari, vomitavo nei bagni pubblici, rincasavo guidata dall'istinto, ammucchiavo cubetti di ghiaccio sul letto cercando di congelare il dolore alla tempia destra, invocavo un neurochirurgo che mi praticasse una lobotomia a domicilio e maledicevo la mia immaginazione.

Ci volle molto tempo perché iniziassi a ragionare in maniera abbastanza meccanicistica da accettare l'emicrania per ciò che era: un fatto con il quale avrei dovuto convivere, come altri convivono con il diabete. L'emicrania è qualcosa di piú del capriccio di una fantasia nevrotica. È un complesso essenzialmente ereditario di sintomi tra cui il piú noto, benché di gran lunga non il piú spiacevole, è una cefalea vascolare di una serietà accecante, che affligge un sorprendente numero di donne, un buon numero di uomini (Thomas Jefferson soffriva di emicrania, e cosí Ulysses S. Grant, anche il giorno che accettò la resa di Lee) e alcuni sfortunati bambini anche a soli due anni. (Io ebbi la mia prima emicrania a otto. Comparve durante un'esercitazione antincendio alla Columbia School di Colorado Springs. Prima mi portarono a casa e poi all'infermeria della base aerea di Peterson, dove mio padre era di stanza. L'ufficiale medico mi prescrisse un clistere). Tutto può scatenare un attacco: stress, allergie, stanchezza, un brusco cambio di pressione atmosferica, un contrattempo con una multa. Una luce lampeggiante. Un'esercitazione antincendio. Se ne eredita, naturalmente, solo la predisposizione. In altre parole, ieri ho passato la giornata a letto non a causa delle mie brutte abitudini, scontrosità e cattive idee, ma perché entrambe le mie nonne soffrivano di emicrania, mio padre soffre di emicrania e mia madre soffre di emicrania.

Nessuno sa con precisione che cosa si erediti. Tuttavia la chimica dell'emicrania sembra essere legata per qualche verso all'ormone nervoso detto serotonina, che è naturalmente presente nel cervello. All'esordio di un'emicrania la quantità di serotonina nel sangue subisce un calo drastico, e c'è un farmaco per l'emicrania, il metisergide o Sansert, che sembra agire sulla serotonina. Il metisergide è un derivato dell'acido lisergico (anzi, la Sandoz sintetizzò per la prima volta l'LSD-25 proprio cercando una cura per l'emicrania), e il suo uso è associato a una tale quantità di controindicazioni ed effetti collaterali che i medici tendono a prescriverlo solo nei casi piú invalidanti. Il metisergide, se prescritto, va assunto giornalmente, in via preventiva; un altro rimedio preventivo che alcuni trovano utile è la vecchia ergotamina tartrato, che serve a restringere i vasi sanguigni in via di dilatazione nel corso dell'«aura», il periodo che nella maggior parte dei casi precede la cefalea vera e propria.

Una volta partito l'attacco, però, non c'è farmaco che tenga. L'emicrania provoca blande allucinazioni in alcuni individui, ne acceca temporaneamente altri, si manifesta non solo come cefalea ma anche sottoforma di disturbi gastrointestinali, dolorosa ipersensibilità a tutti gli stimoli sensoriali, stanchezza repentina e insostenibile, afasia simil-apoplettica, e come rovinosa incapacità di svolgere le operazioni piú banali. Quando sono in preda all'aura (per alcuni i prodromi durano dieci minuti, per altri diverse ore) passo con il rosso, perdo le chiavi di casa, rovescio qualunque cosa tenga in mano, non riesco a mettere a fuoco lo sguardo né a formulare frasi di senso compiuto, e in generale do l'impressione di essere drogata, oppure ubriaca. Il mal di testa, quando arriva, si porta dietro brividi, sudorazione, nausea, e una debolezza che sembra voler mettere alla prova i limiti della sopportazione. Che di emicrania non si muoia appare, a chi è nel pieno di un attacco, un beneficio discutibile.

Anche mio marito soffre di emicrania, il che è un male per lui ma un bene per me: perché nulla, mi sa, tende a prolungare un attacco piú dello sguardo accusatorio di chi non ha mai avuto un mal di testa in vita sua. – Prenditi un'aspirina, no? – dicono i sani che si affacciano alla porta, oppure: – Verrebbe anche a me il mal di testa, a passare una cosí bella giornata al chiuso con le tapparelle abbassate –. Tutti noi con l'emicrania siamo afflitti non solo dagli attacchi in quanto tali, ma anche dalla diffusa convinzione che ci rifiutiamo di curarci prendendo un paio di aspirine, che ci facciamo male da soli, che «ce la siamo cercata». E nel piú immediato dei sensi, il senso del perché abbiamo la cefalea questo martedí e non l'avevamo giovedí scorso, è spesso ovviamente cosí. Esiste senz'altro ciò che i medici chiamano «personalità emicranica», e quella personalità è spesso ambiziosa, introversa, intollerante all'errore, rigidamente organizzata, perfezionista. – Lei non sembrerebbe una personalità emicranica, – mi ha detto una volta un medico. – Ha i capelli in disordine. Ma probabilmente è compulsiva come casalinga –. In realtà casa mia è anche piú disordinata dei miei capelli, però il medico ci aveva visto giusto comunque: perfezionismo è anche passare una settimana a scrivere e riscrivere senza scrivere nemmeno un paragrafo.

Tuttavia non tutti i perfezionisti soffrono di emicrania, e non tutti gli emicranici hanno personalità emicraniche. All'ereditarietà non si sfugge. Io ho tentato di sfuggire al mio personale retaggio emicranico in quasi tutti i modi praticabili (c'è stato un momento in cui avevo imparato a farmi due iniezioni di istamina al giorno con un ago ipodermico, sebbene l'ago mi terrorizzasse al punto che dovevo farmele a occhi chiusi), e ho ancora l'emicrania. E adesso ho imparato a conviverci, a sapere quando aspettarmela, a fargliela in barba e persino a considerarla, quando poi arriva, piú un'amica che un'inquilina. Abbiamo raggiunto una sorta di compromesso, io e la mia emicrania. Non viene mai quando mi trovo in guai seri. Ditemi che casa mia è andata a fuoco, che mio marito mi ha lasciata, che si spara per le strade e c'è il panico nelle banche, e non reagirò con un mal di testa. Arriva invece quando non sono in guerra aperta ma in guerriglia con la mia vita, nelle settimane di piccole noie casalinghe, biancheria persa, domestici scontenti, appuntamenti annullati, nei giorni in cui il telefono suona troppo e io non combino niente e si sta alzando il vento. In quei giorni lí, la mia amica arriva senza essere invitata.

E quando arriva, ora che la conosco bene, non ci combatto piú. Mi sdraio e lascio fare. All'inizio, ogni minima apprensione si ingigantisce, qualunque ansia è un terrore martellante. Poi viene il dolore, e mi concentro solo su quello. Proprio lí sta l'utilità dell'emicrania, in quello yoga imposto, la concentrazione sul dolore. Perché quando il dolore si ritira, dieci o dodici ore piú tardi, con lui se ne va tutto il resto, ogni rancore celato, ogni ansia vana. L'emicrania ha agito da interruttore automatico, e i fusibili ne sono usciti indenni. C'è una piacevole euforia da convalescenza. Apro le finestre e sento l'aria, mangio con riconoscenza, dormo bene. Noto la singolare natura di un fiore dentro un bicchiere sul pianerottolo delle scale. Mi sento molto fortunata.

Gli anni del fulgore e della paura.

«Solo ieri avevo cinquant'anni, ne avevo quaranta, avevo trentun anni», ha scritto Joan Didion in *Blue Nights*, pubblicato in America nel 2011. Solo ieri era il 1968, Joan Didion viveva in California con il marito John Gregory Dunne, era molto conosciuta come giornalista e saggista, aveva pubblicato un romanzo, *Run River*, e cominciava a lavorare come sceneggiatrice, soffriva di emicrania e sull'emicrania scrisse questo racconto, definendola: «un fatto centrale nella mia vita». Aveva trentaquattro anni, faceva colazione con una bottiglietta di Coca-Cola, beveva sempre qualcosa di forte prima di andare a dormire. Aveva adottato insieme al marito una bambina, Quintana, nel 1966. «Io stavo facendo la doccia e scoppiai in lacrime quando John entrò in bagno per riferirmi quello che aveva detto Blake Watson: "Ho una bella bambina qui al St John's, – è quello che aveva detto. – Ho bisogno di sapere se la volete"». La volevano senza alcuna esitazione, ma Joan si svegliava la notte con l'incubo di avere lasciato Quintana sola dentro un cassetto ed essere andata al cinema. Aveva paura del fallimento, e peggio ancora, molto peggio (lei lo scrive con il suo accurato coraggio della verità): e se non riesco ad amare questa bambina?

Ma erano gli anni del fulgore e della velocità. «Era un periodo della mia vita in cui credevo davvero di aver coperto, da qualche parte tra la frittura del pollo da servire sui piatti Minton di Sara Mankiewicz e l'acquisto del parasole Porthault per fare ombra alla bella bambina a Saigon, le tappe principali della "maternità"». Joan Didion era impegnata a vivere, a scrivere, a incontrare persone, a compilare liste per le partenze di lavoro. Tra le altre cose: sigarette, bourbon, shampoo, aspirina, sonniferi, tampax, baby oil, macchina da scrivere, copertina di mohair, reggiseno. La macchina da scrivere serviva per l'aeroporto, tornando a casa: l'idea era quella di restituire l'auto a noleggio alla Hertz dell'aeroporto, fare il check-in, trovare una panchina vuota e cominciare a battere gli appunti della giornata. Un giorno anche Quintana, che aveva imparato a scrivere, attaccò in garage una lista. La lista dei «detti di mamma»: lavati i denti, spazzolati i capelli, sta' zitta sto lavorando. Quintana è morta a trentanove anni dopo una lunga malattia, e all'improvviso Joan Didion si è ritrovata sola. «La vita cambia in fretta. La vita cambia in un istante. Una sera ti metti a tavola e la vita che conoscevi è finita. Il problema dell'autocommiserazione». È l'incipit de *L'anno del pensiero magico* (2005), l'inizio di una fase dell'esistenza in cui è necessario mettere in atto strategie di sopravvivenza, e Joan Didion ha dovuto accettare l'idea spaventosa di avere tenuto per tutta la vita uno schermo tra lei e sua figlia, per non distrarsi da se stessa. Accettare anche che il tempo è passato.

Nel 1968, invece, il tempo era steso davanti a Joan Didion. Aveva una bambina piccola, bellissima, un marito che leggeva in bozze tutto quello che lei scriveva («le nostre giornate erano piene del suono delle nostre voci»). Era fortissima, ma aveva paura. «Avevo paura dei serpenti a sonagli, delle correnti marine, delle frane, di estranei che si presentavano alla porta, di febbri inspiegabili, di ascensori senza operatori e corridoi d'albergo vuoti». Se non riusciva a comprendere qualcosa si sedeva al tavolo e cominciava a battere a macchina, e poi tornava alla prima riga e riscriveva, fino a che il pensiero prendeva forma attraverso la scrittura. Ha scritto per capire, non per insegnare agli altri che cosa sia giusto pensare.

Edna O'Brien

Oggetto d'amore

Disse semplicemente il mio nome. – Marta, – disse, e capii che stava succedendo di nuovo. Mi tremavano le gambe sotto la grande tovaglia bianca e avevo la testa confusa, anche se non ero ubriaca. È cosí che m'innamoro. Era seduto davanti a me. L'oggetto dell'amore. Attempato. Occhi azzurri. Capelli biondo sabbia. Stava ingrigendo ai lati e aveva distribuito le ciocche grigie esterne su tutta la testa quasi a nascondere il biondo, come certi nascondono la calvizie. Aveva quello che io chiamo un sorriso molto religioso. Un sorriso interiore che andava e veniva, governato, per cosí dire, da una gioia tutta sua per quello che sentiva o vedeva: un mio commento, il cameriere che toglieva i piatti freddi decorativi e portava quelli caldi di una foggia diversa, la tenda di nylon che si gonfiava al vento sfiorandomi il braccio nudo cotto dall'estate. Era la fine di una calda estate londinese.

– Non sono troppo simpatici nemmeno a me, – disse. Stavamo spettegolando. Parlavamo di una coppia famosa che conoscevamo tutti e due. Lui teneva sempre le mani giunte come per pregare. Non c'erano barriere fra noi. Eravamo estranei. Io faccio l'annunciatrice televisiva; ci eravamo conosciuti per motivi di lavoro, e lui aveva avuto la gentilezza di invitarmi a cena. Mi aveva raccontato di sua moglie, una trentenne come me, e disse che gli era bastato vederla per capire che l'avrebbe sposata. (Era la terza, di moglie). Non gli chiesi com'era fisicamente. Non lo so tuttora. L'unico ricordo che ho di lei sono le braccia inguainate in due grandi maniche color malva lavorate all'uncinetto; è un'immagine che mi è rimasta impressa e rivedo le mani rosa e oranti di lui svanire dentro quelle maniche, e loro due che ballano in una grande sala tetra sorridendo estatici per la fortuna di essere insieme. Ma questo succedeva molto dopo.

Fu una cena simpatica con i fichi per dessert. I primi fichi che avessi mai assaggiato. Lui li tastò delicatamente con le dita, poi me ne mise tre nel piatto. Rimasi a fissare la buccia nero-violacea perché il tremito mi faceva passare la voglia di pelarli. Lui mi distrasse dal nervosismo raccontandomi la storiella di una ragazza che in un'intervista radiofonica aveva ammesso di possedere trentasette paia di scarpe e di comprare un vestito nuovo ogni sabato, che poi cercava di rivendere a parenti e amici. In un certo senso sapevo che aveva scelto quella storia apposta per me e che non si sarebbe arrischiato a raccontarla a molti altri. Era a suo modo una persona seria, e famosa, anche se questo importa poco quando si racconta una storia d'amore. Oppure importa? Fatto sta che addentai un fico senza sbucciarlo.

Come si fa a descrivere un sapore? Erano un cibo nuovo e un uomo nuovo, e quella notte tra le mie lenzuola lui fu un estraneo e un amante, come dire il compagno di letto ideale.

La mattina mantenne un atteggiamento formale ma disinvolto; chiese perfino una spazzola per gli abiti perché sulla giacca aveva una macchia di cipria che gli avevo lasciato la sera prima quando ci eravamo abbracciati tornando a casa in taxi. Allora non ero sicura che saremmo andati a letto insieme, anche se tutto considerato mi sembrava improbabile. Non ho mai avuto una spazzola per gli abiti. Ho libri, dischi, svariate boccette di profumo e vestiti bellissimi, ma non compro mai strumenti per pulire o per far durare a lungo le cose. Sarà anche uno spreco, però preferisco buttarle. Lui comunque picchiettò col fazzoletto la macchia di cipria, che andò via senza difficoltà. Gli serviva anche un cerotto perché la scarpa nuova gli aveva tagliato il tallone. Guardai, ma la confezione era vuota. L'avevano ripulita i miei figli durante le lunghe vacanze estive. Anzi, per un attimo mi parve di vedere i miei due figli in quei giorni d'estate, stravaccati in poltrona, a leggere fumetti, a scorrazzare in bici, a fare la lotta, procurandosi tagli che subito coprivano con un cerotto e dopo, quando si staccava, esibivano gli sfregi bordati di marrone a riprova del loro valore. Quanto mi mancavano, avrei tanto voluto stringerli fra le braccia: un motivo in piú per apprezzare la sua compagnia. – Non è rimasto nemmeno un cerotto, – dissi, vergognandomi un po'. Pensai che mi avrebbe preso per una persona trascurata. Mi chiesi se era il caso di spiegargli come mai i miei figli erano entrati in collegio cosí piccoli. Avevano otto e dieci anni. Ma non glielo spiegai. Mi era passata la voglia di raccontare in giro che il mio matrimonio era naufragato e che mio marito, incapace di occuparsi di due bambini, aveva voluto a tutti i costi mandarli in collegio per farli crescere, a suo dire, in un clima equilibrato. Secondo me l'aveva fatto per privarmi del piacere che provavo a stare con loro. Non potevo spiegarglielo.

Facemmo colazione fuori. L'avvio di un'altra giornata calda. Dal cielo pendeva quella foschia incolore che precede la canicola e nel giardino accanto erano già partiti gli irrigatori. I miei vicini sono fanatici del giardinaggio. Lui mangiò tre fette di pane tostato con il bacon. Mangiai anch'io, tanto per metterlo a suo agio, anche se normalmente salto la colazione. – Farò incetta di cerotti, spazzole per gli abiti e smacchiatori, – dissi. Un modo per dire: «Tornerai?» Lui capí al volo. Si affrettò a ingoiare il pane, mise una di quelle sue mani oranti sulla mia e disse in tono solenne e gentile che non intendeva avere un'avventuretta squallida e volgare con me, ma che da lí a un mese ci saremmo rivisti e si augurava che diventassimo amici. L'amicizia non mi aveva nemmeno sfiorato la mente, anche se forse era un'eventualità interessante. Mi ricordai che cominciando a parlare, la sera precedente, aveva accennato alle prime due mogli e ai figli ormai adulti, e pensai che era una persona onesta e per niente nostalgica. Non ne potevo piú dei dispiaceri e di chi, non contento, ci ricamava pure sopra. Mi aveva anche intenerito vederlo ripiegare il copriletto di seta verde, una cosa che io non faccio mai.

Quando se ne andò mi sentii euforica e in un certo senso sollevata. Era stato bello e senza strascichi antipatici. Avevo il viso arrossato dai baci e i capelli arruffati dagli strapazzi. Sembravo una poco di buono. Stanca dopo la notte quasi insonne, chiusi le tende e tornai a letto. Ebbi un incubo. Il solito, l'uomo che mi uccide. Mi dicono che avere gli incubi è salutare e da quella volta ci credo. Erano mesi che non mi svegliavo cosí calma e trascorsi il resto della giornata di ottimo umore.

Due mattine dopo telefonò chiedendo se c'era speranza di vederci in serata. Risposi di sí, perché non avevo niente da fare e mi sembrava giusto suggellare il nostro segreto con una bella cena. Invece ripartimmo in quarta.

– Siamo stati benissimo, – disse. Mi accorsi di fare piccoli gesti raggelati che denotavano amore, timidezza; lo guardavo con tanto d'occhi, pendevo dalle sue labbra. Stavolta sbucciò i fichi per tutti e due. Mettevamo le gambe in modo che si toccassero e subito le ritiravamo, convinti che veicolassero il nostro desiderio. Mi accompagnò a casa. Fra le lenzuola mi accorsi che si era messo l'acqua di colonia sulle spalle e che aveva organizzato la cena con la speranza, se non con l'intenzione, di venire a letto con me. Il sapore della sua pelle mi piaceva piú di quella ributtante sostanza chimica e mi toccò dirglielo. Lui rise. Non mi ero mai sentita cosí a mio agio con un uomo. Per la cronaca, ero andata a letto con altri quattro ma sentendo sempre un divario sul piano verbale. Mi soffermai un attimo a riflettere sui loro vari odori mentre respiravo il suo, che mi ricordava qualche erba aromatica. Non era il prezzemolo, non era il timo e nemmeno la menta bensí un'erba aromatica inesistente che riassumeva tutti e tre i profumi. Quella seconda volta facemmo l'amore in modo piú rilassato.

– Come la mettiamo se farai di me una donna insaziabile? – chiesi.

– Ti cederò a un amico che sia all'altezza, – disse.

Ci accoccolammo e, con la testa sulla sua spalla, pensai ai piccioni sotto il ponte della ferrovia lí vicino che la notte si rannicchiano stretti stretti ripiegando la testa sul petto malvaceo. Mentre dormiva ci baciavamo scambiandoci paroline. Io non chiusi occhio. Non dormo mai quando sono troppo felice, troppo infelice o a letto con un estraneo.

Nessuno dei due disse: «Bene, eccoci qui alle prese con un'avventuretta squallida e volgare». Cominciammo semplicemente a frequentarci. Con regolarità. Smettemmo di andare al ristorante perché lui era famoso. Veniva a cena da me. Non dimenticherò mai il delirio di quei preparativi: mettere i fiori nei vasi, cambiare le lenzuola, sprimacciare i cuscini, sforzarmi di cucinare, truccarmi e tenere una spazzola a portata di mano casomai fosse arrivato in anticipo. Che strazio! Quando finalmente suonava il campanello andavo ad aprire con una certa difficoltà.

– Non puoi sapere che oasi è questa per me, – diceva. Poi nell'ingresso mi metteva le mani sulle spalle e me le stringeva attraverso l'abito leggero dicendo: – Fatti guardare, – e io chinavo la testa, perché ero imbarazzata e perché volevo esserlo. Ci baciavamo, spesso per cinque minuti buoni. Lui mi baciava l'interno delle narici. Poi ci trasferivamo in soggiorno per accomodarci sulla chaise-longue ancora ammutoliti. Lui mi toccava l'osso del ginocchio e diceva che avevo delle ginocchia bellissime. Vedeva e ammirava parti di me che gli altri avevano sempre trascurato. Subito dopo cena andavamo a letto.

Una volta si presentò inaspettatamente nel tardo pomeriggio, trovandomi pronta per uscire. Andavo a teatro con un altro.

– Quanto vorrei accompagnarti io, – disse.

– Andremo mai a teatro una sera? – Lui chinò la testa. Ci saremmo andati. Per la prima volta sembrò triste. Non facemmo l'amore perché fra il trucco e le ciglia finte sarebbe stato un po' scomodo. Disse: – Nessuno ti ha mai detto che vedere una donna che desideri e non poterci fare niente dà un dolore fisico?

Quel dolore contagiò anche me, accompagnandomi per tutto lo spettacolo. Che rabbia non essere andata a letto con lui, e in seguito me ne pentii ancora di piú perché, a partire da quella sera, i nostri incontri si diradarono. La moglie, che era stata in Francia con i figli, rientrò. Lo scoprii una sera che lui venne a trovarmi in macchina e tra una parola e l'altra disse di sfuggita che quel giorno la figlioletta aveva fatto la pipí su un documento importante. A questo punto posso rivelarvi che era un avvocato.

Da allora vedersi di sera diventò quasi impossibile. Mi dava appuntamento di pomeriggio e con un preavviso minimo. Le rare notti in cui riusciva a fermarsi si presentava con una borsa da viaggio dove c'erano lo spazzolino, la spazzola per gli abiti e le poche cose necessarie a un uomo per una notte non d'amore in un albergo di provincia. Immagino che gliela preparasse lei. Pensavo: «È ridicolo». Lei non mi faceva nessuna pena. Anzi, solo a sentirla nominare – si chiamava Helen – mi veniva la rabbia. Lo disse con grande innocenza. Disse che nel cuore della notte avevano svaligiato casa loro e che lui era sceso in pigiama mentre la moglie telefonava alla polizia dall'apparecchio al piano di sopra.

– Capita, quando si è ricchi, – tagliai corto per cambiare discorso. Fu rassicurante scoprire che con lei, a differenza che con me, portava il pigiama. La mia gelosia era estrema, oltre che marchianamente ingiusta. Ma darei un'impressione sbagliata se dicessi che fu l'esistenza di lei che, a quel punto, deteriorò il nostro rapporto. Perché non è vero. Lui si premurava sempre di parlare come uno scapolo e dopo aver fatto l'amore si tratteneva come minimo un'ora prima di andarsene con tutta calma. Anzi, è proprio uno di quei momenti dopo l'amore che considero il non plus ultra del nostro rapporto. Eravamo seduti sul letto, nudi, a mangiare panini al salmone affumicato. Avevo acceso la stufa a gas perché era autunno inoltrato e i pomeriggi erano gelidi. La stufa emetteva un ronzio costante. Era l'unica luce nella stanza. Lui notò per la prima volta la forma del mio viso perché, disse, fino ad allora era stato l'incarnato ad attirare tutta la sua ammirazione. Anche il suo viso, la cassapanca di mogano e i quadri sembravano piú belli. Non rosei, perché la stufa a gas non aveva quel tipo di lucore, però risplendevano di una luce biancastra. Il tappeto in pelle di capra sotto la finestra era di una morbidezza voluttuosissima. Glielo feci notare. Lui disse di avere una leggera vena masochista e che spesso la notte, non riuscendo a dormire a letto, andava in un'altra stanza, si stendeva a terra con un cappotto addosso e si addormentava di schianto. Lo faceva anche da piccolo. L'immagine di quel bimbetto che dormiva in terra mi mosse a enorme compassione e, senza una parola da parte sua, lo portai vicino al tappeto e lo feci stendere. Fu l'unica volta in cui i ruoli si invertirono. Lui non era mio padre. Io diventai sua madre. Morbida e del tutto immune alle paure. Perfino i miei capezzoli, che sono molto suscettibili, non si sottrassero alle sue pretese furiose. Volevo fare tutto e di tutto per lui. Come spesso succede fra amanti, il mio ardore e la mia inventiva stimolarono i suoi. Non ci fermammo davanti a niente. Dopo, commentando l'impresa – com'era sua abitudine –, considerò che era stato il piú intimo dei nostri momenti intimi. Come dargli torto. Quando ci alzammo per vestirci si asciugò le ascelle con la camicetta bianca che portavo prima e mi chiese quale dei miei bei vestiti avrei indossato per la cena. Scelse lui, quello nero. Disse che gli faceva tantissimo piacere sapere che pur cenando con qualcun altro avrei rimuginato su quello che avevamo fatto noi. Una moglie, il lavoro, il mondo potevano anche separarci, ma nel pensiero eravamo legati.

– Ti penserò, – dissi.

– Anch'io.

Non fu nemmeno tanto triste separarci.

Tempo dopo ebbi quello che si può definire soltanto un sogno nel sogno. Stavo uscendo dal torpore, cercando di svegliarmi, asciugandomi la saliva sulla federa, quando sentii qualcosa tirarmi, un peso enorme che mi inchiodava al letto, e pensai: sono diventata invalida. Ho perso l'uso degli arti, ecco perché da mesi mi sento fiacca e ho voglia di prendere il tè e guardare fuori dalla finestra e basta. Sono paralizzata. Dappertutto. Non riesco a muovere nemmeno la bocca. Soltanto il cervello funziona ancora. Il cervello mi dice che la signora che sta stirando al piano di sotto è l'unica in grado di trovarmi, ma potrebbe non salire quassú per giorni, potrebbe pensare che sono a letto con un uomo, a peccare. A volte mi capita di dormire con un uomo, anche se di solito dormo da sola. Lascerà i vestiti stirati sul tavolo della cucina e il ferro in verticale sul pavimento per evitare che bruci qualcosa. Le camicette saranno appese alle grucce, le ruche dei colletti bianche e soffici come schiuma. È tipo da stirare perfino le punte e i calcagni delle calze di nylon, lei. Se ne andrà in silenzio e tornerà, come previsto, giovedí prossimo. Sento qualcosa dietro la schiena, per essere precisi strattona il copriletto che mi sono tirata su per la schiena per coprirmi la testa. Per ripararmi. E adesso so che non è l'invalidità a inchiodarmi al letto bensí un uomo. Come ha fatto a entrare? È in camera, vicino al muro. So che cosa sta per farmi, e la signora al piano di sotto non mi verrà mai a salvare, si vergogna troppo o forse non pensa che voglio essere salvata. Non so qual è dei tanti, se è il marcantonio grande e grosso che mi ritrovo di fronte ogni volta che apro ingenuamente la porta convinta che sia il ragazzo della tintoria e invece c'è Lui, con un vecchio coltello da scalco nero, la lama che scintilla perché l'ha appena affilata su un gradino. Vorrei urlare ma la lingua non è piú mia. O potrebbe essere l'Altro. Un colosso anche lui, mi afferra per il braccialetto mentre mi infilo tra i sostegni del corrimano. Ho dimenticato che non sono piú una bambina e non mi riesce facile infilarmi tra i sostegni del corrimano. Se il braccialetto si fosse spezzato sarei riuscita a scappare, lasciandolo con mezzo braccialetto d'oro in mano, invece, siccome è di nove carati, mia madre che, accidenti a lei, è cosí previdente ci ha fatto mettere una catenella di sicurezza. Fatto sta che è nel letto. Andrà per le lunghe, la cosa che vuole. Non oso girarmi a guardarlo. Poi una certa gentilezza nell'abbassare il lenzuolo mi fa capire che potrebbe essere Quello Nuovo. L'uomo che ho conosciuto qualche settimana fa. Non è affatto il mio tipo, con le venuzze rotte sulle guance e i capelli rossi, ma proprio rossi. Eravamo su una pelle di capra. Sollevata da terra però, alta come un letto. Durante l'amore avevo fatto quasi tutto io; seno, mani, bocca, tutto smaniava di soddisfarlo. Mi sentivo sicura, non mi ero mai sentita cosí sicura della validità di quello che facevo. Poi ha cominciato a baciarmi là sotto e sono venuta sulla lingua che mi leccava e avevo la sua testa sotto le natiche e mi sembrava di partorirlo, solo che provavo piacere anziché dolore. Si fidava di me. Eravamo due persone, nel senso che non mi stava sopra, non mi soffocava, non faceva cose che non vedevo. Vedevo. Volendo avrei potuto cacargli su quei capelli rossi. Si fidava di me. Ha trattenuto la sborra fino all'ultimo. E tutte le cose che avevo amato fino a quel momento, come il vetro o le bugie, gli specchi e le piume, e i bottoni di madreperla, la seta e i salici piangenti, sono passate in secondo piano rispetto a quello che aveva fatto lui. Era steso in modo che potessi vederlo: cosí delicato, cosí magro, con un mucchio di vene azzurre preoccupate lungo i fianchi. Parlargli è stato come parlare con un bambino. La luce nella stanza era un bagliore bianco. Mi aveva ammorbidita e fatta bagnare molto perciò me lo sono messo dentro. È stato rapido, duro, energico, e lui ha detto: «Non sto pensando a te, adesso, a te ci abbiamo già pensato», e io ho detto che aveva ragione e che quella brutalità mi piaceva. Ho detto cosí. Non ero piú un'ipocrita, non ero piú una bugiarda. In precedenza mi aveva rimproverato spesso, aveva detto: «Ci sono parole che fra noi non useremo, parole come: "Scusa", oppure: "Hai fame?"» Parole che io avevo usato tantissimo. Perciò dal delicato scivolare del copriletto, piú simile a una richiesta, in effetti, penso che potrebbe essere lui, e se è vero voglio affondare giú giú nel pozzo caldo, scuro e sonnolento di questo letto e restarci per sempre, venendo insieme a lui. Ma non guardo per la paura che non sia Lui ma Uno degli Altri.

Quando finalmente mi svegliai ero in preda al panico e avevo un bisogno terribile di telefonargli, solo che, anche se non me l'aveva mai davvero vietato, sapevo che gli avrebbe dato molto fastidio.

Quando una cosa è stata perfetta, come il nostro incontro alla luce della stufa, si tende a cercare disperatamente di ripeterla. Purtroppo l'occasione successiva fu velata di mestizia. Si presentò nel pomeriggio con una valigia piena di tutto l'occorrente per una cena di gala a cui avrebbe partecipato quella sera. All'arrivo mi chiese se poteva appendere il frac, per evitare che si stropicciasse. Attaccò la gruccia al bordo esterno dell'armadio e ricordo che rimasi colpita dalla fila di medaglie al valore militare che correva lungo il taschino. La parentesi a letto fu piacevole ma veloce. Aveva fretta di vestirsi. Io rimasi seduta a guardarlo. Volevo chiedergli delle medaglie e di come se l'era guadagnate, se si ricordava della guerra, se all'epoca gli era mancata la moglie di allora, se aveva ucciso qualcuno e se gli capitava ancora di sognarlo. Ma non gli chiesi niente. Rimasi lí seduta come paralizzata.

– Niente bretelle, – disse reggendosi i larghi pantaloni neri per la vita. Agli altri doveva avere la cintura.

– Vado a prendertene un paio da Woolworth, – dissi. Ma non era il caso, già cosí rischiava di fare tardi. Presi una spilla da balia e glieli appuntai dietro la vita. Un'operazione non semplice perché la spilla non era abbastanza robusta.

– Me la riporti? – dissi. Non regalo mai le spille da balia, sono superstiziosa. Ci mise un po' a rispondere perché stava imprecando a mezza bocca. Non ce l'aveva con me. Ce l'aveva con quel colletto inamidato di una rigidità disumana in cui i bottoncini dorati non volevano saperne di infilarsi. Ci provai io. Ci provò lui. Ogni volta che uno dei due non ci riusciva, l'altro si spazientiva. Disse che a furia di provarci l'avremmo imbrattato tutto con le mani. Il che sarebbe stato peggio. Pensai a quanto dovevano essere criticoni i suoi commensali, ma ovviamente mi guardai bene dal dirlo. Alla fine riuscimmo a infilare un bottoncino ciascuno e lui per festeggiare mandò giú un sorsetto di whiskey. Il farfallino fu un'altra impresa. Lui non riuscí ad annodarlo. Io non osai nemmeno provarci.

– Non l'hai mai annodato? – chiesi. Immagino che glielo avessero sempre annodato le mogli, in successione. Mi sentii una vera stupida. Poi, un grumo di odio. Pensai a quant'erano orribili quelle gambe rosa, a quant'era ributtante la forma del corpo, senza nemmeno l'accenno della vita, a quant'erano falsi quegli occhi che si congratularono con lui allo specchio quando riuscí ad abbozzare una specie di farfallino. Quando si mise la giacca, il tintinnio delle medaglie mi diede lo spunto per un commento su quella musica. C'era ben poco da dire. Per ultima mise una sciarpa di seta bianca che gli scendeva oltre la vita. Sembrava uno che non conoscevo. Uscí in fretta e furia. Io corsi in strada con lui per aiutarlo a trovare un taxi, e stargli dietro e chiacchierare non era semplice. Ricordo soltanto l'immagine spettrale della sciarpa bianchissima che dondolava mentre correvamo. Le scarpe, che erano di pelle lucida, facevano uno sgradevole cigolio.

– È una cena fra maschi? – chiesi.

– No. È mista, – rispose.

Ecco il perché di tanta fretta. Aveva appuntamento con la moglie da qualche parte. L'odio cominciò a crescere.

Mi riportò la spilla da balia, ma la superstizione rimase,

perché sul davanzale avevo trovato quattro spilli con la capocchia nera rotonda caduti dalla sua camicia nuova. Non volle riprenderseli. Non era superstizioso, lui.

I brutti momenti, come quelli belli, tendono a coalizzarsi, e quando penso a quella vestizione penso anche a un'altra circostanza che non ci vide in totale accordo. Eravamo per strada; stavamo cercando un ristorante. Ci era toccato uscire perché un'amica era venuta a stare da me e ci avrebbe imposto la sua compagnia. Mentre camminavamo – era ottobre e tirava molto vento – capii che era arrabbiato perché per colpa mia dovevamo stare fuori al freddo e non potevamo abbracciarci. Avevo i tacchi altissimi e mi vergognavo del rumore vuoto che facevano. In un certo senso capii che eravamo nemici. Lui guardava le vetrate dei ristoranti per vedere se c'era qualcuno che conosceva. Ne scartò due per motivi noti soltanto a lui. Uno sembrava molto grazioso. Aveva le lampadine arancioni incastonate nei muri con piccole grate di ferro quadrate che filtravano la luce. Attraversammo la strada per guardare i locali sul marciapiede di fronte. Vidi un gruppo di teppistelli venirci incontro e, tanto per dire qualcosa – tra i miei tacchi aggressivi, il vento, il traffico e quell'orribile via che non aveva niente di romantico eravamo rimasti a corto di argomenti piacevoli –, chiesi se l'avesse mai innervosito incontrare gruppi rumorosi come quello di sera tardi. Lui disse che giusto qualche sera prima tornando a casa a piedi molto tardi aveva visto un gruppo simile andargli incontro e, prima ancora di sentire la paura, si era accorto di aver allargato il mazzo di chiavi infilandoci in mezzo le dita e di essere pronto a sfilare di tasca la mano, armata delle punte acuminate delle chiavi, se per caso l'avessero minacciato. Mi sa che mentre parlavamo stava facendo la stessa cosa. Strano, ma non mi sentivo protetta da lui. Sentivo solo che eravamo due persone, che al mondo c'erano problemi, violenze, malattie, catastrofi che lui affrontava in un modo e io affrontavo – o, per essere precisi, rifuggivo – in un altro. Mentre ero assorta in quel pensiero malinconico il gruppo ci sfilò accanto e le mie congetture sulla violenza si rivelarono inutili. Trovammo un bel ristorante e bevemmo tantissimo vino.

Dopo, l'amore fu, al solito, perfetto. Lui si trattenne la notte. Mi sentivo molto privilegiata quando si tratteneva la notte e gli unici piccoli spasmi d'ansia che minavano la mia gioia nascevano dal timore che avesse detto alla moglie che era in un certo albergo e che lei telefonando non lo trovasse. Spesso davo libero sfogo alla fantasia e immaginavo che lei ci scoprisse, immaginavo di restare in un signorile silenzio mentre lui le diceva con grande freddezza di aspettare fuori che si rivestisse. Lei non mi faceva nessuna pena. Certe volte mi chiedevo se ci saremmo mai incontrate o se non ci fossimo già incontrate su qualche scala mobile. Ma era improbabile, visto che abitiamo ai poli opposti di Londra.

Poi, con mia grande sorpresa, si presentò l'occasione. Mi invitarono a una festa per il Ringraziamento organizzata da una rivista americana. Lui vide l'invito sulla mensola del camino e disse: – Ci vai anche tu? – e io sorrisi dicendo forse. E lui? – Sí, – disse. Cercò di convincermi a decidere su due piedi, ma non mi lasciai incantare. Certo che ci sarei andata. Ero curiosa di vedere sua moglie. Avrei incontrato lui in pubblico. Mi sconvolgeva pensare che non ci eravamo mai incontrati in compagnia di altre persone. Era come essere una reclusa... un piccolo animale sotto chiave. Pensai distintamente a un furetto che quand'ero piccola un guardaboschi teneva dentro una cassa di legno con la sommità scorrevole, e a un altro furetto che una volta aveva portato per farli accoppiare. Quel pensiero mi diede i brividi. Nel senso che mi si confusero le idee: pensai ai furetti bianchi con le piccole narici rosa e allo stesso tempo pensai a lui che ogni tanto faceva scorrere una porta e si infilava dentro la mia cassa. Il rosa abbondava sulla sua pelle.

– Non ho ancora deciso, – dissi, ma il giorno prestabilito ci andai. Curai tantissimo l'aspetto, mi feci acconciare i capelli e indossai una tenuta verginale. Bianca e nera. La festa si teneva in una grande sala con le pareti rivestite di legno marrone; a tutti i pannelli erano affisse le copertine ingrandite della rivista. Il bar era sul fondo, sotto una balconata. A colpo d'occhio sembrava che i baristi vestiti di bianco fossero rattrappiti e persi sotto la rupe di quella balconata che pareva pronta a crollargli addosso. Mai vista una sala meno adatta a una festa. Alcune donne si aggiravano con i vassoi ma mi toccò andare al bar perché su quei vassoi c'era lo champagne e io preferisco il whiskey. Mi accompagnò uno che conoscevo e durante il tragitto un altro mi stampò un bacio sulla schiena. Mi augurai che lui se ne fosse accorto, anche se in quella sala enorme con centinaia di persone non riuscivo a immaginare dove fosse. Notai un vestito che mi piaceva molto, un vestito malva con le maniche ampissime lavorate all'uncinetto. Facendo salire lo sguardo lungo le maniche vidi gli occhi della proprietaria puntati su di me. Forse le piaceva la mia mise. Capita, quando si hanno gli stessi gusti. Non ho idea di come fosse il suo viso ma dopo, quando chiesi a un'amica quale fosse la moglie di lui, indicò la donna con le maniche lavorate all'uncinetto. La seconda volta la vidi di profilo. Non so tuttora come sia, né gli occhi che guardai evocano qualcosa di speciale nel ricordo se non, forse, una vaga cupidigia.

Alla fine andai a cercarlo. Mi feci accompagnare da un amico comune che finse di presentarci. Lui era scostante. Sembrava strano, il rossore che gli colorava le guance era acceso e innaturale. Parlò con l'amico comune e in pratica mi ignorò. Forse per rimediare mi chiese, dopo tanto, se mi divertivo.

– Questa sala è gelida, – dissi. Ovviamente mi riferivo al suo atteggiamento. Volendo definire la sala avrei usato l'aggettivo «tetro» o qualcosa di simile.

– Non so da dove le viene questa sensazione di gelo, io

non ce l'ho, – disse in tono aggressivo. Poi una tizia molto ubriaca con un vestito a sacchetto venne a prenderlo per mano e cominciò a sbavargli addosso. Chiesi scusa e me ne andai. Lui disse senza mezzi termini che sperava di rivedermi.

Andando via dalla festa incrociai il suo sguardo e provai non solo dispiacere per lui ma anche rabbia. Sembrava attonito, come se gli avessero appena comunicato una notizia importante. Mi vide uscire con un gruppo di persone e io lo fissai senza l'accenno di un sorriso. Ebbene sí, mi dispiaceva per lui. Ero anche seccata. Ci vedemmo il giorno dopo, e quando sollevai l'argomento lui non si ricordava nemmeno che un amico comune ci avesse presentati.

– Clement Hastings! – disse, ripetendone il nome. Il che dimostra quanto fosse nervoso.

È impossibile sostenere che le brutte notizie, se comunicate in un certo modo e in un certo momento, hanno un effetto meno disastroso. Io però sono convinta che lui mi abbia dato il benservito nel momento sbagliato. Tanto per cominciare, era mattina. Suonò la sveglia e mi sollevai a sedere chiedendomi quando lui l'avesse messa. Era già in piedi e stava provvedendo a spegnerla.

– Scusami, cara, – disse.

– L'hai messa tu? – dissi, indignata. Sapeva di tradimento, come se avesse voluto svignarsela senza salutare.

– Pare proprio di sí, – disse. Mi abbracciò e ci stendemmo di nuovo. Fuori era buio e c'era una sensazione – ma forse esiste soltanto nel ricordo – di ghiaccio.

– Complimenti, oggi ritirerai il premio, – bisbigliò. Avrei ricevuto un premio come annunciatrice.

– Grazie, – dissi. Mi vergognavo di quel premio. Mi ricordava di quando a scuola primeggiavo sempre in tutto, provando un senso di colpa che però non bastava a farmi abbassare le ali.

– Che bello, ti sei fermato tutta la notte, – dissi. Lo accarezzavo ovunque. A letto non stavo mai ferma con le mani. Sveglia o addormentata, era un continuo accarezzarlo. Non per eccitarlo, semplicemente per rassicurarlo e consolarlo e forse per consolidare il mio diritto di proprietà. Trovo che ci sia un che di terapeutico nel tenersi strette le cose. Tengo per ore pietre lisce nel palmo della mano oppure impugno i lati di una poltrona e dopo mi sento meglio. Mi baciò. Disse di non aver mai conosciuto una persona piú dolce e premurosa. Io, incoraggiata, mi dedicai a una cosa molto intima. Sentivo i suoi sospiri di piacere, gli «oh, oh» goduti quando si abbandonava dicendosi allo stesso tempo che non doveva. Sulle prime non mi accorsi che stava parlando.

– Ehi, – disse in tono scherzoso, come se niente fosse. – Lo sai che cosí non può andare avanti –. Pensavo che si riferisse all'attività del momento, perché il tempo stringeva e lui doveva scappare. Poi sollevai la testa che tenevo affondata fra le sue gambe e lo guardai attraverso i capelli che mi erano ricaduti sul viso. Vidi che era serio.

– Mi sono appena reso conto che forse mi ami, – disse. Annuii e spinsi indietro i capelli per dargli modo di leggere l'attestazione che avevo scritta chiara in faccia. Mi fece stendere in modo da accostare la testa alla mia e cominciò:

– Ti adoro, ma non sono innamorato di te; con i miei impegni non credo che potrei innamorarmi di qualcuno, all'inizio l'ho presa alla leggera... – Quelle ultime parole mi offesero. Io non la vedevo né la ricordavo cosí: tutti i telegrammi che mi aveva mandato con scritto: «Muoio dalla voglia di vederti», oppure: «Che il sole risplenda su di te», i primissimi istanti a ogni incontro, quando eravamo sopraffatti dalla passione, dalla timidezza e dallo shock di essere cosí turbati dalla presenza dell'altro. Avevamo perfino cercato sul dizionario le parole per esprimere il modo unico in cui consideravamo l'altro. Lui aveva scelto «incensare», che significa adorare o coprire con il profumo dell'amore. Era la parola perfetta e la usavamo di continuo. Adesso rinnegava tutto. Parlava di inglobarmi nella sua vita, nella sua vita familiare... di farmi diventare un'amica. Anche se lo disse con poca convinzione. A me non veniva in mente una sola cosa da dire. Sapevo che se avessi aperto bocca avrei fatto una figura penosa, perciò rimasi in silenzio. Quando tacque fissai la fessura tra le due tende dritto davanti a me e, guardando il raggio di cruda luce che filtrava, dissi: – Mi sa che fuori c'è il ghiaccio, – e lui disse che era possibile, visto che era pieno inverno. Ci alzammo e lui come al solito tolse la lampadina dall'abat-jour sul comodino e infilò la spina del rasoio. Io andai a preparare la colazione. Fu l'unica mattina in cui dimenticai di fargli la spremuta d'arancia e spesso mi chiedo se lui l'abbia preso per un affronto. Se ne andò poco prima delle nove.

Il soggiorno serbava le tracce della sua presenza. O, per essere precisi, gli avanzi dei suoi sigari. In uno dei portacenere azzurri a forma di piattino c'erano grossi stronzi di cenere di sigaro grigio scuro. C'erano anche i mozziconi, ma erano i pezzi di cenere che continuavo a guardare, pensando che la loro grossezza mi ricordava quella delle sue brutte gambe. E ancora una volta lo odiai. Stavo per svuotare il portacenere nel camino quando qualcosa mi trattenne e invece presi una scatoletta di metallo e, aiutandomi con un foglio di carta, misi dentro i pezzi di cenere e portai la scatoletta di sopra. Gli stronzi spostandosi si disfecero e, anche se mi avevano ricordato le sue gambe, adesso erano una massa informe di cenere grigio scuro, simili probabilmente alle ceneri dei morti. Misi la scatoletta in un cassetto sotto alcuni indumenti.

Piú tardi mi diedero il premio: una grossa medaglia d'argento con su scritto il mio nome. Alla festa che seguí mi ubriacai. Gli amici mi dicono che non feci una figura proprio pessima, ma io ho il ricordo umiliante di aver cominciato a raccontare una storia che poi non riuscii a finire, non perché me ne sfuggisse il contenuto ma perché era troppo difficile pronunciare le parole. Un tizio mi accompagnò a casa e dopo avergli offerto una tazza di tè lo misi fin troppo pudicamente alla porta; dopodiché mi avviai barcollando verso il letto. Dormo male quando alzo il gomito. Mi svegliai che era ancora buio e mi tornò subito in mente l'intuizione del ghiaccio all'esterno la mattina prima e le sue parole fredde e ammonitrici. Mi vidi costretta a dargli ragione. Anche se i nostri incontri erano perfetti, avevo la sensazione che incombesse una minaccia, che fra noi si andasse spalancando un abisso, che qualcuno lo dicesse a sua moglie, che l'amore si guastasse, che andasse tutto in malora. E dire che ancora non ci eravamo spinti fin dove avremmo dovuto. C'erano vette di gioia e del suo contrario ancora da scalare, ma il tempo era scaduto. Lui, ovvio, aveva detto: «Fisicamente mi attiri ancora tantissimo», e questo, a suo modo, l'avevo trovato umiliante. Fare ancora l'amore dopo che mi aveva scaricato sarebbe stato disgustoso. Era finita. Continuavo a pensare a una viola nel bosco che a tempo debito appassisce e muore. Il ghiaccio doveva esercitare un influsso sui miei pensieri, o meglio, sulle mie riflessioni. Mi alzai e indossai una vestaglia. La sbronza mi aveva lasciato un gran mal di testa ma ero determinata e sapevo che dovevo approfittarne per scrivergli. Conosco le mie debolezze e sapevo che entro la fine della giornata mi sarebbe venuta voglia di rivederlo, di stare con lui, di riconquistarlo con la dolcezza e con la mia impotenza disarmante.

Scrissi una lettera tralasciando la parte sulla viola. Sono cose che messe per iscritto ti fanno sembrare stravagante. Dissi che se non riteneva prudente vedermi, evitasse pure di farlo. Dissi che era stata una piacevole parentesi e che dovevamo conservare un bel ricordo. Era una lettera controllatissima. Lui rispose subito. La mia decisione arrivava come una doccia fredda, disse. Però doveva ammettere che avevo ragione. A metà lettera diceva di dover sfondare una breccia nella mia compostezza e ammettere che malgrado tutto mi amava e mi avrebbe sempre amato. Ecco la parolina che andavo cercando da mesi. Serví a darmi il la. Gli scrissi una lunga lettera in risposta. Persi la testa. Straparlai. Professai di amarlo, di aver trascorso quei giorni sull'orlo della follia, di sperare in un miracolo.

Fortuna che non mi addentrai nel merito del miracolo, che probabilmente è, o era, abbastanza disumano. Riguardava la sua famiglia.

Lui tornava dal funerale della moglie e dei figli con il frac nero. Aveva anche la sciarpa di seta bianca che gli avevo già visto e all'occhiello portava un tetro tulipano nero. Vedendolo venire verso di me gli strappavo il tulipano nero e lo sostituivo con un narciso bianco e lui mi metteva la sciarpa intorno al collo e mi attirava a sé reggendola per le frange. Io continuavo a muovere il collo dentro l'abbraccio della sciarpa. Poi ballavamo divinamente su un pavimento di legno che era bianco e scivoloso. Ogni tanto pensavo che saremmo caduti, ma lui diceva: «Non preoccuparti, ci sono qua io». Il pavimento era anche una strada che ci stava portando in un posto bellissimo.

Aspettai per settimane una risposta alla mia lettera, che non arrivò. Portai piú volte la mano al telefono ma una specie di prudenza, sensazione che mi era del tutto nuova, nei recessi della mente mi esortava ad aspettare. A dargli tempo. A lasciare che il pentimento s'impossessasse del suo cuore. A lasciarlo tornare di sua spontanea volontà. Poi mi prese il panico. Pensai che la lettera fosse andata persa o fosse finita nelle mani sbagliate. Naturalmente l'avevo spedita all'ufficio di Lincoln's Inn dove lui lavorava. Ne scrissi un'altra. Stavolta era un biglietto formale al quale acclusi una cartolina con le parole SÍ e NO. Gli chiesi, se aveva ricevuto la mia lettera precedente, di essere cosí gentile da farmelo sapere cancellando la parola errata e di rispedirmela. Tornò con il NO cancellato. Nient'altro. Dunque l'aveva ricevuta. Rimasi a guardare quella cartolina per ore. Non riuscivo a smettere di tremare e per calmarmi scolai vari bicchieri. C'era un che di tremendamente brutale in quella cartolina, ma del resto va detto che affrontando la situazione in quel modo me l'ero cercata. Tirai fuori la scatola con dentro le sue ceneri e ci piansi sopra, combattuta fra il desiderio di buttarla dalla finestra e di conservarla per sempre.

Assunsi un atteggiamento in linea di massima molto strano. Telefonai a una che lo conosceva e di punto in bianco le chiesi a suo parere che hobby poteva avere lui. Mi rispose che suonava l'armonium, e la notizia mi risultò intollerabile. Poi entrai in una zona grigia e il terzo giorno persi il controllo.

A furia di non dormire e prendere stimolanti e whiskey mi ridussi a uno straccio. Tremavo dalla testa ai piedi e avevo l'affanno, neanche avessi assistito a un incidente. Guardai dalla finestra della camera da letto, che è al secondo piano, il cemento sottostante. Le uniche piante ancora in fiore erano le ortensie, e sbiadendo avevano preso un delicato color ruggine molto piú grazioso del rosa stridulo che avevano avuto per tutta l'estate. Le fucsie del giardino accanto avevano un cappello di ghiaccio. Guardai prima le ortensie e poi le fucsie cercando di valutare come sarebbe andata se mi fossi buttata di sotto. Mi chiesi se il dislivello fosse sufficiente. Immaginai che con la mia malagrazia sarei riuscita tutt'al piú a procurarmi qualche danno irreversibile, il che sarebbe stato peggio perché mi avrebbe inchiodato al letto imprigionandomi in quegli stessi pensieri che mi stavano portando alla disperazione. Aprii la finestra e mi sporsi, ma mi ritrassi subito. Mi era venuta un'idea migliore. Al pianterreno c'era un idraulico che stava installando il riscaldamento centralizzato, impresa in cui mi ero imbarcata da quando il mio amante aveva cominciato a venire regolarmente a casa mia e avevamo scoperto che ci piaceva girare nudi mangiando panini e ascoltando i dischi. Decisi di uccidermi con il gas e di ricorrere all'aiuto dell'idraulico per farlo come si deve. Sapevo – doveva avermelo detto qualcuno – che a un certo punto, nel pieno dell'operazione, ci si pente e si cerca di tornare indietro ma non si può. Una nota tragica in piú che preferivo risparmiarmi. Perciò decisi di andare di sotto e di spiegare all'idraulico che volevo davvero morire, che non glielo dicevo perché me lo impedisse o mi consolasse, che non cercavo pietà – in certi momenti la pietà non serve a niente – e che volevo soltanto la sua assistenza. Poteva mostrarmi come si faceva, sistemarmi e – questo sí che è assurdo – provvedere per qualche ora a rispondere al telefono e ad aprire la porta. E anche a sbarazzarsi del cadavere in modo dignitoso. Questo volevo, al di sopra di tutto. Decisi perfino come mi sarei vestita: un abito lungo che, guarda caso, aveva lo stesso colore delle ortensie nella fase ruggine e che avevo indossato giusto per qualche servizio fotografico o in televisione. Prima di scendere al piano di sotto scrissi un biglietto che diceva semplicemente: «Mi suicido per mancanza di intelligenza e perché non so né ho imparato a vivere».

Mi giudicherete spietata a non aver considerato l'esistenza dei miei figli. In realtà non è vero. Molto prima che cominciasse quella storia ero arrivata alla conclusione che il collegio li aveva separati irrevocabilmente da me. Se preferite, avevo la sensazione di averli abbandonati anni prima. Pensavo, ed era un'ammissione fuori da isterismi, che nella loro vita cambiava poco se io ero viva o no. Va detto che non li vedevo da un mese ed è sconvolgente come l'assenza, pur non attenuando l'amore, plachi il bisogno fisico di chi amiamo. Dovevano tornare per le vacanze di metà anno proprio quel giorno ma, siccome toccava al padre tenerli, sapevo che li avrei visti un solo pomeriggio per qualche ora. E in quello stato di prostrazione mi sembrava peggio che non vederli affatto.

Inutile dire che quando scesi di sotto l'idraulico mi diede un'occhiata e disse: – Qui ci vuole una bella tazza di tè –. L'aveva preparato per davvero. Accettai e rimasi lí a scaldarmi le mani da bambina intorno al cilindro della tazza marrone. Ricordai in un lampo il mio amante che a letto misurava le nostre mani dicendo che le mie non erano piú grandi di quelle di sua figlia. E poi ecco un altro ricordo meno edificante sulle mani. Era la volta che, quando ci incontrammo, lui era visibilmente sconvolto perché aveva schiacciato le mani di quella stessa figlia nello sportello della macchina. Le dita non si erano rotte ma erano tutte ammaccate e lui era dispiaciutissimo e si augurava che la figlia lo perdonasse. Sentendo quella storia mi ero subito affrettata a dirgli che *io* una volta nello sportello di una Jaguar ci avevo quasi lasciato le dita. Osservazione inutile, anche se un ascoltatore ne avrebbe dedotto che ero una ragazzina vanitosa e senza cuore. Mi sarebbe dispiaciuto per qualunque bambina si fosse schiacciata le dita nella portiera di una macchina, ma in quel momento era un tentativo di richiamarlo a un mondo segreto tutto nostro. Forse è una delle cose che mi ha sminuito ai suoi occhi. Forse è stato allora che ha deciso di troncare i rapporti. Stavo per raccontarlo all'idraulico, per metterlo in guardia dal cosiddetto amore che spesso indurisce il cuore ma che, al pari delle viole, può fare una brutta fine sprofondando due persone in uno sconcerto mortale. Il tè era zuccherato e lo trovai stomachevole.

– Mi serve il suo aiuto, – dissi.

– Basta chiedere, – disse lui. Era prevedibile. Eravamo amici. Avrebbe fatto un impianto raffinatissimo. Quell'impianto sarebbe stato una piccola opera d'arte e il colore dei termosifoni si sarebbe armonizzato con quello delle pareti.

– Lei pensa che li dipingerò di bianco, invece sarà un avorio chiaro, – disse. Il bianco sulle pareti della cucina era un po' ingiallito.

– Mi voglio ammazzare, – dissi.

– Dio santo, – disse, e scoppiò a ridere. L'aveva sempre saputo che ero un tipo melodrammatico. Poi mi guardò in faccia e capí come stavano le cose. Tanto per cominciare non controllavo il respiro. Mi prese sottobraccio e mi portò in soggiorno, dove ci facemmo un goccetto. Sapevo che non era tipo da disdegnare un goccetto e pensai: «Non tutti i mali vengono per nuocere». La cosa esasperante era che continuavo ad avere i pensieri di una persona viva. Disse che i motivi per vivere non mi mancavano. – Una ragazza giovane come lei, con la gente che le chiede l'autografo, una bella macchina nuova, – disse.

– È tutto... – annaspai in cerca della parola. Volevo dire «inutile», invece venne fuori «crudele».

– E i suoi figli, – disse. – Che ne sarà dei suoi figli? – Li aveva visti in fotografia, e una volta gli avevo letto la lettera di uno di loro. La parola «crudele» mi infuriava nella testa. Urlava da ogni angolo della stanza. Per evitare lo sguardo dell'idraulico abbassai gli occhi sulla manica del mio maglioncino di angora e mi diedi a staccare metodicamente i pezzetti di peluria arrotolandoli in una pallina.

Ci fu un attimo di silenzio.

– Questa è una via sfortunata. Lei è la terza, – disse.

– La terza di che cosa? – dissi, ammonticchiando industriosamente la peluria nera nel palmo.

– Una donna giú in fondo alla strada; il marito dirigeva una banda musicale e rientrava sempre tardi. Una sera è andata alla sala da ballo e l'ha visto con un'altra; è tornata a casa e l'ha fatto senza starci tanto a pensare.

– Col gas? – chiesi, sinceramente curiosa.

– No, coi sedativi, – disse, e passò a raccontare la storia di una ragazza che si era uccisa col gas ed era stato lui a trovarla perché era in casa a curare la carie del legno. – Nuda, aveva giusto un maglioncino, – disse, chiedendosi come mai fosse conciata cosí. Cambiò decisamente atteggiamento mentre ricordava che entrando in casa aveva sentito puzza di gas e aveva cercato di capire da dove venisse.

Lo guardai in faccia. Era serissimo. Aveva le palpebre pesanti. Non l'avevo mai visto cosí da vicino. – Povero Michael, – dissi. Un po' fiacche come scuse. Stavo pensando che, se si fosse reso complice del mio suicidio, il ricordo l'avrebbe perseguitato per sempre.

– Una bella ragazza, – disse in tono mesto.

– Poveretta, – dissi, facendo appello alla pietà.

Sembrava che non ci fosse altro da aggiungere. Era riuscito a farmi vergognare. Mi alzai sforzandomi di essere normale: presi un po' di bicchieri dal tavolino e mi diressi in cucina. Se i bicchieri sporchi sono prova di quanto si è bevuto, allora dovevo aver bevuto parecchio negli ultimi giorni.

– Bene, – disse lui, e si alzò con un sospiro. Ammise di essere soddisfatto del suo operato.

Il caso volle che quel giorno ci fosse un'altra crisi. I miei figli sarebbero dovuti tornare dal padre, ma lui telefonò per dirmi che il piú grande aveva la febbre e siccome – ma questo non lo disse – non era capace di prendersi cura di un bambino malato, si vedeva costretto a portarli da me. Arrivarono nel pomeriggio. Li aspettavo sulla soglia, il viso truccatissimo per mascherare l'angoscia. Il bambino malato aveva una coperta avvolta sul cappotto di tweed e una sciarpa del padre intorno al viso. Appena lo abbracciai si mise a piangere. Il piú piccolo girò per casa assicurandosi che tutto fosse rimasto come l'aveva lasciato. Di solito quando venivano da me li accoglievo con dei regali mentre stavolta non ci avevo pensato e loro ci rimasero un po' male.

– Domani, – dissi.

– Perché hai le lacrime agli occhi? – chiese quello malato mentre lo svestivo.

– Perché stai male, – dissi, raccontando una mezza verità.

– Oh, mammina, – disse lui. Erano anni che non mi chiamava cosí. Mi abbracciò e ci mettemmo tutti e due a piangere. Capii che piangeva per i tanti tormenti che una famiglia divisa gli aveva fatto cadere tra capo e collo. Era strano e insoddisfacente stringerlo fra le braccia dopo che per mesi mi ero abituata alle dimensioni del mio amante, alla circonferenza delle sue spalle, all'esatta altezza del suo corpo che mi obbligava a stare sulle punte per far coincidere le nostre membra alla perfezione. Abbracciare mio figlio mi dava soltanto la consapevolezza di quanto fosse piccolo e della tenacia con cui si aggrappava.

Io e il piú piccolo ci installammo in camera da letto a fare un gioco in cui bisognava leggere domande come: «È un fiume?», «È un calciatore famoso?», poi girare una ruota finché non si fermava su una lettera e usare quella lettera come iniziale del fiume, del calciatore famoso e via dicendo, oggetto della domanda. Io ero piuttosto lenta, e anche l'ammalato. Il fratello vinse senza difficoltà, anche se gli avevo chiesto di lasciar vincere l'invalido. I bambini sono spietati.

Quando si accese il riscaldamento sobbalzammo tutti perché la caldaia, che era nel seminterrato proprio sotto di noi, fece un ribollio del diavolo con lo stesso slancio che avrei voluto avere io quella mattina quando mi ero piantata davanti alla finestra della camera da letto per provare a buttarmi di sotto. Per farmi una sorpresa e tirarmi su il morale, l'idraulico aveva chiesto rinforzi a due colleghi e fra tutti e tre avevano finito il lavoro. Cosí stavamo al caldo ed eravamo contenti, come disse quando venne in camera a riferirmelo. C'era un clima di imbarazzo. Dopo la sceneggiata di quella mattina avevo evitato di incontrarlo. All'ora del tè gli avevo perfino lasciato un vassoio con la tazza sul pianerottolo. Avrebbe raccontato in giro che gli avevo chiesto di essere il mio assassino? L'avrebbe interpretato in questi termini? Offrii da bere a lui e agli amici, che rimasero lí impacciati nella stanza dei bambini a guardare la faccia paonazza dell'ammalato dicendo che sarebbe guarito presto. Che altro potevano dire!

Io e i bambini passammo il resto della serata a fare il gioco delle domande non si sa quante volte e prima di metterli a letto lessi un racconto d'avventure. La mattina dopo avevano tutti e due la febbre. Trascorsi un paio di settimane a curarli. Preparavo litri di consommé, ci spezzavo dentro il pane e li convincevo a ingoiare quella gustosa zuppetta. Volevano essere continuamente distratti. Quando attingevo alla realtà dei fatti mi venivano in mente soltanto stralci di folclore naturalistico spigolati da un collega alla mensa televisiva. Ma, per quanto li infiorettassi, bastavano un paio di minuti per raccontarli ai miei figli: una tempesta di farfalle in Venezuela, certi animali chiamati bradipi talmente pigri che restavano appesi agli alberi fino a ricoprirsi di muschio, e i passerotti inglesi che cinguettavano in modo diverso da quelli parigini.

– Ancora, – dicevano loro. – Ancora, ancora –. Dopodiché dovevamo rifare quello stupido gioco o imbarcarci in un altro racconto d'avventure.

In quei momenti non permettevo alla mente di vagare, ma la sera, quando veniva il padre, mi ritiravo in soggiorno a bere qualcosa. Allora era un disastro. L'ozio mi portava a rimuginare; e poi la luce fioca delle mie lampade crea una penombra che stimola i ricordi. Venivo trasportata nel passato. Mi raffiguravo vari tipi di ricongiungimento con il mio amante, ma il mio preferito era un incontro inatteso in uno di quei sottopassaggi pedonali disumani e piastrellati dove ci correvamo incontro ritrovandoci davanti a una scala con la scritta (a Londra esiste davvero): SOLTANTO PER L'ISOLA CENTRALE, e ridevamo scavalcando quella scala d'un balzo, sospinti da ali miracolose. Nelle fasi meno compiaciute rimpiangevo di non aver visto con lui piú tramonti o pubblicità di sigarette o che so io, perché nel ricordo i nostri tanti incontri si risolvevano in un lungo e ininterrotto amplesso non inframmezzato da una normalità che facesse brillare le punte massime. I giorni, le notti con lui, sembravano compressi in una lunga, bellissima ma unica notte, anziché essere distribuiti nei diciassette incontri della realtà. Quelle punte massime, ahimè, non c'erano piú. Una volta ero cosí convinta che fosse entrato nella stanza da staccare uno spicchio dall'arancia che avevo appena sbucciato per offrirglielo.

Ma dall'altra stanza arrivava la voce sommessa e sicura del padre dei bambini che enunciava informazioni con la presunzione di chi enuncia dogmi, e rabbrividivo all'idea di tutto il veleno che c'era fra noi, anche se un tempo professavamo di amarci. Amore malato. Poi alcuni dei sentimenti che provavo per mio marito si trasferirono al mio amante e mi dissi che la lettera in cui *lui* aveva professato di amarmi era una farsa, che l'aveva scritta solo quand'era ormai convinto di essersi liberato di me ma poi, ritrovandosi di nuovo invischiato, si era tirato indietro e mi aveva mandato la cartolina. Ero diventata un'estranea ai miei stessi occhi. Traboccavo di odio. Gli augurai le peggiori umiliazioni. Escogitai perfino di partecipare a una cena dov'ero sicura che fosse invitato anche lui e di snobbarlo dall'inizio alla fine. I miei pensieri oscillavano tra l'odio e la speranza di una risoluzione finale che mettesse bene in chiaro quello che provava per me. Perfino una pubblicità vista di sfuggita sull'autobus mi rimandò immediatamente a lui. Diceva: NIENTE PANICO, CI SIAMO QUA NOI: RIPARIAMO, ADATTIAMO, RIMODELLIAMO. Era la pubblicità di qualcuno che infilava perle. Gliel'avrei fatto vedere io come si riparava.

Non saprei dire quando è cominciata, perché sarebbe troppo categorico, e in ogni caso non lo so. Ma i bambini erano tornati a scuola, Natale era passato e io e lui non ci eravamo scambiati nemmeno un biglietto d'auguri. Però avevo iniziato a pensare a lui con meno astio. In realtà erano pensieri un po' stupidi. Speravo che gli fossero riservati piccoli piaceri come una cena al ristorante, un paio di calze pulite, il vino rosso alla temperatura che piaceva a lui e perfino... ma sí, perfino l'estasi a letto con la moglie. Pensieri che dentro di me mi facevano sorridere, un tipo di sorriso che avevo scoperto da poco. Rabbrividivo pensando al pericolo che aveva corso frequentandomi. Certo, i pensieri feriti di prima combattevano con quelli nuovi. Era come attraversare un corridoio dove infuriano gli spifferi con una candela che rischia a ogni momento di spegnersi. Pensavo contemporaneamente a lui e ai miei figli, e le piccole fisime degli uni diventavano quelle dell'altro:

i miei figli che mi raccontavano complicate bugie sulle loro imprese sportive, lui che salendo le scale si sforzava di nascondere il fiatone. La differenza d'età fra noi doveva essergli pesata. È stato allora, credo, che mi sono innamorata veramente di lui. Il suo corteggiamento, i telegrammi, la dipartita, perfino il sesso non erano niente in confronto a quella nuova sensazione. Montava come linfa dentro di me, spesso piangevo perché lui non poteva beneficiarne! La tentazione di telefonargli si era spenta.

La sua telefonata fu un fulmine a ciel sereno. Di solito lasciavo squillare il telefono senza rispondere, e fui tentata di farlo anche quella volta. Chiese se potevamo vederci, se, e lo disse con estrema dolcezza, avevo i nervi abbastanza saldi. Dissi che i miei nervi non erano mai stati meglio. Era una libertà che dovevo concedermi. Prendemmo un tè al bar. Brindammo. Come all'inizio. Mi chiese come stavo. Disse che avevo un bel colorito. Nessuno dei due accennò all'episodio della cartolina. Né gli chiesi quale impulso l'avesse spinto a telefonarmi. Forse non era stato un impulso. Parlò del suo lavoro e di quanto l'avesse impegnato, poi mi raccontò di aver accompagnato una vecchia zia a sbrigare una commissione in macchina guidando cosí piano che lei gli aveva chiesto il favore di sbrigarsi perché a piedi ci avrebbe messo di meno.

– Sei guarita, – disse, cosí, all'improvviso. Lo guardai dritto in faccia. Capii le sue intenzioni.

– È passata, – dissi, e affondai il dito nella zuccheriera per fargli leccare i cristalli bianchi dalla punta. Poverino. Non potevo dirgli di piú, non avrebbe capito. In un certo senso mi sembrava di stare con un altro. Non era quello che aveva ripiegato il copriletto, mi aveva succhiato fino all'osso e mi aveva lasciato le ceneri di sigaro da conservare. Era la sua controfigura.

– Vediamoci ogni tanto, – disse.

– Come no –. Dovevo avere un'aria poco convinta.

– Magari non ti va.

– Tutte le volte che vuoi –. L'idea non mi entusiasmava né mi spaventava. I miei sentimenti non sarebbero cambiati di una virgola. Mi resi conto per la prima volta che per tutta la vita avevo temuto di restare prigioniera: nella cella di un convento, in un letto d'ospedale, in luoghi dove ti confronti con te stesso senza distrazioni, senza gli altri a fare da stampella; ma mentre stavo lí seduta a imboccarlo con lo zucchero, pensai: «Adesso sí che sono entrata in una cella, e quest'uomo non può sapere che cosa significhi per me amarlo come lo amo, e io non posso scaricargli addosso questo peso, perché lui è in un'altra cella alle prese con altre difficoltà».

La cella mi fece pensare a un convento e, tanto per dire qualcosa, accennai a mia sorella, che era suora.

– Sono andata a trovare mia sorella.

– Come sta? – chiese. Mi domandava spesso di lei. Lo incuriosiva, mi chiedeva com'era fisicamente. Mi ero fatta perfino l'idea che fantasticasse di sedurla.

– Bene, – dissi. – Mentre percorrevamo un corridoio mi ha chiesto di dare un'occhiata in giro per assicurarmi che non ci fossero altre suore in circolazione, poi si è tirata su le gonne e ha sceso la rampa di scale scivolando col sedere sul corrimano.

– Che simpatica, – disse. Quella storia gli piacque. Traeva un enorme piacere dalle piccole cose.

Fu bello prendere quel tè. Fu uno dei pomeriggi meno infruttuosi che passavo da mesi, e all'uscita lui mi afferrò per il braccio e disse che sarebbe stato perfetto poter evadere qualche giorno. Forse lo pensava davvero.

In effetti abbiamo mantenuto la promessa. Ogni tanto ci vediamo. Diciamo che le cose sono tornate alla normalità. Per normalità intendo una condizione che mi permette di notare la luna, gli alberi, lo sputo fresco sul marciapiede; guardo gli estranei e riconosco nella loro espressione una traccia del mio disagio; faccio parte della quotidianità, ecco. In camera mia c'è una lampada che emette un crepitio secco ogni volta che passa un treno elettrico, e la notte conto i crepitii perché è allora che viene lui. Quello vero, dico, non l'uomo che ogni tanto mi siede davanti al tavolino di un bar, ma l'uomo che ha preso dimora dentro di me. Si leva davanti ai miei occhi: le mani oranti, la lingua a cui piaceva succhiare, gli occhi mascalzoni, il sorriso, le vene sulle guance, la voce pacata che mi parla con giudizio. Vi chiederete come mai mi tormento cosí con i particolari della sua presenza, ma ne ho bisogno, non posso lasciarlo andare adesso perché, se lo facessi, tutta la nostra felicità e il dolore che ha provocato in me – per lui non posso garantire – non sarebbero serviti a niente, e aggrapparsi al niente è spaventoso.

Il sesso è «uno scopo in sé».

Nel 1984 Philip Roth intervistò Edna O'Brien, che aveva allora cinquantaquattro anni e viveva a Londra. Lui la descrive cosí: «Dal momento che tutto ciò che indossa per l'intervista è nero, non si possono non notare la carnagione chiara, gli occhi verdi e i capelli ramati. Le tonalità sono enfaticamente irlandesi, e lo è anche la sua carezzevole parlata». Una donna piena di fascino e bellezza, la piú importante scrittrice irlandese, che ha pubblicato romanzi, saggi, racconti, testi teatrali, e che non ha mai smesso di guardare verso l'infanzia e verso l'amore, i territori in cui le percezioni sono piú acute e piú vive. Questo racconto, *Oggetto d'amore*, commuove per la precisione, per il percorso, per la volontà di non lasciare andare il dolore. Da quando è tutto lieve e perfetto e poi intenso e bellissimo a quando si desidera morire, e si chiede all'idraulico una mano per ammazzarsi con il gas. «Disse semplicemente il mio nome. – Marta, – disse, e capii che stava succedendo di nuovo. Mi tremavano le gambe sotto la grande tovaglia bianca e avevo la testa confusa, anche se non ero ubriaca. È cosí che m'innamoro. Era seduto davanti a me. L'oggetto dell'amore».

Le donne di Edna O'Brien non vogliono dire la cosa giusta, sostenere la posizione corretta. Sono libere di sbagliare, libere anche di essere deboli, egoiste, goffe, ossessionate da un uomo, esuberanti, ingenue, generose, selvagge. Lei scava a fondo in ognuna di loro. «Ho ritratto donne in situazioni di solitudine, disperazione e spesso umiliazione, molto spesso zimbello degli uomini e quasi sempre alla ricerca di una catarsi emotiva che non arriva. Questo è il mio territorio, che conosco grazie a una dura esperienza». La condizione di una donna, con quella strana abitudine di sperare. Edna O'Brien nel 1984 pensava che, dal punto di vista dell'affermazione di una forza, l'unica sicurezza per le donne sarebbe stata quella di volgere le spalle agli uomini. «Ma questa sarebbe una piccola morte, almeno per quanto mi riguarda». Lei, che si era ribellata con la vita e con i libri alle regole della morale cattolica irlandese (ragazza di campagna che in convento si innamora di una suora), è stata sempre convinta della forza irrinunciabile dell'amore, non ha mai pensato che fosse fuori moda o poco femminista: «Io ho amato tanto, e follemente, nella mia vita. Sempre con la stessa intensità, senza mai imparare nulla dalle delusioni». E il sesso è stato, dal momento in cui il fervore amoroso ha rimpiazzato quello religioso, un aspetto centrale della sua vita, «uno scopo in sé».

Il suo ex marito, dopo avere letto il suo primo libro, le disse soltanto: «Sai scrivere, non te lo perdonerò mai». E quando Roth («Di tutti gli scrittori che conosco è quello con il quale mantengo il legame piú stretto. Forse perché non siamo mai stati amanti») le chiede se sia difficile essere una donna che scrive, lei risponde senza esitazioni: «Credo che sia differente essere un uomo ed essere una donna, molto differente. Credo che in quanto uomo tu abbia dietro le quinte della vita un intero corteggio di donne che ti aspettano: potenziali mogli, amanti, muse, infermiere. Le donne scrittrici non hanno questo vantaggio. Gli esempi sono numerosi: le sorelle Brontë, Jane Austen, Carson McCullers, Flannery O'Connor, Emily Dickinson, Marina Cvetaeva. Mi pare che sia stato Dashiell Hammett a dire che non avrebbe voluto vivere con una donna che avesse piú problemi di lui». Roth allora le dice: «Dovresti trovare un Leonard Woolf». Ma Edna non vuole nessun Leonard Woolf. «Voglio Lord Byron e Leonard Woolf mescolati insieme». Vuole l'oggetto d'amore, vuole il sesso, vuole ancora sperare.

Margaret Atwood

Fantasie di stupro

Da come ne parlano sulle riviste c'è da pensare che sia l'ultima trovata, e non solo, ma che sia qualcosa di eccezionale, una specie di vaccino contro il cancro. Lo sbattono a caratteri cubitali in copertina, e dentro pubblicano questionari come quelli in cui ti chiedono se sei una brava moglie o se sei endomorfa oppure ectomorfa, te li ricordi? con il risultato capovolto a pagina 73, e poi questi cosi fai-da-te, hai presente? STUPRO, DIECI COSE DA FARE, come se fossero dieci acconciature nuove o qualcosa del genere. Insomma, dove sarebbe la novità?

Quindi al lavoro tutti ne parlano perché a prescindere da quale rivista apri, te lo ritrovi sempre lí, che ti guarda fisso negli occhi, e ormai anche la televisione ha cominciato a occuparsene. Personalmente preferirei sempre un film di June Allyson ma non li fanno piú e non ne mandano piú in onda nemmeno al Late Show. Per esempio l'altro ieri, cioè mercoledí, grazie a Dio è venerdí come si suol dire, eravamo tutte nella mensa femminile – la mensa, cioè, un posto dove pensi di trovare un po' di pace – quando Chrissy chiude la rivista che sta leggendo e dice: – E voi, ragazze, avete fantasie di stupro?

Noi quattro stavamo facendo la solita partita a bridge, come sempre, io avevo solo dodici punti e un'unica carta in mano e non ero in grado di fare grandi dichiarazioni. Quindi dico fiori, sperando che Sondra si ricordi la dichiarazione, perché l'ultima volta che l'avevo usata ha pensato che intendessi veramente fiori e ha rilanciato a tre, invece io avevo solo quattro scartine non piú alte di un sei, e siamo scese a meno due ma non solo, siamo anche diventate vulnerabili. Non è la giocatrice di bridge migliore del mondo. Cioè, non lo sono nemmeno io, ma a tutto c'è un limite.

Darlene passa, ma il danno è fatto. La testa di Sondra si gira come se poggiasse su cuscinetti a sfera e dice: – Fantasie *di che*?

– Fantasie di stupro, – dice Chrissy. È una receptionist e ne ha l'aspetto; è carina, ma fredda come un cetriolo, quasi l'avessero dipinta di smalto per unghie, se capisci cosa intendo. Laccata. – Qui dice che tutte le donne hanno fantasie di stupro.

– Per l'amor di Dio, sto mangiando un sandwich all'uovo, – dico, – ho dichiarato un fiori e Darlene ha passato.

– Cioè tipo uno che ti salta addosso in un vicolo o qualcosa del genere, – ha detto Sondra. Stava pranzando, tutte pranziamo durante la partita, e ha dato un morso a un pezzo di quel sedano che si porta sempre dietro e ha preso a masticarlo con un'espressione meditabonda negli occhi e lí ho capito che la nostra partita era bella che finita.

– Sí, una cosa del genere, – ha detto Chrissy. Stava arrossendo un po', si vedeva anche da sotto il trucco.

– Non dovreste uscire da sole la sera, – dice Darlene. – Vi andate a cacciare in brutte situazioni, – e magari mi sbagliavo, ma stava guardando me. È la piú anziana, ha quarantuno anni anche se nessuno lo capirebbe mai, nemmeno lei, ma me l'ero andata a cercare nello schedario degli impiegati. Mi piace indovinare l'età di una persona e poi vedere se ho ragione. Mi concedo un altro pacchetto di sigarette se vinco la sfida, anche se sto cercando di darci un taglio. In fondo è una cosa inoffensiva, se non la si dice in giro. Cioè, non tutti hanno accesso a quel file, è piú o meno confidenziale. Ma non c'è problema se lo dico a te, non credo che la conoscerai mai, anche se vai a sapere, il mondo è piccolo. Comunque.

– Per l'amor del cielo, è solo *Toronto*, – dice Greta. Ha

lavorato a Detroit per tre anni e non perde occasione di ricordartelo, è come se pensa di essere un eroe o qualcosa del genere, dovremmo tutti provare ammirazione per lei, solo per il fatto che ancora cammina su questa terra, anche se in realtà viveva a Windsor, a Detroit ci lavorava e basta. Quindi per me non conta. Fa fede dove dormi, giusto?

– Insomma, le avete o no? – dice Chrissy. Stava ovviamente cercando di raccontarci le sue ma non voleva essere la prima, è un tipo prudente, quella.

– Io no di sicuro, – dice Darlene, e arricciò il naso cosí, e mi veniva da ridere. – Penso sia disgustoso –. È divorziata, anche questo l'ho letto nello schedario, non ne parla mai. Devono essere passati anni, comunque. Si è alzata ed è andata alla macchina del caffè dandoci le spalle come se non volesse avere piú niente a che fare con l'argomento.

– Oddio, – ha detto Greta. Mi sono resa conto che stava diventando una questione tra lei e Chrissy. Sono entrambe bionde, non intendo in senso stronzo, ma comunque fanno a gara a chi si veste meglio. A Greta piacerebbe uscire dall'archivio, vorrebbe fare la receptionist per conoscere piú persone. Non se ne incontrano molte all'archivio, a parte quelle che lavorano all'archivio. A me, per esempio, non interessa granché, ho altri interessi fuori di qui.

– Be', – dice Greta, – io qualche volta ci penso, avete presente il mio appartamento? Ha un balconcino e a me piace stare seduta lí d'estate e ci tengo qualche pianta. Non mi sono mai preoccupata troppo di chiudere a chiave la porta che dà sulla terrazza, è una di quelle scorrevoli, sto al diciottesimo piano, per l'amor del cielo, ho una bella vista del lago e della Canadian National Tower e tutto il resto. Ma una sera me ne stavo in vestaglia a guardare la tv scalza, sapete com'è, no, e vedo i piedi di un tizio scendere giú da dietro la finestra, subito dopo me lo ritrovo sul balcone, si era calato con una corda fissata a un gancio dal piano superiore, cioè al diciannovesimo, e io non faccio in tempo ad alzarmi dal divano che lui entra nell'appartamento. È tutto vestito di nero, con i guanti neri, – ho capito subito da quale programma in tv aveva preso il particolare dei guanti neri perché lo vedo anche io, – e poi, be'... lo sapete.

– Sapete cosa? – chiese Chrissy, ma Greta ha detto: – E dopo mi racconta che scende da tutti i palazzi cosí, dall'esterno, da un piano all'altro, con la corda e il gancio... e poi esce sul balcone e getta la corda, ci si arrampica e scompare.

– Come Tarzan, – ho detto io, ma nessuno ha riso.

– Tutto qui? – ha detto Chrissy. – Non pensi mai, be', di ritrovarti nella vasca, senza vestiti...

– Ovvio, chi si fa il bagno vestita? – ho detto io, bisogna ammettere che è da stupidi se ci si pensa, ma lei ha proseguito: – ... con un sacco di bolle, io uso il Vitabath, costa di piú ma è molto rilassante, e i capelli tirati su, e la porta si apre e sulla soglia c'è un uomo...

– Come è entrato? – ha detto Greta.

– Oh non lo so, dalla finestra o qualcosa del genere. Be', io non riesco a uscire come si deve dalla vasca, il bagno è troppo piccolo e poi c'è lui che blocca l'uscita, quindi resto lí, e lui inizia a spogliarsi e poi entra nella vasca con me.

– E tu non ti metti a urlare? – ha detto Darlene. Era tornata con la sua tazza di caffè, era interessata sul serio: – Io urlerei come una forsennata.

– E chi mi sentirebbe? – ha detto Chrissy. – Inoltre, tutti gli articoli dicono che è meglio non opporre resistenza, almeno non ti fai male.

– Non sia mai che ti va la schiuma di traverso, – ho detto, e giuro che tutte e quattro mi hanno guardato come se avessi fatto una battuta di cattivo gusto, come se avessi insultato la Vergine Maria o qualcosa del genere. Insomma, cosa c'è di male in una battutina ogni tanto. La vita è breve, giusto?

– Ascolta, – dissi, – queste non sono fantasie di *stupro*. Cioè tu non stai per essere stuprata, è solo un tipo che per fortuna è piú attraente di Derek Cummins, – è il vicedirettore, porta sempre scarpe rialzate, o che, in ogni caso, hanno suole molto spesse, e parla in modo buffo, motivo per cui lo chiamiamo Derek Duck, – e tu te la spassi un po'. Lo stupro è quando uno ti punta un coltello alla gola e vuole farlo contro la tua volontà.

– E tu invece, Estelle, – ha detto Chrissy, si era offesa perché avevo riso della sua fantasia, pensava che volessi screditarla. Anche Sondra era offesa, ormai aveva mangiato tutto il sedano e voleva raccontare le sue fantasie, ma non era intervenuta abbastanza in fretta.

– D'accordo, ve ne racconto una delle mie, – dico. – Sto camminando per una strada buia di notte, arriva un tizio e mi prende per il braccio. Però il fatto è che io ho un limone di plastica nella borsa, lo sapete che si dice che bisogna sempre avere un limone di plastica nella borsa? Non lo faccio sul serio, ci ho provato una volta, ma quel maledetto affare mi è colato su tutto il libretto degli assegni, solo che in questa fantasia ne ho uno e gli dico: «Vuoi stuprarmi, giusto?», e lui annuisce, quindi io apro la borsa per prendere il limone di plastica ma non lo trovo! La borsa è piena di roba inutile, fazzoletti di carta e sigarette e spicci e rossetto e patente, avete presente no?, quindi gli chiedo di aprire le mani, cosí, e gli ammucchio tutta questa roba sui palmi e in fondo alla borsa trovo il limone di plastica, ma non riesco ad aprirlo quindi lo do a lui, e lui è molto gentile, svita il pezzo di sopra e me lo restituisce, e io glielo spruzzo negli occhi –. Spero non pensiate sia troppo cattiva. A ripensarci, sono stata un po' meschina, specialmente data la gentilezza del tizio.

– E *questa* sarebbe la tua fantasia di stupro? – dice Chrissy. – Non ci credo.

– Che sagoma, – dice Darlene, lei e io siamo qui da piú tempo e lei non dimenticherà mai quando mi sono ubriacata alla festa dell'ufficio e ho insistito per ballare sotto il tavolo invece che sopra, ho fatto un numero da vera cosacca ma poi ho battuto la testa sotto al tavolo – in effetti era una scrivania – mentre stavo per rialzarmi, e sono andata ko, svenuta. Lei ha deciso che quello era il segno di una mente fuori dal comune e ora non perde occasione di raccontarlo a tutti e io non credo sia giusto. Anche se le cose sono andate esattamente cosí.

– Sono sincera, – dico. Lo sono sempre, e loro lo sanno. Non ha senso non esserlo, è cosí che la vedo, tanto prima o poi la verità verrà a galla quindi tanto vale non perdere tempo, giusto? – Dovreste sentire quella sul Pulisciforno-Facile-e-Veloce.

Ma l'ora di pranzo era finita, con una partita a bridge mandata in vacca, e il giorno dopo abbiamo passato la maggior parte del tempo a discutere se iniziarne un'altra o se finire le mani che mancavano a quella del giorno prima, cosí Sondra non ha mai avuto la possibilità di raccontarci le sue fantasie di stupro.

Comunque tutto questo mi ci ha fatto pensare, alle mie fantasie di stupro. Forse sono anormale, o chissà cosa, insomma, anche io ho delle fantasie su affascinanti sconosciuti che entrano dalla finestra, come Mastro Lindo, vorrei che qualcuno lo facesse, ti prego Dio qualcuno senza i piedi piatti e le macchie di sudore sulla camicia, e magari piú alto di un metro e ottanta, credimi, essere alti è un handicap, anche se le cose ora vanno meglio, i tipi alti stanno cominciando a preferire qualcuno il cui naso arrivi piú su del loro ombelico. Ma, a essere totalmente sinceri, queste non si possono considerare fantasie di stupro. In una vera fantasia di stupro, dovresti provare ansia, come quando pensi che il tuo palazzo stia andando a fuoco e se sia il caso di usare l'ascensore o le scale o forse infilare la testa sotto un asciugamano bagnato, e cerchi di ricordare tutto quello che hai letto su come comportarti ma non riesci a deciderti.

Per esempio, io cammino su questa strada buia, di sera, e spunta fuori un tizio basso e brutto che mi prende per il braccio, e non è solo brutto, sai, con quel genere di faccia gonfia, insignificante, come i tizi con cui devi parlare in banca quando il tuo conto è in rosso – certo, non voglio dire che siano tutti cosí –, ma è totalmente coperto di foruncoli. E insomma, mi attacca al muro, è basso ma pesante, e inizia a spogliarsi ma la lampo gli si blocca. Cioè, uno dei momenti piú significativi nella vita di una ragazza, è quasi come sposarsi o avere un figlio, e a lui si blocca la lampo.

Quindi io dico, quasi disgustata: «Oh, per l'amor di Dio», e lui scoppia a piangere. Mi dice che non gliene è mai andata bene una in vita sua, e questa è l'ultima goccia, si butterà da un ponte.

«Senti», gli dico – mi dispiace per lui – nelle mie fantasie di stupro finisce sempre che mi dispiace per lui, insomma, dev'esserci qualcosa che non va in loro, se fosse Clint Eastwood sarebbe diverso, ma purtroppo non è mai lui. Ero quel tipo di bambina che seppelliva i pettirossi, capito come?, e la cosa faceva andare fuori di testa mia madre, non le piaceva che li toccassi, per via dei germi, credo. Perciò dico: «Senti, so cosa provi. Dovresti proprio fare qualcosa per quei brufoli, se te ne liberi magari diventi anche carino, te lo giuro; cosí poi non dovrai andare in giro a fare cose come questa. Anch'io una volta ce li avevo», dico per consolarlo, ma è vero che li ho avuti, e alla fine gli do il numero della mia vecchia dermatologa, quella che avevo al liceo, a Leamington, solo che per la dermatologa arrivavo fino a St Catharines. Ti giuro, quando sono arrivata qui ero veramente sola; ho pensato che sarebbe stata una bella avventura, e invece è molto piú difficile conoscere gente in città. Ma magari per un uomo è diverso.

Oppure sto sdraiata a letto con un terribile raffreddore, il viso tutto gonfio, gli occhi rossi e il naso che cola come un rubinetto che perde, e un tizio entra dalla finestra e anche lui ha un raffreddore terribile, è il nuovo ceppo di influenza che gira. Lui dice: «Sdo ber sdubrardi» – spero non ti dispiaccia se mi tengo il naso ma è cosí che immagino la scena – e lui fa uno starnuto tremendo, che lo rallenta un po', inoltre nemmeno io sono una bellezza, devi proprio essere un pervertito per voler stuprare una donna con un raffreddore come il mio, sarebbe come stuprare una bottiglietta di colla liquida per come mi sta colando il naso. Lui guarda con avidità la stanza, e io capisco che lo fa perché non ha un fazzoletto di carta! «Eggolo guí», dico e gli passo il kleenex, solo Dio sa perché si sia dato la pena di uscire dal letto, insomma, se vuoi andartene in giro ad arrampicarti sulle finestre potresti almeno aspettare di stare meglio, no? Cioè, ci vuole una certa dose di energia. Quindi mi offro di preparargli uno scotch con un NeoCitran, che è quello che prendo sempre anch'io, il raffreddore resta, ma non lo senti, lo faccio e va a finire che ci mettiamo a vedere il Late Show insieme. Voglio dire, non è che fanno i maniaci sessuali sempre, il resto del tempo dovranno pur fare una vita normale. Secondo me gli piace guardare il Late Show come a tutti gli altri.

Ne ho una piú spaventosa, però... una fantasia in cui il tizio dice che sente le voci degli angeli che gli ordinano di uccidermi, presente no, di certe cose sono piene i giornali. In questa fantasia non mi trovo nell'appartamento in cui vivo ora, sono di nuovo a casa di mia madre, a Leamington, e il tizio, che si è nascosto in cantina, mi afferra per il braccio quando scendo le scale per prendere un vasetto di marmellata e tiene in mano anche l'ascia rubata dal garage, quella sí che è spaventosa. Cioè, a un pazzo cosí cosa puoi dirgli?

Quindi inizio a tremare, ma dopo un minuto riprendo il controllo di me stessa e gli chiedo se è sicuro che le voci degli angeli gli abbiano indicato la persona giusta, perché io ho sentito le stesse voci che, per un po' di tempo, mi hanno detto che avrei dato alla luce la reincarnazione di sant'Anna, che a sua volta, darà alla luce la Vergine Maria, che a sua volta darà alla luce Gesú Cristo e poi ci sarà la fine del mondo, mica vorrà interferire con tutto questo, no? Lui va in confusione e continua ad ascoltarmi, e poi mi chiede di dargli un segno e io gli mostro i segni dei vaccini, si vede che hanno una forma strana, si sono infettati perché me li sono grattati, e cosí è fatta, lui chiede scusa e si arrampica di nuovo sullo scivolo per il carbone, dato che è venuto giú da lí, e io mi dico che qualche vantaggio ce l'ha essere stata tirata su da cattolica, anche se non vado in chiesa da quando c'è la messa in inglese, non è piú la stessa cosa, tanto valeva essere protestante allora. Devo scrivere a mamma e dirle di chiudere quello scivolo per il carbone, mi ha sempre innervosito. Buffo, non riesco a descriverti per niente l'aspetto di quest'uomo ma so esattamente quali scarpe porta, perché è stata l'ultima cosa che ho visto di lui, le scarpe che risalgono sullo scivolo, quel vecchio modello che si allaccia alle caviglie, anche se lui è giovane. Strano, vero?

Ti confesso però che sudo freddo finché non lo vedo uscire definitivamente fuori di lí, io risalgo subito e mi preparo una tazza di tè. Non ci rimugino sopra. Mia madre dice sempre che non bisogna soffermarsi sulle cose spiacevoli e in genere concordo con lei, cioè, soffermarsi sulle cose spiacevoli non le fa scomparire. Tuttavia, a pensarci bene, anche non soffermarcisi su mica le fa scomparire.

Qualche volta ho fantasie molto brevi, dove il tizio mi prende per il braccio, ma io sono un'esperta di kung fu, ci crederesti, nella vita reale sono certa che mi darebbe solo una botta in testa e amen, come quando ti tolgono le tonsille, ti svegli ed è tutto finito tranne che senti dolore da qualche parte, e sei fortunata se non ti rompono il collo o qualcosa del genere, non riesco nemmeno a schiacciare il pallone a pallavolo – e il pallone è bello grande, sai? – e invece *zac* gli infilo le dita negli occhi e tutto finisce, lui cade, oppure io lo sbatto addosso al muro, o qualcosa di simile. Ma quando mai sarei in grado di infilare le dita negli occhi di qualcuno? Sarebbe come infilare le dita nella gelatina calda, e io non sopporto nemmeno quella fredda, il solo pensiero mi dà i brividi. Mi sento un po' in colpa, cioè come farei ad andarmene in giro come se niente fosse sapendo che qualcuno è rimasto cieco vita natural durante per colpa mia?

Ma magari per un uomo è diverso.

La fantasia piú toccante che ho è quando il tizio mi prende per il braccio e io dico, triste e in un certo senso solenne: «Stupreresti un cadavere». Lui si blocca e io gli spiego di aver appena scoperto di avere la leucemia e i medici mi hanno dato solo un mese di vita. Ecco perché sono uscita da sola per la strada, ho bisogno di pensare, sai, di venire a patti con me stessa. Non è vero che ho la leucemia ma nella fantasia sí, credo di aver scelto quella malattia in particolare perché una mia compagna di classe, in quinta elementare, era morta cosí, tutta la classe le aveva mandato fiori quando era in ospedale. Non avevo capito che stava per morire, e volevo anch'io avere la leucemia per poter ricevere dei fiori. Buffi i bambini, vero? Be', va a finire che anche lui ha la leucemia, e gli restano solo pochi mesi di vita, ecco perché se ne va in giro a stuprare le donne, è molto amareggiato perché sua moglie è giovanissima e la vita gli viene tolta prima di averla vissuta fino in fondo. Ci mettiamo a camminare dolcemente sotto i lampioni, è primavera e c'è un po' di foschia, e andiamo a prendere un caffè, siamo felici di aver trovato l'unica altra persona al mondo che possa capire cosa stiamo passando, è quasi un segno del destino, e dopo un po' ci guardiamo gli occhi, le mani si sfiorano, lui viene a casa con me e si trasferisce nel mio appartamento e passiamo i nostri ultimi mesi insieme, prima di morire, una mattina non ci svegliamo piú, anche se non ho ancora deciso a chi tocca morire per primo. Se tocca a lui, devo continuare e immaginare il funerale, se tocca a me non dovrò preoccuparmene, quindi dipende solo da quanto sono stanca in quel momento. Non ci crederai, ma qualche volta scoppio perfino a piangere. Piango alla fine dei film, anche per quelli che non sono poi cosí tristi, è la stessa cosa. Anche mia madre è cosí.

La cosa strana di queste fantasie è che l'uomo è sempre uno sconosciuto, e le statistiche nelle riviste, be', nella maggior parte delle riviste comunque dicono che spesso si tratta di qualcuno che conosci, almeno un po', come il tuo capo o qualcosa del genere – cioè, il *mio* capo non potrebbe essere, ha piú di sessant'anni e so che non riuscirebbe a stuprare nemmeno un sacchetto di carta, povero vecchietto, ma potrebbe essere qualcuno come Derek Duck, con le scarpe rialzate, Dio non voglia! – o qualcuno che hai appena conosciuto, che ti invita a bere una cosa, succede sempre piú spesso al punto che quasi non si riesce piú a fare vita sociale, e come puoi pensare di fare nuove conoscenze se non riesci a fidarti nemmeno il minimo indispensabile? Non puoi passare tutta la vita all'archivio o intabarrata in casa con le porte e le finestre chiuse e le serrande abbassate. Non sono propriamente quel che si definirebbe una bevitrice, ma ogni tanto mi piace andare a bere un bicchiere o due in un posto carino, anche se sto da sola, condivido il pensiero delle femministe su questo anche se magari non sono d'accordo con loro su un sacco di altre cose. Come ora, per esempio, i camerieri mi conoscono tutti e se qualcuno, sai, mi infastidisce... non so perché ti sto raccontando queste cose, credo solo che possa aiutarti a conoscere una persona, specialmente al primo impatto, ascoltare come la pensano su certi argomenti. Al lavoro mi chiamano Miss Ansia, ma non è tanto l'ansia, quanto il fatto di immaginare cosa potresti fare nelle emergenze, come ho detto prima.

Comunque, un'altra caratteristica è che nelle mie fantasie si chiacchiera un sacco, in effetti passo la gran parte del tempo, nella fantasia, cioè, a chiedermi cosa potrei dire io e cosa dirà lui, penso che sarebbe meglio se si riuscisse a intavolare una conversazione. Cioè, come potrebbe un uomo fare una cosa del genere a una persona con cui ha appena chiacchierato a lungo, una volta che capisce che anche lei è un essere umano, che anche lei ha una vita, non riesco a immaginare come possano andare fino in fondo, sai? Insomma, so che succede ma non lo capisco, questa è la parte che proprio non riesco a capire.

I due desideri piú grandi: diventare madre e scrivere.

Margaret Atwood vuole essere definita, attraverso la sua opera, «umanista». Umanista, non femminista, «perché di femminismi ne esistono molti». E perché né lei né la sua letteratura sono in lotta contro gli uomini. Il suo femminismo presuppone che i diritti delle donne siano diritti umani, e nasce dall'essere cresciuta con una presunzione di assoluta uguaglianza tra i sessi. «Il mio problema non era che volevano farmi indossare abiti rosa leziosi – era che io volevo indossare abiti rosa leziosi e mia madre non vedeva alcuna ragione perché io li indossassi», ha detto. È cresciuta nei boschi settentrionali del Canada, con i laghi ancora ghiacciati in cui tuffarsi a inizio stagione, con la necessità di imparare in fretta come si sopravvive, e con un'idea di autodeterminazione in una struttura sociale in cui il denaro non aveva importanza, ma era importante che ognuno, maschio o femmina, fosse in grado di mantenersi da sé, e non dipendere da nessuno.

Margaret Atwood cerca di scoprire qualcosa di piú, soprattutto di quello che si agita nella mente, e nel rapporto tra uomini e donne, tra sanità e follia e tra vittime e carnefici: usa anche la violenza, il sesso, la distopia, il sangue. E la poesia. Inquieta, muove, cambia lo sguardo, racconta sempre il lato piú lontano dal primo superficiale strato di realtà. Poiché non esiste un singolo, unico «punto di vista femminile», nella letteratura e nella vita («E mi guardo bene dall'usare l'espressione: il punto di vista maschile», ha detto), una scrittrice deve entrare anche nei meccanismi che non conosce, illuminare gli angoli piú bui.

Fantasie di stupro è un racconto del 1977, e introduce l'ironia nella piú terribile delle esperienze, infilandosi nelle confidenze tra colleghe e nell'immaginazione, nell'empatia con un ipotetico stupratore sfortunato e brufoloso. «Nelle mie fantasie di stupro finisce sempre che mi dispiace per lui, insomma, dev'esserci qualcosa che non va in loro, se fosse Clint Eastwood sarebbe diverso, ma purtroppo non è mai lui». Estelle è fiduciosa e pensa che lui non la stuprerà, perché loro due chiacchiereranno e lei gli darà il numero della sua vecchia dermatologa.

Margaret Atwood aveva trentasette anni quando ha pubblicato questo racconto, si era da tempo trasferita negli Stati Uniti e dopo avere divorziato dal suo primo marito aveva appena avuto una figlia dal nuovo compagno, si sentiva forte e felice. «Ci fu un periodo all'inizio della mia carriera che venne determinato dalle immagini di scrittrici donne a cui ero esposta: suicide geniali, come Virginia Woolf, o recluse geniali come Emily Dickinson e Christina Rossetti. O ancora autrici condannate in qualche modo, come le Brontë, morte tutte giovani, – ha detto alla “Paris Review”. – Considerando queste autrici, doveva essere difficile, come scrittrice e come donna, avere dei figli e una relazione, a casa. Per un po', pensai di dover scegliere tra le due cose che piú desideravo: diventare madre e scrivere. Corsi il rischio». Ha rischiato, ha vinto, e dopo poco tempo ha scritto *Il racconto dell'ancella*, il suo libro piú importante.

Grace Paley

Amiche

Per metterci a nostro agio, per acquietare i nostri cuori mentre moriva, la nostra cara amica Selena disse, La vita, dopotutto, non è stata un orrore uniforme – sapete, ho passato *davvero* molti anni meravigliosi con lei.

Indicò una bambina che si sporgeva da un ritratto appeso alla parete – lunghi capelli castani, grembiule bianco, testa e spalle in avanti.

Che entusiasmo, disse Susan. Ann chiuse gli occhi.

Sulla stessa parete c'era la foto di tre bambine piccole nel cortile di una scuola. Discutevano animatamente; si tenevano per mano. Proprio in mezzo al tavolino del salotto, dentro una cornice, fra colori autunnali, una bella ragazza di diciotto anni sedeva su un enorme cavallo – distaccata, indifferente, una cavallerizza. Una notte questa ragazza, la figlia di Selena, venne trovata in una pensione di una città lontana, morta. Telefonò la polizia. Dissero, Lei ha una figlia di nome Abby?

E anche con *lui*, disse la nostra amica Selena. Siamo stati bene insieme, Max e io. Voi lo sapete.

Non c'erano foto di *lui*. Era sposato con un'altra e aveva una nuova, robusta bambina di circa sei anni, cui non sarebbe successo mai nulla di male, sua madre ne era sicura.

La nostra cara Selena era scesa dal letto. Con passo pesante, ma oscillando comicamente, si trascinò ciabattando fino al bagno cantando *Those Were the Days, My Friends*...

Piú tardi quella stessa sera, Ann, Susan e io affrontammo pazientemente le cinque ore di treno necessarie per tornare a casa. Dopo un'ora di silenzio e un'ora di caffè e panini preparati da Selena (in piedi, appoggiata col grande corpo molle e scavato al tavolo della cucina), Ann disse, Be', non la rivedremo *mai piú*.

Chi può dirlo? Comunque, sentite, disse Susan. Non dimenticate. Abby non è stata l'unica a morire. Ricordate quel ragazzo cosí simpatico, Bill Dalrymple – obiettore di coscienza o disertore? E Bob Simon. Sono morti in un incidente d'auto. Matthew, Jeannie, Mike. Vi ricordate di Al Lurie – ucciso nella Sesta Strada – e della piccola Brenda, morta di overdose sul tetto del tuo palazzo, Ann? La tendenza, suppongo, è quella di dimenticare. Voi ragazze non ve li ricordate.

Che vuol dire, «voi ragazze»? chiese Ann. Stai parlando con *noi*.

Io cominciai a scusarmi di non averli conosciuti tutti, quei ragazzi. Erano quasi tutti piú grandi dei miei, dissi.

Naturalmente, la piccola Abby apparteneva proprio al tempo in cui conoscevo tutti, ai posti che frequentavo sempre – il parco, la scuola, la nostra strada. Ma oh! È vero! Abby non era stata l'unica di quell'amata generazione di figli uccisi dalle auto, morti in guerra, di droga, di follia.

Il principale problema di Selena, disse Ann – sapete, è che non diceva la verità.

Cosa?

Bastano poche parole umane, calde e veritiere, pensa Ann, per cancellare dalla sua vita tutti gli errori chimici di Dio e le disgustose menzogne della società. Noi tutte crediamo in questo potere, le mie amiche e io, ma talvolta... l'ardore.

Comunque, ho sempre pensato che Selena ci avesse raccontato moltissime cose. Per esempio, sapevamo che era orfana. C'erano altri sei o sette figli. Lei era la piú piccola. Arrivò a quarantadue anni prima che qualcuno la informasse che sua madre *non* era morta dandola alla luce. Era morta di una malattia terribile. E lei era stata attaccata al corpo di sua madre – al suo seno, in effetti – fino all'età di otto mesi. Uiiii! aveva detto Selena. Che sollievo! Avevo sempre pensato di averla uccisa io.

La tua famiglia fa schifo, le avevamo detto noi. Ti hanno davvero consegnata al dolore.

Oh, ragazze, aveva detto lei. Lasciamo perdere. Hanno fatto anche un sacco di cose carine per me. Per me e per Abby. Lasciamo perdere. Chi sa l'ora?

Voglio dire, disse Ann, che Selena avrebbe dovuto inseguirli con l'accetta.

Ulteriori informazioni: le due sorelle di Selena la misero in un istituto. Avevano sedici e diciannove anni, si vergognavano di non sapersi prendere cura di lei. Continuavano ad abbracciarla. Erano sicure che avrebbe pianto. La accompagnarono nella sua stanza – non una stanza, una camerata con circa otto letti. Questo è il tuo letto, Lena. Questo è il tavolo per le tue cose. Questo cassettino è per il tuo spazzolino da denti. Tutto solo per me? chiese lei. Nessun altro può usarli? Solo io? È cosí? Artie non può venire? E neanche Franky? Giusto?

Credetemi, disse Selena, quelli dell'istituto furono giorni felici.

Fatti, disse Ann, semplici fatti. Non necessariamente la *verità*.

Non credo sia giusto lamentarsi del carattere dei moribondi o cominciare a mettere in piazza tutte le loro motivazioni in questo modo. Non è abbastanza sbalorditivo il coraggio di quella comunità privata, totalizzante, volonterosa?

Non è di nessun aiuto non essere coraggiosi, disse Selena. Vedrete.

Voleva tornare a letto. Susan fece il gesto di aiutarla.

Grazie, disse la nostra Selena, appoggiandosi a un'altra persona per la prima volta in vita sua. Il guaio è che quando sto in piedi mi fa male tutta la schiena. Non possono farci nulla. È la chemioterapia. Ma io non ho piú chimica per la terapia. Ah, lo sapevate che prima di arrivare a New York e conoscere voi, avevo lavorato proprio in quell'ospedale? Ero caposala a ginecologia. Infermiera. Erano tutti amici miei, i dottori. Allora non erano cosí altezzosi. David Clark, il grande chirurgo. Non riusciva a guardarmi la settimana scorsa. Continuava a dire, Lena... Lena... Cosí. Eravamo in Nordafrica nello stesso anno – il '44, direi. Gli ho detto, Davy, sono stata in circolazione quanto basta. Non mi sono persa molto. Lui lo sa. Ma non volevo costringerlo a guardarmi. Uh, questi maledetti piedi mi fanno impazzire.

Ricerche recenti, disse Susan, stabiliscono che è la pazzia che fa male ai piedi.

Sempre qualche novità, disse Selena, la nostra cara amica.

Mentre tornava a letto, si fermò davanti alla scrivania. Sopra, c'erano una ventina di istantanee sparpagliate – la neonata, la bambina, la ragazza. Ecco, disse Selena rivolta a me, prendi questa. È una foto di Abby e del tuo Richard davanti alla scuola – terza elementare? Che giornata! Che spettacolo avevano messo su quei ragazzi. Che bravi! Cosa fa Richard adesso?

Oh, e chi lo sa? Starà imperversando chissà dove. Spagna. Di questi tempi, è la Spagna. Chissà dov'è. Sono tutti uguali.

Perché ho detto cosí? Sapevo esattamente dov'era. Mi scrive. In effetti, ha trovato un telefono con il contatore rotto e ha potuto telefonarci tutti i giorni per una settimana – soprattutto per dare ordini a suo fratello ma anche per dire, Tutto bene, mamma? Come sta il tuo nuovo amico, l'ha poi fatto un sorriso?

I ragazzi, tutti uguali, dissi.

Era semplicemente educato, penso, non riversare il volto luminoso e vivace del mio ragazzo dentro quel buio pomeriggio. Richard nei primi anni della sua irritabile adolescenza era solito dire, Ci butteresti tutti a mare per far stare Selena allegra e tranquilla. È vero. Ogni volta che Selena diceva, Non so, Abby ha degli amici strani, io rispondevo come stupida consolazione, Dovresti vedere quelli di Richard.

Comunque, è in Spagna, disse Selena. Questo almeno lo sai. Dev'essere interessante. Imparerà un mucchio di cose. Richard è un ragazzo meraviglioso, Faith. Fa il duro ma non lo è. Sai, la notte che Abby morí, quando la polizia telefonò per dirmelo? Dormii per la prima volta da due anni. *Sapevo dov'era.*

Selena lo disse in modo assai pacato, con poche frasi dirette.

Ma Ann, ascoltando, disse, Oh – esclamò a tutte noi, Oh! – e cominciò a singhiozzare. La linearità di Selena era diventata una freccia, ed era andata dritta al cuore.

Poi un profondo sospiro asciugalacrime: Anch'io voglio una foto, disse.

Sí, sí, aspetta, ne ho una qui da qualche parte. Abby e Judy e quel bambino spagnolo, Victor. Dov'è? Ah. Eccola!

Tre bambini di nove anni sedevano in alto sui lunghi rami di quel sicomoro al parco, dondolando le gambe sopra la testa paziente di qualcuno – lisci capelli neri, riga in mezzo. Di chi è quella testa, di Kitty?

La nostra cara amica rise. Un'altra grande giornata, disse. Non è vero? Ricordo che voi due parlavate di uomini. Allora ce l'*avevo* un uomo, pensai. Ecco, prendi. Ne ho due copie. Ma devi farla ingrandire. Quando la guardi, ricordati di me. Ah-ah. Be', ragazze – scusatemi, voglio dire signore –, ora devo riposare.

Si appoggiò al braccio di Susan e riprese quell'orrenda camminata fino al letto.

Noi non ci muovemmo. Ci aspettava un lungo viaggio e attendevamo qualcosa di un po' piú confortante prima di metterci in strada.

No, disse Selena. Riuscirete solo a perdere l'espresso. Non ho tanto male. Ho un mucchio di sedativi, vedete?

Il piano del tavolo era colmo di flaconcini.

Voglio solo coricarmi e pensare ad Abby.

Era vero, l'accelerato voleva dire almeno due ore in piú. Guardai Ann. Per lei non era stato affatto facile venire. Tuttavia, non riuscivamo a muoverci. Restavamo là allineate davanti a Selena. Tre vecchie amiche. Selena strinse le labbra, regolò lo sguardo su una distanza fredda.

Conosco quell'espressione. Una volta, anni fa, quando i nostri figli erano bambini, venne rivolta con semplicità a J. Hoffner, il preside della scuola elementare.

Lui aveva detto, No! Senza tirocinio lei non può occuparsi di questi ragazzi. Sono problemi seri. Lei deve sapere *come* si insegna.

La nostra Associazione Genitori Insegnanti aveva deciso di fornire un po' di assistenza scolastica individuale ai bambini spagnoli, in difficoltà nelle classi affollate, con insegnanti esausti, circondati da piccoli prodigi medio-borghesi. Il preside aveva detto, in una comunicazione scritta e poi in colloqui personali per dar mostra di *serietà*, che non avrebbe acconsentito. E anche il Consiglio Scolastico aveva detto no. (Tutti questi no dovevano condurre a certi eventi terribili nelle scuole e nei quartieri della nostra povera città bisognosa di qualche sí). Ma la maggior parte delle donne della nostra Associazione Genitori Insegnanti era di temperamento indipendente – per necessità e carattere. Eravamo, in realtà, le anime tenaci e sommesse dell'anarchia.

Quell'anno avevo il venerdí libero. E alle undici di mattina passavo davanti alla Direzione e salivo di corsa fino al quarto piano. Portavo Robert Figueroa in fondo al salone e per una ventina di minuti lavoravamo a raccontare storie. Poi scrivevamo le belle lettere dell'alfabeto inventato da intelligenti stranieri molto tempo fa per eludere il tempo e la distanza.

Quel giorno, Selena e la sua espressione caparbia rimasero nell'ufficio del preside per almeno due ore. Alla fine, il signor Hoffner, assediato, disse che visto che lei era infermiera, le sarebbe stato consentito di collaborare accompagnando i bambini piú piccoli nei difficili gabinetti moderni. Alcuni di loro, disse, erano appena arrivati dalle barbare colline oltre Maricao. Selena disse, Ok, ci sto. Al gabinetto, insegnò alle bambine a pulirsi, nello stesso modo in cui l'aveva insegnato alla sua piccola un paio d'anni prima. Alle tre in punto le portava a casa e dava loro latte e biscotti. Le bambine di quell'anno mangiarono biscotti nella sua cucina fino alla fine delle elementari.

Ora, cosa avevamo imparato in quell'anno che avevo il venerdí libero? Quanto segue: benché non si possa cambiare il mondo parlando con un bambino alla volta, almeno si può farlo conoscere.

Ad ogni modo, Selena offrí al nostro sguardo, perché la rammentassimo a lungo, quella sua proficua espressione caparbia. Disse, No. Ascoltatemi, gente. Per favore. Non ho molto tempo. Quello che voglio è... Voglio coricarmi e pensare ad Abby. Niente di speciale. Solo pensare a lei, capite.

In treno Susan si addormentò di botto. Si svegliava di tanto in tanto, perché la velocità delle nuove ruote e la resistenza dei vecchi binari ci procuravano terribili scossoni. Una volta spalancò gli occhi e disse, Sapete, Ann ha ragione. Non ci si ammala cosí per niente. Voglio dire, non lo ha nemmeno nominato, lui.

Perché avrebbe dovuto farlo? Non lo ha nemmeno visto, dissi io. Susan, tu hai ancora la lui-ite, la terribile malattia delle femmine.

Sí? E tu no? Comunque, *lui* si faceva vedere spesso. Andava a trovarla quasi tutti i giorni, quando è morta la bimba.

Abby. Non mi piaceva quel «la bimba». Volevo dire «Abby» come avevo detto «Selena» – cosí che quei nomi potessero prendere spessore e forza e ricadere nel mondo con tutto il loro peso.

Abby, sapete, era una bambina meravigliosa. È stata in classe con Richard fino alle superiori. Una ragazzina di buon cuore, straordinariamente gentile – per essere cosí piccola, intendo. Sveglia.

È vero, disse Ann, tanto gentile. Disposta a dar via anche l'ultima camicia di Selena. Oh sí, erano tutti bambini meravigliosi, maschi e femmine.

Chrissy *è* meravigliosa, anche adesso, disse Susan.

Davvero, dissi io.

I figli di mezzo non sempre lo sono, ma lei lo è. Ha finito l'università – io non avevo un soldo – e ora ha vinto un dottorato. E, sapete, non ha mai tollerato fesserie dai ragazzi... Lei è speciale.

Ann strisciò lungo il corridoio verso il bagno. Prima disse, Oh, tutti quanti – semplicemente meravigliosi.

Volevo bene a Selena, disse Susan, ma lei con me non ha mai parlato molto. Forse con voi parlava di piú, delle cose, degli uomini.

Poi Susan si riaddormentò.

Ann si sedette davanti a me. Mi guardò dritta negli occhi con le palpebre quasi socchiuse. Uno sguardo che spesso denota accusa.

Attenta – stai sciupando le rughe del sorriso, dissi.

Vaffanculo, disse lei. Sei solo capace di scherzare. Ti rendi conto che non so dove sia Mickey? Sai, tu sei fortunata. Lo sei sempre stata. Fin da piccola. La cocca di mamma e papà.

Come si fa sempre nelle conversazioni, dissi un paio di cose ad alta voce e tenni per me alcune osservazioni articolate per rimuginarci sopra e giudicare. Pensai, Lei non li ha mai conosciuti i miei. Pensai, Che cosa cattiva da dire. Fortunata – non è quasi un insulto?

Dissi, Annie, ho solo quarantotto anni, mi resta un sacco di tempo per arrivare alla devastazione totale – se campo, voglio dire.

Poi cercai di toccare legno, ma c'erano solo velluto e plastica. Legno! gridai. Per favore, del legno! Nessuno ha un fiammifero?

Oh, chiudi il becco, disse lei. E poi, la morte non conta.

Cercai di pensare a un paio di dispiaceri irreversibili quanto la morte. Ma sinceramente nella mia vita non c'è nulla che possa esser paragonato alla sua: un figlio, un ragazzo di quindici anni che scompare proprio sotto i tuoi occhi in un buio o in una luce tutta sua, da cui né abbracci né schiaffoni possono riportarlo indietro. Se gridi, Torna, torna, lui non verrà. Mickey, Mickey, Mickey, avevamo gridato una volta, come se fosse a venti chilometri di distanza anziché davanti a noi su una sedia in cucina; ma lui si era rifiutato di tornare. E quando l'aveva fatto, dodici ore piú tardi, era subito partito per la California.

Be', qualcosa di brutto c'è stato nella mia vita, dissi.

Cosa? Nascere donna? Questo vuoi dire?

Naturale, questa volta era lei a ironizzare, richiamandosi a una vecchia discussione su femminismo e giudaismo. In effetti, sul prisma degli ismi, una volta tanto questi due vanno considerati insieme.

Be', dissi, mia madre è morta un paio di anni fa e ancora ci penso. Certe volte penso *Mamma* e mi manca il respiro, sento la sua mancanza, capisci? Tua madre ha settantasei anni. Devi ammettere che è bello averla ancora.

È molto malata, disse Ann. Metà del tempo non ci sta con la testa.

Decisi di non descrivere la morte di mia madre. Avrei potuto farlo e demoralizzare Ann ancora di piú. Ma pensai che avrei fatto meglio a tenere questa freccia per difendermi dal suo prossimo attacco. Queste crisi di umore si manifestavano con frequenza sempre maggiore. Probabilmente stava per nascere una grande inimicizia.

Susan riaprí gli occhi. La morte e l'agonia di qualcuno che ci è caro o ci è vicino spesso ci rendono irritabili, dichiarò. (Susan sta seguendo un corso su relazioni e interrelazioni). Il vero titolo del mio seminario è *Amicizie singole e di gruppo*. È un ottimo corso, a dispetto delle vostre maligne osservazioni.

Mentre parlavamo, un buon numero di città ci oltrepassò, andando nella direzione opposta. Avevo cercato di dare un'occhiata a New London attraverso l'ombra scura dei finestrini. Ora mi stavo perdendo New Haven. Il controllore spiegò sorridendo, Signora, se i finestrini fossero puliti, la metà di voi sarebbe morta. Lungo i binari pullulano i cecchini.

Ci credete? Odio la gente che parla cosí.

Probabilmente esagera, disse Susan, ma non pulire il finestrino, comunque.

C'era un uomo seduto dall'altra parte del corridoio. Signore, disse, io ci credo. Da quanto sento dire su questa zona del paese, la cosa è plausibile.

Susan si girò per vedere se l'uomo meritasse di essere coinvolto in una discussione politica.

Vi siete già dimenticate di Selena, disse Ann. Tutte voi. Poi organizzerete una bella commemorazione religiosa e tutti si alzeranno in piedi e diranno qualche parola e poi la dimenticheremo di nuovo – per sempre. Cosa dirai alla cerimonia, Faith?

Non è giusto parlare cosí. Non è ancora morta, Annie.

Sí che lo è, disse Ann.

Il giorno dopo scoprimmo che, ora piú ora meno, Ann aveva avuto ragione. Si era verificata una coincidenza – disse David Clark, il medico –, stava morendo, e aveva il tavolo pieno di flaconcini.

Via, perché prendi tutti questi ormoni?, aveva chiesto Susan a Selena un paio d'anni prima. Stavano visitando New Orleans. Era Mardi Gras.

Oh, sono quasi tutte vitamine, aveva detto Selena. Voglio essere giovane e bella. Fece una spiritosa piroetta.

Susan aveva detto, È assolutamente ridicolo.

Ma Susan ha sette o otto anni meno di Selena. Che ne sapeva lei? Perché: La gente vuole *veramente* essere giovane e bella. Quando si incontrano per strada, maschi o femmine, se stanno invecchiando si guardano un po' vergognosi. È chiaro che vorrebbero dire, Scusami, non intendevo attirare l'attenzione su mortalità e gravità contemporaneamente. Non volevo ricordarti, mio caro amico, il prossimo sfratto che subiremo, prima dalla vitalità, poi dalla vita. Al che, il piú delle volte, gli occhi dell'amico cortesemente replicheranno, Mio caro, non è nulla, quasi non si nota.

Fortunatamente, ho imparato da poco come uscire da questo profondo pozzo di malinconia. Tutti possono farlo. Bisogna aggrapparsi alle radici del piú piccolo futuro, talvolta semplicemente ai mozziconi di una conversazione. Benché alcuni credano che si perda parecchio in profondità non affondando giú giú giú.

Susan, domandai, vedi ancora Ed Flores?

È tornato da sua moglie.

Ringrazia che lei non ti ha fatto la pelle, disse Ann. Io ci penserei due volte prima di mettermi con uno spagnolo. Hanno tutti una moglie energica a casa.

No, disse Susan, lei fa eccezione. L'ho incontrata a una riunione. Una conversazione fantastica. Luisa è proprio una donna meravigliosa. Si occupa del sindacato, te ne ho parlato. Ha bisogno di lui solo per un altro paio d'anni, dice. Per via dei figli – delle bambine – che nel loro quartiere devono essere seguite. È davvero un brutto quartiere. Lui è un buon padre ma come marito non vale altrettanto.

Donna avvisata… direi.

Be', mi conoscete – non voglio un marito. Mi piace avere attorno una persona di sesso maschile. Detesto far senza. Comunque, sentite questa. Lei, Luisa, l'altro giorno mi sussurra all'orecchio, sussurra, Suzie, fra due anni, se lo vorrai ancora, te lo prometto, lo avrai. E magari lo vorrò ancora fra due anni, davvero. Adesso è sui quarantacinque. Ha ancora un sacco di energia. Fra due anni avrò la mia laurea. Chrissy se ne andrà di casa.

Due anni! Fra due anni saremo tutti morti, disse Ann.

So che non intendeva tutte noi. Voleva dire Mickey. Quel suo ragazzo sicuramente sarebbe finito ammazzato in uno dei drugstore o dei bordelli di Chicago, New Orleans,

San Francisco. Sono in una splendida città, aveva telefonato Mickey il mese prima. Al confronto New York sembra un bidone della spazzatura.

Mickey! Dove sei?

Ah-ah, aveva detto lui, riattaccando.

Presto l'avrebbero arrestato per vagabondaggio, spaccio, piccoli furti, o semplicemente per aver gridato di notte parolacce sotto la finestra di un cittadino qualunque. Allora Ann avrebbe preso l'aereo per andare ad aiutarlo, o forse no, a seconda della convergenza di finanze e consulenza psichiatrica.

Come sta Mickey? aveva chiesto Selena. In effetti, era stata questa la sua prima domanda quando eravamo arrivate, solenni e imbarazzate, nel suo salotto soleggiato, pieno delle luci e delle ombre degli alberi del cortile mossi dal vento. Noi avevamo detto, ognuna a suo modo, Come ti senti, Selena? Lei aveva detto, Ok, procediamo con ordine. Parliamo delle cose importanti. Come sta Richard? Come sta Tonto? Come sta John? Come sta Chrissy? Come sta Judy? Come sta Mickey?

Non voglio parlare di Mickey, aveva detto Ann.

Oh, parliamone invece, parliamone, disse Selena, prendendo la mano di Ann. Pensiamoci prima che sia troppo tardi. Com'è cominciata? Oh, per l'amor di Dio, parliamo di lui.

Susan e io eravamo state abbastanza intelligenti da tenere la bocca chiusa.

Nessuno lo sa, nessuno sa niente. Perché? Dove? Tutti hanno un'idea, teorie, e scrivono articoli. Ma nessuno sa.

Questo Ann l'aveva detto in tono severo. Senza lamentarsi. Non voleva approfittare della tenerezza di Selena, ma ora che l'aveva sentita pronunciare il nome di Mickey, poteva rilassarsi sulla sedia. Io osservavo. Era interessante. Ann respirava profondamente, espirava e inspirava come avevamo imparato al corso di yoga del giovedí sera. Riuscí a rilassare un po' il corpo.

Stavamo attraversando l'avvallamento chiamato Park-

Avenue-nel-Bronx. Susan ci aveva voltato le spalle per parlare con l'uomo sull'altro lato del corridoio. Stava spiegando che la guerra nel Vietnam non era ancora finita, e non sarebbe finita, per quanto la riguardava, finché non avessimo riparato le dighe che avevamo bombardato e pagato per il terribile danno ecologico. Lui non la vedeva cosí. Con cinquantamila vite americane, coi nostri stessi ragazzi – avevamo pagato, disse lui. Ci domandò se eravamo d'accordo con Susan. In tutto e per tutto, rispondemmo.

Eppure non sembrate figlie dei fiori. Rise. Poi la sua espressione cambiò. Come lettrice ufficiale di facce, decisi che stava pensando, Avventura. Forse aveva trovato una vena madre di tarda controcultura in tre intransigenti signore di sinistra. Questa era la parte carina della sua espressione. L'altra era l'aria furba del marito-provinciale-a-New York.

Mi piacerebbe vederti ancora, disse a Susan.

Oh? Be', vieni a pranzo da me dopodomani. Ci saranno solo due dei miei ragazzi. Farai almeno un pasto decente a New York.

Ragazzi? La sua faccia stava riflettendo. Grazie. Sicuro, disse. Verrò.

Ann bisbigliò, Susan è impossibile. Ci è cascata di nuovo.

Oh, Susan è ok, dissi. Fa proprio bene. Che male c'è?

Il viaggio è lungo, disse Ann.

Poi entrammo nel buio che precede la Grand Central Station.

Siamo irritabili, spiegò Susan al suo nuovo amico. Ce l'abbiamo con la nostra amica Selena perché sta morendo. Il motivo è che vorremmo che lei ci fosse, quando toccherà a noi. Tutti abbiamo bisogno di una madre o di un surrogato materno che ci sistemi i cuscini nel momento finale, e contavamo su di lei.

Sí, capisco, disse lui. Ti piacerebbe avere qualcuno intorno. Un po' di casino, magari.

Qualcosa del genere, vero, Faith?

Mi ci vuole sempre un attimo per entrare nello stile del suo sistema di discorso in pubblico. Mi dichiarai d'accordo, Sí.

Il treno si fermò a fatica, in una stridente agonia di opposte tecnologie.

Giusto. Sbagliato. Che importa? disse Ann. Non doveva morire. Ha davvero rovinato tutto.

Oh, Annie, dissi io.

Chiudete il becco, eh? Tutte e due, disse Ann, quasi rompendoci le ginocchia per scendere per prima dal treno.

Poi Susan, da perfetta ospite newyorkese, cominciò a raccontare a quell'uomo tutti i nostri guai privati – l'errore del World Trade Center, Westway, la decadenza del South Bronx, la violenza a Williamsburg. Salí insieme a lui sulla scala mobile, verso un'amicizia serale e, magari, una notte felice.

A casa, Anthony, il piú giovane dei miei figli, disse, Ciao, hai mancato Richard per un pelo. È a Parigi. Ha dovuto telefonare a nostro carico.

A nostro carico? Da Parigi?

Vide la mia faccia triste e preparò una delle tisane usate dal suo gruppo per calmare l'irrequietezza. Ci tiene a migliorare la mia salute e il mio buon umore. I suoi amici hanno un libro secondo il quale basta nutrirsi come si deve per vivere in eterno. Vuole che io ci provi. Crede inoltre che la razza umana con tutto il suo cervello e la sua bellezza, si estinguerà entro l'arco della sua vita.

Alle 23,30 uscí per dedicarsi ai piaceri della vita notturna di un diciottenne.

Alle tre del mattino mi trovò intenta a lavare i pavimenti e a fare piccole riparazioni.

Un altro po' di tisana, mamma? chiese. Si sedette a farmi compagnia. Ok, Faith, lo so che sei distrutta. Ma come mai Selena non l'ha mai capito, di Abby?

Anthony, cosa diavolo capisco io di te?

Andiamo, mica sei cieca. Io ero solo un ragazzino, ma sapevo. Giuro su Dio, mamma.

Ascolta, Tonto. Fondamentalmente Abby era ok. Davvero. Tu ancora non sai cosa può fare la vita a una persona.

Eccola che riattacca con le sdolcinature – tutto è stupendo meraviglioso fantastico incredibile. Ora dirai che la gente è incantevole e il mondo *cosí* bello e tondo che la Union Carbide non riuscirà mai a farlo saltare in aria.

Io non ho mai detto nulla di cosí ottimista. E perché, a tutto quello che già sapevamo di un giorno triste, Tonto, alle tre di mattina, doveva aggiungere proprio una tragedia mondiale?

La notte dopo Max telefonò dal North Carolina. Come sta Selena? Sto per arrivare, disse. Ho un appuntamento domattina presto. Poi cancello gli altri.

Alle sette del mattino telefonò Annie. Avevo appena finito di lavarmi i denti. È stata dura, disse. Tutto quanto, maledizione. Non mi riferisco a Selena. Sto parlando di tutte noi. In treno. Nessuna di voi mi sembrava reale.

Reale? La realtà, uh? Senti, che ne dici di venire a colazione? Io non devo uscire fino a dopo le nove. Ho uno splendido pane di segale a lievitazione naturale.

No, disse lei. Oh Cristo, no. No!

Ricordo gli occhi di Ann e il cappello che portava il giorno che ci siamo guardate per la prima volta. I nostri bambini erano appena usciti strillando dal recinto di sabbia sulle gambette inesperte. Li avevamo tirati su. Ci eravamo scambiate un sorriso al di sopra delle loro teste piene di sabbia. In quel momento avevamo suggellato un patto, utile almeno quanto il giuramento che tutte noi avevamo pronunciato insieme ai mariti con cui non eravamo piú sposate. Il senno di poi, di solito tanto disprezzato, probabilmente non è meno prezioso della preveggenza, poiché contiene alcuni fatti oggettivi.

Intanto il mondo di Anthony – povero, sciocco ragazzino indifeso – continua a girare in tondo. Il vivere e il morire sono fissati alla superficie e stipati nelle parti molli.

Anthony aveva ragione nel richiamare la mia attenzione sulle sofferenze e i pericoli del mondo. Aveva ragione nel tormentare la mia natura responsabile. Ma io avevo ragione nell'inventare per le mie amiche e per i nostri figli un resoconto di queste morti private e delle condizioni del nostro eterno attaccamento.

«Abbiamo solo noi stesse».

«Personalmente, mi sono ritrovata a pensare da scrittrice perché avevo cominciato a vivere in mezzo alle donne. E la cosa sensazionale è che non le conoscevo, non sapevo chi fossero. Mentre avrei dovuto, con tutte le zie che avevo, giusto? Eppure non le conoscevo, e questa, secondo me, è l'origine di tanta letteratura. La letteratura non nasce da ciò che sappiamo, ma da ciò che non sappiamo. Ciò che ci incuriosisce. Che ci ossessiona. Che vogliamo conoscere». Grace Paley, morta nel 2007, poetessa, scrittrice, femminista innamorata degli uomini, attivista politica, pacifista combattiva, madre, nonna, era incuriosita e ossessionata dalle donne, su cui ha scritto quarantacinque racconti in quarant'anni.

In questo racconto, *Amiche*, c'è la definizione dell'amicizia: «Ricordo gli occhi di Ann e il cappello che portava il giorno che ci siamo guardate per la prima volta. I nostri bambini erano appena usciti strillando dal recinto di sabbia sulle gambette inesperte. Li avevamo tirati su. Ci eravamo scambiate un sorriso al di sopra delle loro teste piene di sabbia. In quel momento avevamo suggellato un patto, utile almeno quanto il giuramento che tutte noi avevamo pronunciato insieme ai mariti con cui non eravamo piú sposate. Il senno di poi, di solito tanto disprezzato, probabilmente non è meno prezioso della preveggenza, poiché contiene alcuni fatti oggettivi». Ha considerato il suo scrivere di donne «un atto politico». Il prendersi cura della vivacità, della speranza, dei figli, dei tramezzini, degli amanti e delle chiacchiere sugli autobus notturni, delle giornate al parco. Del cancro, della guerra in Vietnam, di New York. Ha mostrato la superficie scintillante della realtà, creando una lingua intima e ironica, apparentemente colloquiale e invece precisa perché è la lingua dei nostri pensieri. Ha mostrato per l'umanità imperfetta, che fa un gran chiasso e che beve troppo, un sentimento caldo che assomiglia all'amore anche nell'immancabile delusione. Il filo di tutti i suoi racconti è una lunga battaglia leale con la vita, una lotta caparbia e appassionata in cui ci si ferma a comprare le ciambelle, ad ascoltare le voci della città, a immaginare che cosa ci sia sotto i calzoni di un uomo giovane che attraversa la strada.

Nella sua letteratura ci sono le uova, i mariti, la malattia, i litigi, le domande e la morte. C'è una ruvida saggezza. Si ride e si piange, si pensa sempre, sempre, sempre, decenni dopo e dall'altra parte del mondo: anche io. Anche io sono un casino. Anche io sono infuriata. Anche io mi sono divertita. «We have one another»: abbiamo solo noi stesse, ha scritto in una poesia, ci prendiamo cura l'una dell'altra.

Grace Paley ha visto una porta e l'ha aperta, si è immersa nel mondo che doveva essere ancora raccontato: ci è riuscita perché ha spalancato questa porta prima di tutto a se stessa, ammettendo che voleva scrivere di donne e bambini e aveva il desiderio di leggere di donne e bambini («i figli hanno rappresentato un'appassionante esaltazione della mia vita»).

Ha detto alla «Paris Review», pochi anni dopo avere scritto questo racconto: «Non accettate di vivere con un amante o con un coinquilino che non ha rispetto del vostro lavoro. Non mentite, prendete tempo, chiedete prestiti per prendere tempo. Scrivete quello che vi toglierebbe il respiro, se non doveste scriverlo».

Lydia Davis

Il calzino

Mio marito è sposato con una donna diversa ora, piú bassa di me, sul metro e mezzo, corporatura robusta, e ovviamente lui sembra piú alto di prima e piú sfilato, e la sua testa sembra piú piccola. Accanto a lei mi sento ossuta e maldestra e lei è troppo bassa per guardarla negli occhi, anche se tento di mettermi nella posizione giusta per farlo, in piedi o da seduta. Una volta avevo un'idea molto chiara del tipo di donna che mio marito avrebbe dovuto sposare quando si sarebbe risposato, ma nessuna delle sue fidanzate corrispondeva esattamente a quel che avevo in mente e questa meno di tutte.

L'estate scorsa sono venuti qui per qualche settimana per vedere mio figlio, che è mio e suo. Ci sono stati alcuni momenti di tensione, ma ci sono stati anche momenti belli, benché naturalmente anche nei momenti belli fossimo un po' a disagio. Loro due sembravano aspettarsi che io fossi molto ospitale, forse perché lei era malata – soffriva ed era di malumore, e aveva le occhiaie. Usavano il telefono e altre cose in casa mia. Risalivano lentamente dalla spiaggia fino a casa per farsi la doccia, e dopo se ne andavano puliti, la sera, con mio figlio in mezzo, mano nella mano. Ho dato una festa e loro sono venuti e hanno ballato insieme, hanno fatto una buona impressione ai miei amici e sono rimasti fino alla fine. Mi sono fatta in quattro per loro, soprattutto per il nostro bambino.

Pensavo che dovessimo andare tutti d'accordo per il suo bene. Alla fine della loro visita ero stanca.

La sera prima che se ne andassero, avevamo deciso di andare a mangiare in un ristorante vietnamita con la madre di lui. Sua madre sarebbe arrivata in aereo da un'altra città, e poi loro tre sarebbero partiti il giorno dopo per il Midwest. I genitori di sua moglie avrebbero dato una gran festa di nozze di modo che tutte le persone con cui lei era cresciuta, i contadini corpulenti e le loro famiglie, potessero conoscerlo.

Quando quella sera sono andata da loro in città, gli ho riportato le cose lasciate per sbaglio a casa mia che avevo trovato fino a quel punto: un libro, accanto alla porta dello sgabuzzino, e da un'altra parte un calzino di lui. Sono arrivata con la macchina fino al palazzo e ho visto mio marito fuori sul marciapiede che mi faceva cenno di fermarmi. Voleva parlarmi prima che entrassi. Mi ha detto che sua madre non stava bene e che non poteva stare con loro, e mi ha chiesto se per favore potevo portarla a casa con me dopo. Senza pensarci ho detto sí. Dimenticavo come lei avrebbe guardato l'interno di casa mia, e che ne avrei dovuto pulire il peggio mentre lei mi osservava.

Nell'atrio, stavano sedute una di fronte all'altra su due poltrone, quelle due donne minute, entrambe belle in modo diverso, entrambe con un rossetto pesante, di colore diverso, entrambe fragili, ho pensato dopo, in modo diverso. Il motivo per cui stavano sedute lí era che sua madre aveva paura di salire al piano di sopra.

Non la infastidiva prendere l'aereo, ma dentro un condominio non poteva salire oltre il primo piano. Era peggiorata rispetto a prima. Ai vecchi tempi riusciva a stare anche al settimo piano se necessario, a patto che le finestre fossero ben chiuse.

Prima che uscissimo per cena mio marito ha portato il libro in casa, ma il calzino se l'era ficcato nella tasca posteriore senza pensarci quando gliel'aveva dato per strada e lí è rimasto durante la cena al ristorante, dove sua madre era seduta in fondo al tavolo di fronte a una sedia vuota, a volte a giocare con mio figlio, con le sue macchinine, e a volte a chiedere a mio marito e poi a me e poi a sua moglie informazioni sull'eventuale presenza di grani di pepe e altre spezie forti nel suo piatto. Poi, quando siamo usciti tutti dal ristorante ed eravamo nel parcheggio, lui ha tirato il calzino fuori dalla tasca e l'ha guardato, chiedendosi come fosse finito lí.

È stata una cosa da nulla, ma dopo non ho piú smesso di pensare a quel calzino, perché stava lí, spaiato, nella sua tasca in un quartiere che non conoscevo, lontano, nella parte est della città in un ghetto vietnamita, accanto ai saloni per massaggi, e nessuno di noi conosceva bene la città ma eravamo lí tutti insieme ed era strano, perché avevo la sensazione che io e lui fossimo ancora una coppia; eravamo stati una coppia cosí a lungo, e non potevo fare a meno di pensare a tutti gli altri calzini che avevo raccolto, rigidi del suo sudore e lisi sulla pianta, durante tutta la nostra vita insieme da un posto all'altro, e poi ai suoi piedi dentro quei calzini, a come la pelle splendeva attraverso la punta e il tallone lí dove il tessuto era consumato; a come stava sdraiato a leggere sul letto coi piedi incrociati alle caviglie di modo che le dita dei piedi puntavano ad angoli diversi della stanza; come poi si girava sul fianco coi piedi uniti come le due metà di un frutto; come, sempre leggendo, allungava una mano e si sfilava i calzini e li buttava appallottolati sul pavimento e poi allungava di nuovo la mano e si tocchicchiava le dita dei piedi e intanto leggeva; a volte condivideva con me quel che leggeva e pensava, e a volte non sapeva nemmeno se ero in quella stessa stanza o da un'altra parte.

Non ho piú smesso di pensarci dopo, anche se quando se ne sono andati ho trovato altre cose che avevano lasciato, o meglio che sua moglie aveva lasciato nella tasca di una mia giacca: un pettine rosso, un rossetto rosso e un flacone di pillole. Per un pezzo questi tre oggetti sono rimasti sempre insieme su un ripiano della cucina e poi su un altro, e nel frattempo ho pensato di spedirglieli, perché pensavo che forse il medicinale era importante, ma continuavo a scordarmi di chiederlo, finché da ultimo li ho messi via in un cassetto per darglieli quando sarebbero tornati, perché a quel punto non mancava molto, e già solo il pensiero mi faceva sentire di nuovo stanca.

Un inventario dell'esistenza.

Lydia Davis scrive tutto ciò che vuole. Con il ritmo interiore del pensiero e della distrazione, quello che si dice di una persona con la testa tra le nuvole. Le sue nuvole diventano racconti che volano dritti verso di noi e provocano un riconoscimento: ci fa sentire su un piano piú alto, aereo ma concreto, pieno di accondiscendenza verso il basso che fa soffrire, che fa sbandare. In America l'hanno definita una *miniaturist*, e la sua opera *flash fiction*, ma tutti aggiungono subito che è impossibile definirla. Jonathan Franzen ha detto: «Lei è Proust, piú breve». Malinconica, ironica, raffinata: ha raccontato, spiegato, consolato, divertito e straziato l'identità femminile.

Ha reso lieve il dolore, ha mostrato l'altro volto della gioia, ha raccontato la sopportazione altissima, l'ironia che salva, l'eleganza, il limite, la maternità quando sei allo stesso tempo profondamente assorbita e profondamente annoiata e vorresti andare a una festa. E quella specie di distacco che anche in una valle di lacrime fa decidere che quel piatto va lavato immediatamente, e che lui ha delle scarpe davvero orribili.

La desolazione metafisica e la saggezza, insieme al senso della commedia. Nei racconti di Lydia Davis c'è divertimento e profondità, assoluzione e spietatezza, ma sempre con la possibilità di un respiro, anche quando la stanchezza assomiglia alla disperazione.

Un suo brevissimo racconto si intitola *Insonnia*:

Sono tutta dolorante...
Dev'essere questo gran letto che mi preme contro da sotto.

Lydia Davis è nata nel 1947 e negli anni del suo esordio letterario è stata sposata con Paul Auster, insieme hanno un figlio. Poi hanno divorziato e Lydia Davis ha sposato il pittore Alan Cote, con cui è ancora sposata, e ha avuto un altro figlio. Questo racconto, *Il calzino*, entra nella stanchezza di una separazione, e ogni particolare taciuto non è mai davvero taciuto: lo sguardo di Lydia Davis, i pensieri che premono dentro la testa, riempiono ogni angolo di frase. È come se la propria esistenza, e quella di tutte le donne che ha incontrato, lei l'avesse immediatamente impressa in un taccuino. Una frase, un ricordo, un semplice appunto, una poesia in prosa. La libertà letteraria assomiglia allora alla libertà della vita.

Bisogna leggere tutti i racconti, come un breviario, come un inventario dell'esistenza, come una voce di ragazza che dice: vorrei pensare di meno, e intanto però fa crescere il volume mentale, con grazia, con acutezza, ma sempre fingendo di scusarsene. A volte sembra origliare se stessa e trovarsi antipatica. «Se io non fossi me e mi ascoltassi per caso dal piano di sotto, da vicina di casa, mentre parlo con lui, mi direi quanto sono felice di non essere lei». Perché l'accondiscendenza è sempre verso gli altri, mai verso se stessa. È una donna, del resto.

Alice Munro

Quello che si ricorda

In una stanza d'albergo a Vancouver, Meriel da giovane si infila i guanti bianchi corti che porta d'estate. Indossa un abito di lino beige e un vaporoso foulard bianco sui capelli. Capelli scuri, a quel tempo. Sorride, perché ha ricordato qualcosa che, secondo una rivista, ha detto, o si dice che abbia detto, Sirikit, regina di Thailandia. Citazione di una citazione: la regina Sirikit riferiva parole di Balmain.

«Balmain mi ha insegnato tutto. Mi diceva: Metti sempre i guanti bianchi. È meglio».

È *meglio*. Perché la fa sorridere? Sembra un consiglio talmente soave, di una saggezza tanto definitiva e assurda. Le sue mani guantate hanno un aspetto solenne, ma soffice come le zampe di un gattino.

Pierre domanda perché sta sorridendo e lei risponde: – Niente, – e poi glielo dice.

E lui: – Chi è Balmain?

Si preparavano per andare a un funerale. Erano arrivati la sera prima in traghetto, da Vancouver Island, dove abitavano, per non rischiare di essere in ritardo alla funzione del mattino. Non erano piú stati in albergo dalla loro prima notte di nozze. Ora, quando andavano in vacanza, c'erano sempre anche i due bambini, e cosí cercavano motel a buon prezzo adatti alle famiglie.

Quello era il loro secondo funerale da quando erano sposati. Il padre di Pierre era morto, e la madre di Meriel anche, ma quelle morti risalivano a prima che Pierre e Meriel si conoscessero. L'anno prima era morto all'improvviso un insegnante della scuola di Pierre, e c'era stata una bella cerimonia, con il coro dei bambini e le parole antiche della Celebrazione delle Esequie del sedicesimo secolo. L'uomo aveva circa sessantacinque anni e la sua scomparsa non era sembrata a Meriel e Pierre né molto sorprendente né molto triste. Dal loro punto di vista non era poi tanto diverso morire a sessantacinque, settantacinque o ottantacinque anni.

Il funerale di oggi era un'altra faccenda. Era Jonas, che stavano seppellendo. Miglior amico di Pierre per anni, e suo coetaneo: un uomo di ventinove anni. Pierre e Jonas erano cresciuti insieme a West Vancouver – la ricordavano prima del Lion's Gate Bridge, quando sembrava ancora una piccola città. I loro genitori erano amici. All'età di undici o dodici anni si erano costruiti una barca a remi e l'avevano varata al molo Dundarave. All'università si erano separati per un breve periodo: Jonas studiava Ingegneria, mentre Pierre si era iscritto a Lettere classiche, e per tradizione gli studenti di Ingegneria e di Lettere si disprezzavano a vicenda. Ma in seguito la loro amicizia si era abbastanza rinsaldata. Jonas, che non era sposato, veniva a trovare Pierre e Meriel, e certe volte si tratteneva anche un'intera settimana.

Entrambi i giovanotti erano stupefatti di come fossero andate le cose nella loro vita, e ci scherzavano su. Jonas era quello la cui scelta professionale era apparsa tanto rassicurante ai suoi, e aveva suscitato la tacita invidia dei genitori di Pierre; ma poi era stato Pierre a sposarsi, a trovare un lavoro nella scuola e a diventare una persona responsabile, mentre Jonas, dopo gli studi, non si era mai sistemato né con una ragazza né con un mestiere. Viveva in una specie di eterno periodo di prova, che non sfociava mai in assunzione definitiva in qualche ditta, e alle ragazze – almeno secondo la sua versione – era lui a imporre un eterno periodo di prova. L'ultimo impiego da ingegnere l'aveva avuto nella zona settentrionale della provincia, dove era poi rimasto dopo essersi o essere stato licenziato. «Una separazione consensuale», aveva scritto a Pierre, aggiungendo che ora stava in un albergo dove alloggiava l'alta società della zona e non escludeva l'ipotesi di accettare un lavoro presso una squadra di tagliaboschi. Stava anche prendendo il brevetto di volo e aveva una mezza intenzione di diventare pilota e mettersi in proprio. Poi prometteva di scendere a trovarli non appena le attuali difficoltà finanziarie si fossero risolte.

Meriel aveva sperato che non succedesse. Jonas dormiva sul divano del salotto, e la mattina lasciava le coperte sul pavimento, da raccogliere. Teneva Pierre alzato metà della notte a parlare di cose che erano successe quando erano ragazzi, per non dire bambini. Pierre, lo chiamava Pisshair, soprannome che gli aveva affibbiato in quegli anni, e per gli altri vecchi amici si ostinava a riesumare nomignoli come Stinkpool, Doc e Buster, e mai i nomi con i quali Meriel li aveva sempre sentiti chiamare: Stan, Don, Rick. Ricordava con rude pedanteria i dettagli di episodi che a Meriel non parevano né significativi né comici (il sacchetto di merda di cane incendiato sui gradini di casa del maestro, le molestie del vecchio che offriva spiccioli ai ragazzi perché si calassero i pantaloni), e si irritava quando la conversazione si spostava sul presente.

Quando aveva dovuto dire a Pierre che Jonas era morto, Meriel aveva assunto un tono sgomento, colpevole. Colpevole perché Jonas non le era mai piaciuto, e sgomento perché quello era il primo loro coetaneo a morire, la prima morte davvero vicina. Pierre invece non era sembrato particolarmente colpito, né sorpreso.

– Suicidio, – aveva detto.

No, disse lei, un incidente. Era in moto, di sera, sullo sterrato, è uscito di strada. Qualcuno l'ha trovato, o forse era con lui, l'hanno soccorso subito comunque, ma è morto nel giro di un'ora. Lesioni mortali.

Era questo che le aveva detto la madre al telefono. *Lesioni mortali*. Le era sembrata cosí rassegnata, cosí poco sconvolta. Come Pierre quando aveva detto: «Suicidio».

In seguito, Pierre e Meriel non avevano praticamente piú fatto parola della morte, ma solo del funerale, della stanza d'albergo, del bisogno di trovare una baby-sitter disposta a fermarsi per la notte. C'era il completo da portare in tintoria, ci voleva una camicia bianca. Fu Meriel a organizzare tutto, e Pierre la controllava con coniugale paternalismo. Le fu subito chiaro che la voleva vedere pacata ed efficiente, come era lui, senza concessioni a qualsiasi manifestazione di dolore che – ne era certo – non poteva essere sincera. Gli aveva chiesto come mai avesse pensato al suicidio e lui le aveva risposto: «È la prima cosa che mi è passata per la testa». Il tono sbrigativo le era parso un segnale di avvertimento, se non addirittura un rimprovero. Come se la sospettasse di poter derivare da questa morte – o dalla loro vicinanza all'evento – una sensazione vergognosamente egocentrica. Un'eccitazione morbosa e immodesta.

I giovani mariti erano severi, in quei giorni. Pochissimo tempo prima, erano stati corteggiatori, personaggi quasi comici, titubanti e devastati dalla smania di sesso. Ora però, a letto caldo, si erano fatti risoluti e critici. Uscivano di casa ogni mattina, ben rasati, il giovane collo strizzato dal nodo della cravatta, e ricomparivano la sera, pronti a dispensare occhiate di sufficienza alla cena e a spalancare il giornale, facendone una barriera contro il caos della cucina, i piccoli malesseri, le emozioni, i neonati. Quante cose avevano dovuto imparare, in poco tempo. Come lavorarsi il capo, e come dominare la moglie. Come mostrarsi autorevoli in materia di ipoteche, beni immobili, cura del prato, impianto fognario, politica, come pure riguardo al lavoro destinato a mantenere la famiglia per il successivo quarto di secolo. Solo alle donne dunque era concesso scivolare – durante le ore del giorno e sempre tenendo conto delle strepitose responsabilità scaricate sulle loro spalle dalla presenza dei bambini – in una sorta di seconda adolescenza. Una leggerezza dell'anima quando i mariti se ne andavano. Sognanti ribellioni, raduni sovversivi, accessi di ilarità che riportavano ai tempi del liceo, muffe che fiorivano sui muri a spese dei mariti, nelle ore in cui loro erano fuori.

Dopo il funerale alcuni dei presenti erano stati invitati a casa dei genitori di Jonas, a Dundarave. La siepe di rododendri era in fiore, tutta rossa e rosa e viola. Il padre di Jonas ricevette molti complimenti sul giardino.

– Mah, insomma, – si schermiva. – Abbiamo dovuto sistemarlo un po' troppo in fretta.

E la madre di Jonas: – Non è un vero e proprio pranzo, purtroppo. Solo uno spuntino –. Quasi tutti bevevano sherry, ma, tra gli uomini, qualcuno aveva preso un whisky. Il cibo era stato apparecchiato sul tavolo estensibile della sala da pranzo – mousse al salmone spalmata sui cracker, tartine ai funghi, sfoglie alla salsiccia, una delicata torta al limone, frutta a pezzi e biscotti alle mandorle, oltre che tramezzini ai gamberi, al prosciutto e al cetriolo e avocado. Pierre ammucchiò ogni cosa sul piattino di porcellana, e Meriel sentí la madre dirgli: – Puoi sempre tornare a prenderne ancora, lo sai, vero?

Sua madre non abitava piú a West Vancouver; era arrivata da White Rock per il funerale. E non era del tutto sicura di poter ancora rivolgere al figlio un rimprovero aperto, ora che Pierre era un insegnante e un uomo sposato.

– Non avrai paura che non avanzi niente, – disse.

Pierre rispose distratto: – Potrebbe finire quello che piace a me.

La madre disse a Meriel: – Che bel vestito.

– Grazie, ma guarda, – disse Meriel, lisciando le pieghe che si erano formate mentre stava seduta durante la funzione.

– È quello il problema, – replicò la madre di Pierre.

– Qual è il problema? – chiese disinvolta la madre di Jonas, facendo scivolare qualche tartina sulla piastra calda.

– Il problema con il lino, – disse la madre di Pierre. – Meriel mi stava appunto dicendo che il suo vestito si è tutto stazzonato, – evitò di aggiungere «durante il servizio funebre», – e io le dicevo che è questo il problema con il lino.

Forse la madre di Jonas non stava piú ascoltando. Con lo sguardo rivolto al fondo della stanza disse: – Quello è il medico che si è occupato di lui. È tornato apposta da Smithers sul suo aereo privato. Ci è sembrato un gesto cosí bello.

La madre di Pierre commentò: – Piuttosto rischioso, oltre tutto.

– Sí. Be', credo che lo faccia d'abitudine per occuparsi dei pazienti che vivono in località isolate.

L'uomo di cui parlavano stava chiacchierando con Pierre. Non indossava un completo, anche se la giacca, su una maglia a collo alto, era dignitosa.

– Immagino di sí, – disse la madre di Pierre, e: – Infatti, – disse la madre di Jonas, e a Meriel parve che in quel modo le due donne avessero risolto e sistemato qualcosa, che forse riguardava l'abbigliamento del dottore.

Lo sguardo le cadde sui tovaglioli ripiegati in quattro sulla tavola. Non erano grandi come tovaglioli da pranzo e nemmeno piccoli come tovagliolini da cocktail. Li avevano sistemati in fila, sovrapposti in modo che un angolo di ciascuno (l'angolo ricamato con un minuscolo fiore rosa, giallo o azzurro) appoggiasse sull'angolo ripiegato del vicino. Non succedeva che due tovaglioli con ricami dell'identico colore fossero uno di seguito all'altro. Non li aveva toccati nessuno o, in caso contrario – perché in giro per la stanza aveva visto qualche persona con il tovagliolo in mano –, dovevano aver preso sempre l'ultimo della fila avendo ben cura di non turbarne l'ordine.

Durante la funzione, il sacerdote aveva paragonato la

vita terrena di Jonas alla permanenza intrauterina di un bebè. Il bambino, aveva detto, non sa nulla di altre forme di vita e abita la sua tiepida, buia grotta d'acqua senza mai sospettare l'esistenza del grande mondo luminoso nel quale sarà presto catapultato. E noi mortali abbiamo una vaga idea, ma siamo assolutamente incapaci di immaginare la luce che ci attende dopo il travaglio della morte. Se il bambino potesse essere informato di ciò che gli accadrà nel prossimo futuro, non sarebbe forse incredulo, oltre che spaventato? Lo stesso accade a noi, per lo piú, ma non dovrebbe essere cosí, avendo ricevuto garanzie. Ciononostante la nostra mente cieca non sa immaginare, non sa concepire il luogo in cui giungeremo. Il bambino è avvolto nella sua ignoranza, nella fede del suo essere inerme e muto. Noi dunque, che non siamo del tutto ignoranti né del tutto consapevoli, dobbiamo aver cura di farci proteggere dalla nostra fede, dalla parola di nostro Signore.

Meriel rivolse uno sguardo al pastore, in piedi sulla soglia con il bicchiere di sherry in mano, intento ad ascoltare le chiacchiere animate di una signora dai capelli biondi cotonati. A Meriel non sembrò che stessero parlando degli spasmi della morte e della luce futura. Come avrebbe reagito se gli si fosse avvicinata e l'avesse affrontato in modo diretto sull'argomento?

Nessuno era abbastanza coraggioso per farlo. O abbastanza maleducato.

Meriel rivolse invece l'attenzione a Pierre e al dottore delle terre isolate. Pierre parlava con una vivacità che non si riscontrava spesso in lui di questi tempi. O per lo meno che Meriel non riscontrava spesso. Finse di vederlo per la prima volta. I capelli ricci, cortissimi e molto scuri che incominciavano a scoprire le tempie su una pelle liscia d'un colore avorio dorato. Le spalle grandi e ossute; i begli arti lunghi, il cranio piccolo di bella fattura. Sorrideva in modo incantevole, mai per ragioni strategiche; dava anzi l'impressione di non fidarsi affatto dei sorrisi, da quando era diventato insegnante di classi maschili. Rughe sottili, prodotto di una latente, perenne irritazione, gli segnavano la fronte.

Le tornò in mente un ricevimento scolastico – piú di un anno prima – durante il quale si erano trovati ai lati opposti della sala, esclusi dalle conversazioni circostanti. Meriel aveva fatto il giro della stanza e gli si era avvicinata a sua insaputa per poi cominciare a parlargli come un'estranea, flirtando con garbata malizia. Lui le aveva sorriso, come adesso – ma con l'ovvia differenza di chi si rivolga a una donna seducente –, e aveva subito colto il senso del gioco. Si erano scambiati occhiate complici e parole frivole finché non erano scoppiati tutti e due a ridere. Qualcuno poi li aveva avvicinati per dir loro che non erano ammessi gli scherzi privati coniugali.

– Che cosa ti fa credere che siamo veramente sposati? – aveva detto Pierre, il cui comportamento in quelle occasioni era di solito molto circospetto.

Attraversò anche ora la stanza per raggiungerlo, ma senza intenzioni cosí sciocche. Doveva ricordargli che presto sarebbero dovuti andar via, ciascuno per conto suo. Lui, in macchina fino a Horseshoe Bay in tempo per il prossimo traghetto, e lei in autobus oltre la North Shore fino a Lynn Valley. Aveva deciso di cogliere l'occasione per andare a trovare una donna alla quale sua madre aveva voluto molto bene, che aveva ammirato tanto da scegliere il nome della figlia in omaggio a lei, e che Meriel aveva sempre chiamato zia, anche se non c'erano fra loro legami di sangue. Zia Muriel. (Solo dopo essere andata via di casa per studiare al college Meriel aveva modificato l'ortografia del proprio nome di battesimo). La vecchia signora viveva in un ricovero a Lynn Valley, e Meriel non la vedeva ormai da piú di un anno. Ci voleva troppo tempo per raggiungere il posto durante i loro infrequenti viaggi a Vancouver, e poi i bambini uscivano turbati dalla casa di riposo per via dell'atmosfera che vi si respirava e dell'aspetto degli ospiti. Succedeva pure a Pierre, anche se non gli andava di ammetterlo. Chiedeva invece quali rapporti ci fossero tra questa persona e Meriel, in definitiva.

Non è come se fosse una vera e propria zia.

E cosí questa volta Meriel andava a farle visita da sola. Aveva detto che si sarebbe sentita in colpa se non fosse andata avendone l'opportunità. Inoltre, benché questo l'avesse taciuto, aveva voglia di godersi il tempo lontano dalla famiglia che l'occasione le avrebbe concesso.

– Potrei darti un passaggio, – disse Pierre. – Hai presente quanto ti toccherà aspettare l'autobus?

– Non ce la fai, – rispose lei. – Perderesti il traghetto –. Gli ricordò anche gli accordi presi con la baby-sitter.

Lui disse: – Hai ragione.

L'uomo con cui stava parlando – il dottore – non poté fare a meno di ascoltare questa conversazione e, inaspettatamente, disse: – Posso accompagnarla io, se mi permette.

– Credevo che fosse arrivato in aereo, – ribatté Meriel, mentre Pierre diceva: – Questa è mia moglie, le chiedo scusa. Meriel.

Il dottore pronunciò un nome al quale lei non fece caso.

– Non è molto agevole atterrare su Hollyburn Mountain, – disse poi. – Cosí ho lasciato l'aereo in aeroporto e ho affittato una macchina.

Una leggera forzatura nei modi cortesi del dottore fece pensare a Meriel di essergli risultata antipatica, forse. Il piú delle volte si mostrava o troppo impertinente o troppo timida.

– Non le darebbe davvero nessun disturbo? – chiese Pierre. – Sicuro di avere tempo?

Il dottore si rivolse direttamente a Meriel. Uno sguardo tutt'altro che sgradevole: non era né audace né malizioso, e non valutativo. Ma neppure deferente per rispetto delle convenzioni.

L'uomo disse: – Ma certo.

Perciò, si decise che avrebbero fatto cosí. Avrebbero incominciato subito a salutare, poi Pierre sarebbe partito per andare al traghetto, mentre Asher, era questo il nome – o il dottor Asher –, avrebbe dato un passaggio a Meriel fino a Lynn Valley.

Le intenzioni di Meriel erano di fare visita a zia Muriel, magari trattenendosi anche per la cena, per poi prendere l'autobus da Lynn Valley fino alla stazione dei pullman (i mezzi diretti in centro erano piuttosto frequenti); da lí poteva prendere l'ultima corsa della sera e raggiungere il traghetto che l'avrebbe riportata a casa.

La clinica si chiamava Maniero Principessa. Era un vasto edificio a un piano dotato di lunghe ali laterali e pitturato di un rosa tendente al marrone. La via su cui si affacciava era abbastanza trafficata, e intorno alla costruzione non esisteva un terreno degno di questo nome, né una siepe verde o un muretto che tenesse fuori il chiasso e proteggesse il misero prato dalla polvere. Da un lato si ergeva una cappella con una parodia di campanile, e dall'altro una stazione di servizio.

– La parola «Maniero» non vuol dire proprio piú niente, non trova? – disse Meriel. – Non garantisce neppure la presenza di un piano rialzato. Significa solo che uno deve convincersi di avere di fronte un posto che non fa nemmeno finta di assomigliarci.

Il dottore non disse nulla – forse la sua battuta non aveva senso per lui. O magari non valeva la pena di farla, anche se era vera. Per tutto il tragitto da Dundarave si era ascoltata parlare con sgomento. Non tanto perché ciarlasse a vuoto – dicendo qualunque cosa le passasse per la mente – ma piuttosto perché cercava di esprimere concetti che le parevano interessanti, o che avrebbero potuto esserlo se solo fosse riuscita a formularli. Ma queste idee probabilmente sembravano pretenziose, per non dire folli, snocciolate in quel modo. Del resto lei doveva assomigliare a una di quelle donne non disposte a rassegnarsi a una conversazione banale e decise a pretenderne invece una «autentica». E pur sapendo che non stava funzionando affatto, e che lui doveva vivere le sue chiacchiere come un'imposizione, non era in grado di fermarsi.

Non sapeva che cosa avesse innescato il meccanismo. L'imbarazzo, il semplice fatto che di questi tempi le capitasse cosí di rado di parlare con uno sconosciuto. La stranezza di stare sola in macchina con un uomo che non fosse suo marito.

Gli aveva addirittura chiesto, sconsideratamente, che ne pensasse dell'idea di Pierre, che l'incidente di moto fosse stato un suicidio.

– Si potrebbero fare congetture analoghe su qualsiasi incidente grave, – aveva detto lui.

– Non stia a entrare nel viale, – disse Meriel. – Posso scendere qui –. Era tale il disagio e la fretta di liberarsi di lui e di quella sua indifferenza appena mitigata dall'educazione, che Meriel appoggiò la mano alla portiera mentre l'auto era ancora in movimento.

– Intendevo comunque parcheggiare, – disse lui, svoltando. – Non voglio certo lasciarla a piedi.

E lei: – Potrei metterci un bel po'.

– Non fa niente. Posso aspettare. O magari entrare a dare un'occhiata. Se non le dispiace.

Stava per rispondergli che le case di riposo potevano rivelarsi luoghi tetri e deprimenti. Poi si ricordò che era un dottore, e che non avrebbe visto niente che non conoscesse già. E poi, qualcosa nel modo in cui aveva detto «Se non le dispiace» – il tono formale, ma anche una lieve incertezza nella voce – l'aveva sorpresa. Sembrava che l'offerta del proprio tempo e presenza avesse poco a che fare con le buone maniere, e molto di piú con lei. Era una proposta pronunciata con un tocco di sincera umiltà, pur senza trasformarsi in supplica. Se gli avesse risposto che non voleva approfittare oltre della sua gentilezza, lui non avrebbe tentato ancora di convincerla, l'avrebbe salutata con pacata cortesia e se ne sarebbe andato.

Invece scesero dalla macchina e camminarono fianco a fianco nel parcheggio, diretti all'ingresso principale.

Numerosi vecchi e disabili sedevano fuori, su uno spiazzo circondato da qualche ispido arbusto e qualche vaso di petunie, pietosa simulazione di un giardino. La zia Muriel non era fra costoro, ma Meriel si ritrovò a elargire saluti cordiali. Le era successo qualcosa. Provava all'improvviso una misteriosa sensazione di potere e di gioia, come se a ogni passo un messaggio energetico la percorresse dal tallone al cranio. Quando piú tardi gli domandò: – Come mai sei venuto là dentro con me? – si sentí rispondere: – Perché non volevo perderti di vista.

La zia Muriel era sola, seduta su una sedia a rotelle nel corridoio in penombra, appena fuori dalla porta della stanza. Era gonfia e scintillante, ma dipendeva soltanto dal fatto che l'avevano avvolta in un grembiulone in fibra d'amianto perché potesse fumarsi una sigaretta. A Meriel parve di ricordare che quando l'aveva salutata andandosene mesi, stagioni prima, fosse seduta sulla stessa sedia nell'identico punto, anche se non indossava il grembiule di amianto che doveva dipendere da un nuovo regolamento interno o da un progressivo declino della zia. Molto probabilmente stava seduta lí ogni giorno accanto al grande posacenere pieno di sabbia, a fissare il muro color bile – le pareti in effetti erano di un rosa-lilla, ma la luce fioca del corridoio le faceva apparire cosí – e la mensola con la sua cascata di edera finta.

– Meriel? L'ho pensato, che eri tu, – disse. – L'ho capito dal passo. Dal respiro. Questa maledetta cataratta ormai è un disastro. Vedo soltanto macchie.

– Sono proprio io, infatti. Come stai? – Meriel le baciò una tempia. – Come mai non sei fuori al sole?

– Il sole non mi piace, – disse la vecchia. – Devo proteggere la mia carnagione.

Forse scherzava, ma poteva anche essere la verità. La faccia e le mani pallide erano coperte di ampie chiazze – macule di un bianco cadaverico che, assorbendo la poca luce del corridoio, sembravano argentee. Era stata biondissima, di pelle rosa, sottile, con i capelli diritti e ben tagliati che erano diventati bianchi prima che compisse quarant'anni. Ora invece apparivano logori, pesti a furia di poggiare sui cuscini, e i lobi delle orecchie penzolavano fuori come tettarelle schiacciate. Una volta portava due piccoli orecchini di diamanti: dove erano finiti? Diamanti alle orecchie, catene d'oro, perle vere, camicette di seta di colori insoliti – ambra, melanzana – e splendide scarpe affusolate.

Odorava del talco dell'ospedale e di quei quadretti di liquirizia che succhiava tutto il giorno tra una sigaretta razionata e l'altra.

– Ci servono delle sedie, – disse. Si piegò in avanti, agitò in aria la mano che reggeva la sigaretta e cercò di fischiare. – Cameriera, per favore. Due sedie.

Il dottore disse: – Le prendo io.

La vecchia Muriel e la giovane rimasero sole.

– Come si chiama tuo marito?

– Pierre.

– E avete due bambini, giusto? Jane e David?

– Esatto. Ma l'uomo che è con me…

– Ah, no, – disse la vecchia Muriel. – Quello non è tuo marito.

La zia Muriel apparteneva alla generazione della nonna di Meriel, piú che a quella di sua madre. Era stata l'insegnante di arte della mamma. Prima un modello, poi un'alleata e infine un'amica. Aveva dipinto grandi quadri astratti, uno dei quali – realizzato per donarlo alla madre di Meriel – stava appeso nell'ingresso posteriore della casa in cui Meriel era cresciuta e veniva spostato in sala da pranzo a ogni visita dell'artista. Aveva colori fangosi, sul rosso cupo e marrone (il padre di Meriel lo chiamava «Mucchio di letame in fiamme»), mentre lo spirito della zia Muriel sembrava sempre fulgido e indomabile. Da giovane era vissuta a Vancouver, prima di trasferirsi in quella piccola città per insegnare. Era stata amica di artisti i cui nomi circolavano sui giornali. Non vedeva l'ora di tornare nella metropoli e alla fine lo fece: stava con una coppia di amici, ricchi mecenati, dei quali amministrava gli affari. Sembrava disporre di molto denaro, finché rimase con loro, ma alla loro morte si ritrovò spiantata. Prese a vivere della sua pensione, si diede alla pittura ad acquerello, perché non poteva piú permettersi i colori a olio, digiunava (questo era il sospetto di Meriel) pur di poterla portare fuori a pranzo, quando lei era studentessa. In quelle occasioni parlava a precipizio di facezie e di cose serie, per lo piú sottolineando come le opere e le idee intorno alle quali la gente si animava tanto fossero solo pattume, ma come qua e là – nella produzione di qualche oscuro contemporaneo o di figure semidimenticate di altri secoli – comparisse talvolta qualcosa di «straordinario». Era quella la sua parola forte in fatto di elogi: «straordinario». Le usciva dopo un silenzio della voce, come se in quel preciso istante, e quasi con sua stessa sorpresa, si fosse imbattuta in una qualità del mondo alla quale non era stato ancora tributato il giusto onore.

Il dottore fece ritorno con due sedie e si presentò con disinvoltura, come se non avesse avuto modo di farlo prima.

– Eric Asher.

– È un dottore, – disse Meriel. Stava per partire con la spiegazione del funerale, l'incidente, il volo da Smithers, ma le fu sottratta la parola. – Ma non sono qui in veste ufficiale, non si allarmi, – disse il dottore.

– Oh no, – disse zia Muriel. – È qui con lei.

– Infatti, – disse lui.

E a quel punto allungò un braccio tra le sedie e prese la mano di Meriel, che tenne stretta per un momento, prima di lasciarla andare. Poi, rivolto a zia Muriel: – Come ha fatto a capirlo? Dal respiro?

– Lo sapevo e basta, – ribatté lei un po' spazientita. – Sono stata un demonio anch'io ai miei tempi.

La sua voce – tremula, esitante – aveva un tono che Meriel non aveva mai sentito. Le parve che in questa vecchia improvvisamente sconosciuta si agitasse un tradimento. Tradimento del passato, della madre di Meriel forse, e di quella amicizia con una persona superiore che per la mamma era stata tanto preziosa. Oppure dei pranzi di allora con la stessa Meriel, delle loro conversazioni rarefatte. C'era un senso di degradazione nell'aria. Meriel ne fu scossa, in fondo in fondo eccitata.

– Oh, una volta avevo tanti amici, – disse zia Muriel; e Meriel: – Sí, ne aveva tantissimi –. Fece un paio di nomi.

– Morto, – commentò zia Muriel.

No, disse Meriel, aveva letto qualcosa di recente sul giornale, su una retrospettiva o un premio.

– Ah sí? Credevo fosse morto. Forse ho in mente qualcun altro... Conosceva i Delaney?

Si rivolgeva direttamente all'uomo, non a Meriel.

– Non mi pare, – disse lui. – No.

– Avevano una casa dove andavamo sempre tutti, a Bowen Island. I Delaney. Pensavo che potesse averli sentiti nominare. Comunque. Ne sono successe di cose, eccome. Era questo che intendevo, quando ho detto che sono stata un demonio anch'io. Avventure. O meglio. Sembravano avventure, ma erano tutte storie da copione, se sa cosa voglio dire. Perciò l'avventura c'entrava poco. Ci sbronzavamo fradici, è ovvio. Ma loro volevano che ci fossero sempre le candele accese in cerchio e la musica, ovviamente – sapeva piú di rito... Ma non andava sempre cosí. Non era impossibile incontrare uno sconosciuto e mandare al diavolo il copione. Incontrarsi per la prima volta e incominciare a baciarsi come ossessi e scappare nel bosco. Al buio. Non si arrivava mai tanto lontano. Che importanza aveva. Subito a terra.

Si era messa a tossire; cercò di continuare a parlare tra

un colpo di tosse e l'altro, ma dovette rinunciare e dar sfogo all'accesso violento. Il dottore si alzò e le batté un paio di volte sulla schiena china, con mano esperta. La tosse si placò in un rantolo.

– Va meglio, – disse. – Oh, sapevamo benissimo che cosa ci aspettava, ma fingevamo di non saperlo. Una volta mi bendarono gli occhi. Non eravamo nel bosco, succedeva in casa. Non feci storie, acconsentii. Ma non funzionò molto bene. Voglio dire che lo sapevo lo stesso. Non c'era probabilmente uno solo tra i presenti che non avrei riconosciuto comunque.

Tossí di nuovo, anche se non con la stessa furia di prima. Poi sollevò la testa, fece una serie di respiri lunghi e forti per qualche minuto, con le mani tese in avanti come a bloccare la conversazione, come se avesse di lí a poco qualcos'altro da dire, qualcosa di importante. Alla fine tuttavia si limitò a farsi una risata, e disse: – Ora sono sempre bendata. La cataratta. Eppure nessuno si approfitterebbe di me, nemmeno nella piú sfrenata delle orge.

– Da quanto tempo ne soffre? – chiese il dottore con rispettoso interesse e, con grande sollievo di Meriel, prese l'avvio un dialogo intenso, un dibattito bene informato sull'insorgenza della cataratta, l'ipotesi chirurgica, i pro e i contro dell'intervento, e la sfiducia che la zia Muriel nutriva nei riguardi dell'oculista deportato – cosí si espresse la zia – a occuparsi di questi vecchi. Una salace fantasticheria – Meriel decise che di questo doveva essersi trattato – virata senza alcuna difficoltà in chiacchiera ospedaliera, dal tono docilmente pessimistico da parte della zia, e premurosamente rassicurante da parte del dottore. Il genere di discorso che doveva aver luogo d'abitudine fra queste mura.

Di lí a poco Meriel e il dottore si scambiarono un'occhiata, per chiedersi se la visita si fosse protratta a sufficienza. Uno sguardo segreto, attento, quasi coniugale, il cui inganno e la cui modesta intimità risultarono eccitanti per chi, in fondo, sposato non era.

Tra poco.

Fu la stessa zia Muriel a prendere l'iniziativa. Disse: – Mi spiace, so di essere scortese, ma ve lo devo dire: io mi stanco –. Nessuna traccia ormai, nei suoi modi, della persona che aveva intavolato la prima parte della conversazione. Confusa, tutt'altro che spontanea e con un certo senso di vergogna, Meriel si chinò per salutarla con un bacio. Ebbe la sensazione che non avrebbe piú visto la zia Muriel, e non la rivide, infatti.

Svoltato l'angolo, tra porte che si aprivano su camere dove la gente dormiva o forse stava a fissare il vuoto dal letto, il dottore la sfiorò tra le scapole, poi fece scendere la mano sulla schiena fino ai fianchi. Meriel si rese conto che stava pizzicando il lino del vestito che le si era incollato alla pelle madida mentre sedeva appoggiata allo schienale. L'abito era bagnato anche sotto le ascelle.

E doveva andare in bagno. Si mise a cercare la Toilette dei Visitatori che le era parso di scorgere all'arrivo.

Eccola. Non si era sbagliata. Un sollievo, ma anche una difficoltà, perché dovette improvvisamente allontanarsi da lui e dire: – Scusi un attimo, – con un tono che le pareva freddo e irritato. Lui disse: – Certo, – e si diresse rapido al bagno maschile, e cosí la delicatezza del momento andò perduta.

Uscendo nel sole caldissimo, Meriel lo vide camminare accanto alla macchina, con la sigaretta in mano. Non aveva fumato prima d'ora, né in casa dei genitori di Jonas, né durante il tragitto e nemmeno con zia Muriel. Quel gesto sembrava isolarlo, rivelare in lui una certa impazienza, forse la fretta di concludere una cosa e procedere verso la successiva. In quel preciso momento Meriel era indecisa se considerare se stessa come la cosa a venire o quella da concludere.

– Dove si va? – chiese lui, una volta partiti. Poi, come se pensasse di essere stato troppo brusco, aggiunse: – Dove le piacerebbe andare? – Pareva che parlasse a una bambina, o a zia Muriel, qualcuno da intrattenere per un pomeriggio. E Meriel rispose: – Non so, – come se non avesse altra scelta che assumere il ruolo di quella bambina esigente. Stava trattenendo un gemito di delusione, un impeto di desiderio. Desiderio che era sembrato tanto schivo e isolato quanto inevitabile, ma che ora tutt'a un tratto veniva dichiarato sconveniente, unilaterale. Le mani di lui sul volante erano tornate solo sue, come se non l'avessero mai sfiorata.

Che ne dice di Stanley Park? – chiese lui. – Le andrebbe una passeggiata a Stanley Park?

E lei: – Oh, Stanley Park. Non ci vado da secoli, – come se quell'idea la rianimasse e non sapesse immaginarne di migliori. E a rincarare la dose aggiunse: – È una giornata talmente stupenda.

– Sí, infatti.

Si esprimevano come caricature; era insopportabile.

– Non c'è mai la radio su queste macchine a noleggio. Cioè, a volte sí e a volte no.

Meriel abbassò il finestrino mentre attraversavano il Lion's Gate Bridge. Gli chiese se gli dava fastidio.

– No, anzi.

– Per me è sempre un segnale d'estate. Finestrino giú, gomito fuori e l'aria che entra in macchina... credo che non mi abituerei mai all'aria condizionata.

– A certe temperature, forse sí.

Meriel si impose di tacere fino a quando il bosco del parco non li avesse accolti, nella speranza che i fitti alberi altissimi riuscissero a inghiottire la loro mancanza di spirito e la vergogna. Poi rovinò ogni cosa con un sospiro eccessivamente soddisfatto.

– Prospect Point –. Era lui che leggeva il cartello ad alta voce.

C'era parecchia gente in giro nonostante fosse un pomeriggio feriale di maggio, prima dell'inizio delle vacanze. Di lí a un minuto avrebbe potuto pronunciare un'ovvietà anche su questo. C'erano auto parcheggiate lungo tutto il viale d'accesso al ristorante, e code di persone sulla piattaforma panoramica davanti al binocolo a monete.

– Aha –. Aveva visto una macchina uscire dal parcheggio. Un rinvio improvviso di ogni bisogno di parlare, mentre lui si fermava, faceva marcia indietro per lasciare spazio, e infine procedeva alla manovra nel posteggio appena sufficiente. Scesero contemporaneamente e fecero il giro della macchina per incontrarsi sul marciapiede. Lui si guardò intorno come per decidere da che parte andare. Di gente che passeggiava se ne vedeva in ogni direzione e su tutti i sentieri.

A Meriel tremarono le gambe, non ce la faceva piú.

– Portami da un'altra parte, – disse.

Lui la guardò dritta negli occhi. Disse: – Sí.

Sul marciapiede, davanti a tutti. A baciarsi come matti.

Portami, aveva detto cosí. *Portami da un'altra parte*, e non *Andiamo da un'altra parte*. Questo è importante per lei. Il rischio, il trasferimento di potere. Rischio assoluto e totale trasferimento di potere. *Andiamo* avrebbe contenuto il rischio ma non l'abdicazione che per lei – ogni volta che riviveva quel momento – coincideva con l'inizio della fase erotica. E se lui avesse abdicato a sua volta? Un'altra parte, *dove?* Non avrebbe funzionato nemmeno cosí. Lui deve dire esattamente quello che ha detto. Lui deve dire, *Sí*.

La portò nell'appartamento in cui viveva, a Kitsilano. Era di un suo amico che stava fuori, su un peschereccio al largo della costa occidentale di Vancouver Island. L'alloggio era in un modesto edificio decoroso, di tre o quattro piani. Meriel avrebbe ricordato solo le mattonelle di vetro intorno all'ingresso e l'imponente impianto hi-fi di quegli anni, che pareva l'unico arredo del soggiorno.

Avrebbe preferito uno scenario diverso, e fu quella l'unica cosa che modificò nella memoria. Un albergo sottile a sei o sette piani, una volta residence alla moda, nel West End di Vancouver. Tende di pizzo ingiallito, soffitti alti, forse una griglia di ferro fino a metà finestra, un finto balcone. Niente di propriamente sconcio o disdicevole, solo un'atmosfera da allenata accoglienza di ferite private e intimi peccati. Lí, avrebbe dovuto attraversare la piccola hall a testa bassa e passo disinvolto, sentendosi il corpo tutto inondato da una vergogna deliziosa. Mentre lui si sarebbe rivolto all'impiegato sottovoce, con un tono che, senza pubblicizzarle, non avrebbe però neanche cercato di nascondere o di giustificare le loro intenzioni.

Poi sarebbe venuto il tragitto nell'antiquata gabbia dell'ascensore, azionata da un vecchio – o forse una vecchia, un'invalida magari, scaltra serva del vizio.

Perché fantasticava, perché aggiungeva quella scena? Era per l'attimo di smascheramento, il lancinante senso di vergogna e vanto che le invadeva il corpo mentre attraversava l'atrio (immaginario), e per il suono della voce di lui, la discrezione e l'autorevolezza delle sue parole rivolte all'impiegato e che lei non era in grado di distinguere.

Poteva essere lo stesso tono che aveva usato nella farmacia a pochi isolati dall'appartamento, dove, dopo aver parcheggiato, le aveva detto: «Mi fermo solo qui un momento». I preparativi pratici che diventavano penosi e scoraggianti nella vita coniugale potevano, in quelle circostanze, procurarle una vampata sottile di calore, una rinnovata mollezza, una sottomissione.

A sera, fu riportata indietro in macchina, oltre il parco, il ponte, il West Vancouver, ripassando a breve distanza dalla casa dei genitori di Jonas. Arrivò a Horseshoe Bay quasi all'ultimo minuto, e salí sul traghetto. Gli ultimi giorni di maggio sono tra i piú lunghi dell'anno e, nonostante le luci del porto e quelle delle auto che entravano nel ventre della nave, Meriel riusciva a distinguere ancora dei bagliori nel cielo occidentale e contro il poggio nero di un'isola – non era Bowen, ma un'altra di cui non sapeva il nome –, netto come un budino capovolto allo sbocco della baia.

Dovette unirsi alla ressa di corpi in movimento su per la scala e, una volta raggiunto il ponte passeggeri, sedette al primo posto libero che vide. Non si preoccupò nemmeno, come d'abitudine, di cercarne uno accanto al finestrino. Prima dell'attracco sul lato opposto dello stretto aveva un'ora e mezza di tempo, durante la quale doveva fare tantissimo lavoro.

Le persone accanto a lei incominciarono a chiacchierare ancora prima della partenza. Non erano conversatori occasionali incontratisi per caso, ma amici o parenti che si conoscevano bene e che avrebbero trovato argomenti per l'intera traversata. Perciò decise di uscire: salí sul ponte scoperto, dove c'era sempre meno gente, e sedette su uno dei bidoni che contenevano i giubbotti di salvataggio. Il corpo le doleva in punti piú o meno prevedibili.

Il lavoro che doveva fare, secondo lei, consisteva nel ricordare tutto – e per «ricordare» intendeva rivivere un'altra volta nella mente – e poi mettere via ogni cosa per sempre. L'esperienza di questa giornata messa in ordine, senza confusioni né menzogne, tutta radunata in un tesoro, e infine compiuta, accantonata.

Si aggrappava a due previsioni, la prima confortante e la seconda relativamente facile da accettare al momento, anche se destinata senz'altro a farsi piú scomoda in futuro.

Il suo matrimonio con Pierre avrebbe retto, sarebbe durato.

Non avrebbe piú rivisto Asher.

Entrambe le previsioni risultarono corrette.

Il suo matrimonio resse – piú di trent'anni da allora, fino alla morte di Pierre. Durante una fase iniziale e non particolarmente acuta del suo male, lei leggeva per lui ad alta voce, ripassando alcuni libri che entrambi avevano letto anni addietro e sui quali si erano ripromessi di tornare. Uno di questi era *Padri e figli*. Dopo aver letto la scena in cui Bazarov dichiara il proprio violento amore ad Anna Sergeevna, che si mostra inorridita, si interruppero per una discussione. (Non un litigio – erano ormai troppo amici per litigare).

Meriel avrebbe voluto un esito diverso per quella scena. Secondo lei, Anna non avrebbe reagito cosí.

– È l'autore, – disse. – Non mi capita di solito con Turgenev, ma qui ho la sensazione che sia proprio lui a mettersi di mezzo e a separare quei due, e mi sembra che lo faccia per ragioni soltanto sue.

Pierre sorrideva stanco. Le sue espressioni erano diventate tutte appena abbozzate. – Secondo te avrebbe ceduto?

– No. Non ceduto. Io non le credo. Secondo me lei è innamorata quanto lui. L'avrebbero fatto e basta.

– Questo è romanticismo. Stai manipolando le cose per arrivare al lieto fine.

– Chi ha mai parlato della fine?

– Ascolta, – disse Pierre, paziente. Queste discussioni gli piacevano, ma lo sfinivano anche; doveva riposarsi ogni tanto, per riprendere le forze. – Se Anna cedesse, vorrebbe dire che lo ama. E una volta fatto, lo amerebbe ancora di piú. Non è cosí che succede alle donne? Se sono innamorate, intendo. E lui, che farebbe? Se ne andrebbe magari il mattino dopo senza dirle una parola. Perché è la sua natura. Lui *detesta* amarla. Perciò, in che senso credi che sarebbe meglio?

– Almeno avrebbero qualcosa. L'esperienza.

– Che lui probabilmente dimenticherebbe, mentre lei potrebbe morire di vergogna e di abbandono. Anna è intelligente. Sa tutto questo.

– Be', – ribatté Meriel dopo una pausa, perché si sentiva con le spalle al muro. – Be', tutto questo Turgenev non lo dice. Lui dice che lei è colta completamente alla sprovvista. Dice che è fredda.

– È l'intelligenza a mantenerla fredda. Intelligente significa fredda, per una donna.

– No.

– Voglio dire nel diciannovesimo secolo. Nel diciannovesimo secolo, sí.

Quella sera sul traghetto, nel tempo in cui aveva pensato di riordinare ogni cosa, Meriel non fece niente del genere. Ciò che le toccò attraversare fu un susseguirsi di ondate di intensa memoria. E fu questo che avrebbe continuato a vivere – a intervalli man mano piú distanti – per anni a venire. Avrebbe continuato a ripescare dettagli che le erano sfuggiti e che non cessavano di farla trasalire. Le capitava di risentire o di rivedere qualcosa – un suono che avevano fatto insieme, uno sguardo di intesa o di incoraggiamento che era passato tra di loro. Sguardi di per sé abbastanza freddi, ma che risultavano carichi di un rispetto profondo e piú intimi di qualunque occhiata si potessero scambiare un marito e una moglie, o persone che si dovessero qualcosa.

Ricordava i suoi occhi grigio nocciola, la vista ravvicinata della sua pelle ruvida, il cerchio di una vecchia cicatrice vicino al naso, l'ampiezza del suo petto liscio mentre si sollevava dal suo corpo. Eppure non avrebbe saputo fornire una descrizione utile del suo aspetto. Era convinta di aver sentito la sua presenza con tanta intensità, sin dal principio, da escludere un'osservazione ordinaria. Il ricordo improvviso perfino dei primi momenti incerti e titubanti aveva ancora il potere di farla ripiegare su se stessa come a proteggere la sorpresa cruda del corpo, lo scompiglio del desiderio. *Amoremio-amore-mio*, bisbigliava in tono duro, meccanico, come la formula di un medicamento segreto.

Quando vide la sua foto sul giornale, non provò alcun sussulto immediato. A mandare il trafiletto era stata la madre di Jonas, la quale, finché visse, volle a tutti costi mantenere i contatti e sfruttare ogni occasione per ricordare loro di Jonas. «Vi ricordate il dottore al funerale di Jonas?» aveva scritto in testa al breve articolo MEDICO PROVINCIALE MUORE IN UN INCIDENTE AEREO. Doveva essere una vecchia foto, e nella riproduzione del giornale risultava anche sfocata. Una faccia piuttosto in carne, aperta in un sorriso che

Meriel non si sarebbe mai aspettata da lui, per l'obiettivo. Non era morto sul suo aereo, ma nello schianto di un elicottero durante un volo d'emergenza. Mostrò l'articolo a Pierre. Disse: – Tu hai capito perché fosse venuto al funerale?

– Forse erano amici. Come tutte le anime in pena, lassú al Nord.

– Di che cosa avete parlato?

– Mi raccontò dell'unica volta che aveva portato Jonas con sé per insegnargli a volare. «Mai piú», disse.

Poi Pierre le chiese: – Ma non ti aveva accompagnato in macchina da qualche parte? Dov'è che era?

– A Lynn Valley. A trovare zia Muriel.

– E voi, di che cosa avete parlato?

– Ricordo di aver fatto fatica a conversare con lui.

Il fatto che fosse morto non sembrò modificare granché le sue fantasticherie, se cosí le vogliamo chiamare. Quelle in cui immaginava incontri casuali, o perfino faticosamente organizzati, non si erano comunque mai fondate su principî di realtà, e non fu mai necessario ritoccarle a causa della sua scomparsa. Seguivano un loro corso fino a consumarsi secondo una modalità che sfuggiva al suo controllo e alla sua capacità di comprensione.

Quella sera mentre rientrava a casa si era messo a piovere, non forte. Lei era rimasta sul ponte. Si era alzata, aveva camminato su e giú, e non era piú riuscita a sedersi sulla cassa dei giubbotti di salvataggio, perché si sarebbe bagnata tutto il vestito. Perciò era rimasta a fissare la schiuma sollevata dalla scia della nave, e le era passato per la mente il pensiero che in un certo genere di storia – di quelle che nessuno scrive piú – la cosa giusta da fare sarebbe stata gettarsi nell'acqua. Cosí com'era, grondante felicità, soddisfatta come di certo non le sarebbe capitato di sentirsi mai piú, con ogni cellula del corpo gonfia di una presunzione dolcissima. Un gesto romantico che – osservato da un punto di vita proibito – si sarebbe potuto definire di una ragionevolezza suprema.

Provò quella tentazione? È piú probabile che si stesse solo concedendo di immaginarlo. Piú probabile che non si fosse mai neppure avvicinata all'idea di abbandonarsi, anche se proprio abbandono era stata per una volta la parola d'ordine del giorno.

Fu soltanto dopo la morte di Pierre che ricordò un ulteriore dettaglio.

Asher l'aveva accompagnata in macchina fino a Horseshoe Bay, al traghetto. Era sceso dall'auto e aveva fatto il giro dalla sua parte. Lei stava lí, pronta a dirgli addio. Gli mosse incontro, per baciarlo – un gesto del tutto naturale, dopo le ore appena trascorse – ma lui le disse: – No.

– No. Non lo faccio mai.

Ovviamente non era vero che non lo faceva mai. Che non baciava mai nessuno all'aperto, sotto gli occhi di tutti. L'aveva fatto non piú tardi di quel pomeriggio, a Prospect Point.

No.

Semplice. Una precauzione. Un rifiuto. Per proteggere lei, se si vuole, oltre che se stesso. Anche se poco prima, quello stesso giorno, non se ne era preoccupato.

Non lo faccio mai era tutt'altra cosa però. Un genere diverso di cautela. Un'informazione che non poteva farla felice quand'anche nascesse dalla volontà di impedirle di commettere un grave errore. Di metterla al riparo dalle false speranze e dall'umiliazione di un certo tipo di abbaglio.

E come si erano salutati dunque? Stringendosi la mano? Non se lo ricordava.

Ma sentiva la sua voce, la leggerezza e al tempo stesso la serietà del tono; vedeva la faccia di lui, risoluta, una faccia in fondo appena piacente, e percepiva il lieve allontanamento dalla sua portata. Non dubitava della verità di quel ricordo. Non si spiegava come avrebbe potuto soffocarlo cosí a lungo se no.

L'attraversò il pensiero che se non ne fosse stata capace, forse la sua vita sarebbe andata diversamente.

Come?

Magari non sarebbe rimasta con Pierre. Avrebbe potuto smarrire l'equilibrio. Cercare di far coincidere quanto era stato detto al porto con le parole pronunciate prima, quel giorno, l'avrebbe resa piú vigile, piú curiosa. L'amor proprio o lo spirito di contraddizione avrebbero potuto incidere: il bisogno di sentire un uomo rimangiarsi quanto detto; il rifiuto di imparare la lezione; ma non sarebbe stato solo quello. C'era un altro genere di esistenza che avrebbe potuto condurre, anche se non significava che l'avrebbe preferita. Probabilmente dipendeva dall'età (un elemento di cui dimenticava sempre di tenere conto) e dall'aria fresca e rarefatta che respirava da quando era morto Pierre, se ora poteva pensare a quell'altro genere di vita semplicemente come a una forma di percorso di ricerca con le sue trappole e coi suoi traguardi.

Forse non si veniva a capo di granché, comunque. Forse sempre della stessa cosa all'infinito, il che poteva essere una verità anche ovvia sul proprio conto, ma non per questo meno allarmante. Nel suo caso ad esempio, il fatto che la prudenza – o per lo meno una forma di economia delle emozioni – aveva sempre costituito la sua luce guida.

Quel piccolo gesto di difesa, quella precauzione cortese e micidiale, quel sussulto di inflessibilità si erano irranciditi insieme a lui, come una moda superata. Riusciva ora a vederlo come una quotidiana mistificazione, come se fosse stato un marito.

Si chiese se sarebbe rimasto tale, o se avesse in serbo per lui qualche altro ruolo, qualche altro uso immaginario per il tempo a venire.

La sovversione e la prudenza.

Nell'estate del 1961, Alice Munro compiva trent'anni e un quotidiano di Vancouver faceva questo titolo: *Casalinga trova il tempo di scrivere racconti.* Sotto, una grande foto di Alice Munro con le sue bambine, Sheila e Jenny, nel giardino di casa. Una giovane donna molto bella con le sue figlie bionde, che dichiarava di avere troppo poco tempo per scrivere e troppe interruzioni. «Scrivevo durante il loro pisolino». Pubblicava racconti sulla «Tamarack Review», una piccola rivista letteraria, e cercava di uscire da un lungo periodo di crisi con ulcera, attacchi di panico, depressione e sfinimento. Aveva paura di non essere una scrittrice. «Sentivo che niente di buono usciva da me, come se il mio dono non riuscisse a svilupparsi, e forse non si sarebbe sviluppato mai», ha detto alla figlia Sheila, molti anni dopo.

La sua prima raccolta di racconti esce nel 1968, *La danza delle ombre felici*, e comprende un magnifico racconto, *Lo studio*, che è la risposta a *Una stanza tutta per sé* di Virginia Woolf. Contiene il tarlo dell'inadeguatezza, l'ironia, il senso di marginalità, l'esasperazione di una donna che affitta una stanza per scrivere in pace, ci porta un tavolino, un bollitore e una macchina da scrivere, e viene interrotta continuamente da un intruso apparentemente gentile, che arriva a dirle: «Lei sostiene di essere una scrittrice. Beh, io leggo parecchio e non mi è mai capitato di vedere il suo nome pubblicato». È il manifesto mai arrabbiato, mai rancoroso, degli ostacoli, della diffidenza e delle ostili presenze che le scrittrici hanno combattuto fuori e dentro di sé. «Detto cosí non suona bene. Troppo presuntuoso; fasullo, o quantomeno poco convincente. Riproviamoci. Scrivo. Va meglio? *Cerco* di scrivere. Cosí è anche peggio. Falsa modestia. Dunque? Non fa niente. Comunque la metta, le mie parole producono una pausa di silenzio, quel momento delicato in cui ci si espone. Gli altri sono gentili però, il silenzio viene presto assorbito dallo zelo di voci cordiali che in vari modi esclamano, che meraviglia, buon per *te*, ma che cosa interessante».

Nel 2013 Alice Munro ha vinto il premio Nobel per la letteratura.

Non ha mai smesso di raccontare la verità dell'esperienza di essere una donna. Nei suoi racconti ha costruito i pensieri storti, lo smascheramento, i sussulti segreti del corpo, la libertà profondissima di essere finalmente un soggetto letterario.

«C'era un altro genere di esistenza che avrebbe potuto condurre, anche se non significava che l'avrebbe preferita». Ecco, in *Quello che si ricorda*, pubblicato nel 2001, lo sguardo complesso, perfino spietato, totalmente autonomo, di una donna piena di sovversione e di prudenza. E cambi di prospettiva, e immaginazione per il futuro.

Kathryn Chetkovich

Invidia

Questa è la storia di due scrittori. Vale a dire una storia di invidia. Ho incontrato quell'uomo in una residenza per artisti, e mi è piaciuto fin dal primo racconto che gli ho sentito fare: di quella volta che gli avevano dato buca a un appuntamento al buio e lui era andato dritto a comprare dei vestiti nuovi. Al tempo del nostro incontro era alle prese col suo terzo libro, ma non sembrava granché interessato a parlare di lavoro. Leggeva il giornale e guardava lo sport in tv. Era di una bellezza timida, arrogante, portava in modo discreto ma spavaldo jeans neri e camicie bianche.

E, come avrei presto scoperto, era in crisi.

Probabilmente non a tutte le donne piace il genere, ma a me sí.

Dopo cena giocava a biliardo nel salone comune in stile rustico della residenza, e io lo guardavo dalla finestrella della cabina telefonica da cui ogni sera chiamavo i miei all'altro capo del paese, in California. Mio padre, che aveva 81 anni e non stava bene, di recente era caduto danneggiandosi una spalla e la schiena, ma non voleva andare dal dottore e mia madre stava perdendo la testa per l'ansia e la stanchezza. L'attesa di quelle chiamate di dieci minuti – durante le quali non facevo altro che ascoltare, e nemmeno quello particolarmente bene – dominava i miei giorni.

La cabina era angusta, ci stavano a malapena il seggiolino pieghevole, il ripiano e il telefono a gettoni. L'aria era viziata e carica delle molecole di tutte le chiamate interurbane, delle liti e delle riconciliazioni. All'altezza degli occhi, se stavi seduto, c'era un finestrino attraverso cui, mentre i miei mi rovesciavano nell'orecchio la loro sofferenza, potevo vedere una fetta dell'uomo, dalla vita a metà coscia, che giocava a biliardo. Lo vedevo ondeggiare per mettersi in posizione. Mentre ascoltavo mia madre, il cui tono teso e allusivo indicava la presenza di mio padre nella stanza, mi concentravo sulla stecca che scivolava su e giú come un archetto lungo il corpo di lui. Se solo tenevo gli occhi fissi su quella stecca, mi dicevo, non sarei stata risucchiata dai forellini del ricevitore.

Un pomeriggio m'imbattei nell'uomo sulla soglia dell'edificio in cui c'erano entrambe le nostre stanze e, in parte nel tentativo di trattenerlo, gli dissi dei miei genitori e della mia incertezza su cosa fare per aiutarli. Suo padre era morto dopo una lunga malattia, mi disse, perciò poteva immaginare ciò che stavo passando.

Proprio in quel momento un'impiegata della residenza venne a fargli i complimenti per uno dei suoi due romanzi, di cui non avevo mai sentito parlare – cosa che contribuí a colmare il divario tra lui, con i suoi due libri pubblicati, e me, con nessuno.

Tutti e due la seguimmo con gli occhi mentre si allontanava, e il vuoto che lasciò dietro di sé fu prontamente occupato dall'imbarazzo. Lui si voltò a guardarmi: – Hai il lavoro, – disse. – Quella è la tua prima responsabilità.

Si riferiva naturalmente alla scrittura, e parlava con una sicurezza che io non avevo mai provato riguardo alle ore trascorse a fantasticare alla scrivania, infilando una dopo l'altra frasette ornamentali per descrivere piccole situazioni inventate. Il lavoro per me era sempre stato qualcosa che eri pagato per fare, una fatica necessaria perché qualcun altro ci contava.

Lui sarà anche stato in crisi, ma almeno sapeva qual era il suo lavoro. Fu quella la prima cosa che gli invidiai.

Quando per mio padre, che alla fine aveva accettato di farsi visitare, venne fissata un'operazione urgente, mi organizzai per tornare in California. Lasciai lí il computer e la maggior parte delle mie cose per obbligarmi a tornare, e comprai il secondo romanzo di quell'uomo. La settimana seguente lo lessi un po' dappertutto – sull'aereo, nel bar dell'ospedale, a colazione a casa dei miei. Quei giorni di attesa in cui aspettavo di capire cosa ne sarebbe stato della vita di mio padre ormai mi sembravano l'unica realtà e il libro un pegno che ero riuscita a trafugare da un sogno.

C'erano momenti in cui, leggendo, l'identificazione era cosí forte, e la vita sulla pagina cosí intensa, che mi sentivo battere forte il cuore.

Questo libro è fantastico, pensavo con gioia – come succede con l'opera di qualcuno che non conosci e non pensi che conoscerai mai. Perché è proprio il fatto di non conoscere l'autore a darti quel senso di proprietà, a permettere al libro di appartenerti.

Ma io lo conoscevo, almeno un po', e cosí di tanto in tanto sentivo anche quelle fitte di paura ben note a tutti gli scrittori: frasi, paragrafi e intere pagine che non solo ammiravo ma che avrei voluto fossero mie.

E immagino che a tutto ciò si mescolasse anche l'orgoglio, perché forse piacevo a quell'uomo di cui invidiavo le intuizioni. Mi vedevo riflessa, sia pure in modo incompleto e distorto, in quella possibilità, come capita di vedere il fantasma di te stessa in una vetrina nella quale vedi anche una donna in carne e ossa che esamina una scarpa.

Cosí fin dall'inizio lui era stato entrambe le cose per me, uomo e scrittore, reale e piú che reale. Mi era piaciuto subito – ogni volta che entrava in una stanza mi sentivo percorsa da un brivido – ma la scossa fu ancora piú forte quando lo incontrai sulla pagina, nudo, che si esibiva in frasi che a me non sarebbero mai venute in mente.

Mio padre, che aveva subito una seconda e imprevista

operazione, era ancora in ospedale quando ritornai alla residenza. Passai quattro delle oltre cinque ore di volo con la certezza che l'aereo sarebbe precipitato, una convinzione confermata da ogni osservazione superficiale – lo spaventoso silenzio della cabina di pilotaggio, le conversazioni degli assistenti di volo riuniti nella cucina di bordo. Forse il tutto era dovuto all'ansia residua per essere stata tanto in allarme nei giorni precedenti, o forse al fatto che a quel punto non sapevo piú bene quale fosse il mio vero posto nel mondo e avevo semplicemente trovato un modo a tinte forti per esprimere quel dilemma.

Per tacitare il colpevole sospetto di stare abbandonando mio padre, mi ripetevo che tornavo a lavorare, una scelta di cui lui, durante i suoi anni in servizio, mi aveva insegnato il valore. Ma quella sera, nel momento stesso in cui misi piede nella sala da pranzo della residenza e lo sguardo mi cadde su di lui, con la sua camicia bianca e i suoi capelli alla Oscar Wilde, capii che non era solo per il mio lavoro che ero tornata.

Ci stavo ricascando con un altro scrittore, e riconoscevo gli indizi di quella caduta dal suo particolare biglietto da visita: la paura di ciò che desideravo. Nella settimana che mi restava alla residenza, certa che niente di fatto sarebbe «successo» tra di noi in quel luogo, cercai in tutti i modi di incontrarlo per caso. Vivevamo ai poli opposti del paese e probabilmente non ci saremmo mai piú visti: perciò mi sentivo scoraggiata, ma al sicuro.

Mio padre rimase in ospedale altri due mesi, non tanto per ristabilirsi quanto per una serie ininterrotta di complicazioni. Una volta tornata a casa, lo andavo a trovare tutti i giorni senza mai riuscire a vincere la sensazione, mentre cercavo parcheggio e poi raggiungevo l'entrata e percorrevo l'ampio corridoio immacolato diretta alla sua porta aperta, di trascinarmi lí renitente come un cane tirato per un collare da cui un giorno o l'altro avrebbe potuto liberarsi per correre verso l'auto. Avevo paura di trovare qualche nuovo esame in corso o vederlo collegato a qualche nuova macchina – segno di brutte notizie. Quando un medico entrava con un innocuo portablocco, anche allora avevo paura: paura che mio padre non riuscisse a rispondere a domande semplici tipo in che ospedale si trovava o chi era il presidente. Anche se io stessa spesso ho problemi a ricordarmi che giorno della settimana è, per non parlare del mese, ero terrorizzata al pensiero che mio padre si potesse agitare per quel tipo di leggera confusione. Era sempre stato lucido e acuto, con una mente da contabile; «posso sbagliare ma non dubitare» era uno dei suoi motti preferiti.

Un giorno, mentre io e mio fratello uscivamo dalla sua camera, scoppiai in lacrime, in violenti e improvvisi singhiozzi. Non riuscivo a riprendere fiato.

Mio fratello mi abbracciò e chiese di cosa avevo paura. Papà non stava morendo, assicurò.

– Non ho paura che muoia, – mi sorpresi a dirgli. – Ho paura che viva.

Avevo paura che gli succedesse quello che tutti volevamo: che migliorasse abbastanza da poter tornare a casa e che, una volta lí, ci trascinasse tutti giú con sé, a cominciare da mia madre.

Durante quel periodo, essendomi da poco separata da mio marito e non avendo una famiglia né un lavoro a tempo pieno dietro cui nascondermi, ero esposta ai pressanti bisogni dei miei. Cercavo di vedere il tempo che passavo con l'uno o con l'altra come un lavoro che un giorno sarei stata ben felice di aver fatto, ma quella felicità era spesso compromessa da risentimenti e malumori, dal mio tener conto dei sacrifici che facevo e dal fatto che – duro riconoscerlo anche con me stessa – non stavo concludendo niente con la scrittura.

Poi un giorno nella cassetta della posta trovai una lettera dell'uomo della residenza.

Ovviamente gli risposi subito, faticando per ore in cerca

di un tono debitamente disinvolto. Portai la lettera all'ufficio postale perché partisse prima e cominciai ad aspettare la risposta con impazienza. Non passò molto che la nostra divenne una corrispondenza regolare segnata da quella soddisfazione ambivalente che avrebbe distinto tutto il nostro rapporto. Mi emozionavo al vedere una busta con la sua calligrafia nella cassetta... poi la aprivo, cominciavo a rispondergli mentalmente, e quell'emozione si complicava.

Le lettere che gli scrivevo mi costringevano a guardare la mia vita come doveva apparire dal di fuori: sempre in macchina e a fare commissioni, tante ore necessarie ma vuote in ospedale. Nel frattempo le sue lettere, in cui registrava successi e sconfitte alla scrivania intento a un nuovo romanzo sui problemi familiari, mi ricordavano la vita dello scrittore che io non riuscivo a vivere.

Sapevo, da come le raccontava, che le sue giornate non erano piú facili delle mie. Era ancora in crisi e buttava via la maggior parte di quello che scriveva, fatto per me segretamente consolatorio. Ma di tanto in tanto mi riferiva di una giornata buona e io sentivo, dietro alle mie esclamazioni di incoraggiamento, quel brivido di panico che si prova quando un amico ti abbandona per iscriversi agli Alcolisti Anonimi oppure si libera di un matrimonio che non funziona. Già trascorreva tutto il giorno alla scrivania, cosa che io non facevo; ma sentire anche che per lui stava funzionando mi riempiva di vergogna e di solitudine. Quel suo procedere nella corsa della vita metteva in risalto in modo insopportabile la mia stasi. Per fortuna nel corso dei due mesi successivi quelle giornate furono abbastanza rare da essere insignificanti.

Mio padre alla fine tornò a casa, dove tutto era stato preparato per accogliere i suoi spostamenti sulla sedia a rotelle: tolte le porte e arrotolati i tappeti, un lettino da ospedale installato nello studio, con un Baby Monitor per cui mia madre poteva sentirlo se chiamava. Ora che era a casa la mia riluttanza ad andare a trovarlo aumentò. Lí gli poteva succedere di tutto senza che ci fosse un esperto, uno spigliato giovane con lo stetoscopio pronto a intervenire. C'era solo mia madre, con i nervi a pezzi, e in seguito un badante volonteroso ma poco qualificato e un'infermiera che passava un paio di volte a settimana. In ospedale se non altro c'era stato l'amaro conforto del gregge, di altri malati e delle loro famiglie esauste.

E poi l'ospedale era un posto da cui potevi sempre andartene. In ospedale mio padre era responsabilità di qualcun altro. A casa era responsabilità nostra.

Incoraggiata da una lettera recente, una sera che non avevo niente da fare a casa lo chiamai. Anche se durante tutta la telefonata mi sentii ansiosa e a disagio, non appena riattaccato avrei voluto chiamarlo di nuovo. In seguito parlammo regolarmente ma era come un piacere pericoloso cui alla fine si deve rinunciare e io non riuscivo a liberarmi dalla sensazione che ogni conversazione ci avrebbe portato piú vicino a quella, inevitabile, in cui avremmo deciso entrambi di chiuderla lí. Cosí per lo piú cercavo di godermi l'idea di chiamarlo, senza poi farlo veramente, ricordando a me stessa che c'era una buona possibilità che non avremmo piú parlato e che, anche se l'avessimo fatto, di certo non ci avrebbe portato a niente.

Mio padre, che in apparenza si era rimesso al punto da riuscire a trascinarsi per casa con un deambulatore, stava in realtà chiaramente peggiorando. Era difficile capire bene cosa non andasse e per un certo periodo ero anche un po' delusa perché mi sembrava che non avesse voglia di fare lo sforzo necessario. Ma lui non poteva; era troppo stanco e scoraggiato e aveva troppi dolori. Alla fine accettò di tornare in ospedale e una volta lí, pigiato in un angolo del pronto soccorso gremito, guardò mia madre esausto ma sollevato e disse: – Abbiamo fatto bene a tornare qui –. Come se il suo corpo non avesse aspettato altro che quel segnale, un organo dopo l'altro cominciò a cedere nel corso dei pochi giorni successivi. Lui comunque lottava per continuare a vivere. Decise di farsi attaccare a un respiratore, dopodiché dovette essere pesantemente sedato e alla fine scivolò in uno stato di incoscienza. Il suo organismo ormai aveva ceduto.

Due settimane dopo finalmente decidemmo di staccare la macchina che aveva continuato a respirare per lui. Il medico ci avvertí che avrebbe potuto metterci una settimana intera a morire. L'infermiera che ci piaceva, prima di andare via a fine giornata, lo staccò da tutto tranne che dal cardiomonitor e dalla flebo di morfina, e l'altra infermiera che la sostituiva lo portò in una stanzetta provvisoria in fondo al corridoio. Io e mio fratello rimanemmo lí per il primo turno. Seduti accanto al letto, una da una parte e uno dall'altra, gli tenevamo le mani. La tv era accesa, e noi la guardavamo distrattamente. Dopo l'affollata frenesia del reparto Terapia intensiva tutto in quello spazio di fortuna appariva tranquillo, tranne mio padre. Non sembrava ancora rassegnato all'idea di morire, non piú di quanto lo fosse mai stato, e io non sapevo decidermi a pronunciare le parole incoraggianti richieste dalla circostanza per spingerlo a lasciarsi andare e a confidare che tutto sarebbe andato bene. Ma se aspettava quelle parole, non le aspettò a lungo, perché nel giro di un'ora se n'era andato.

Quel pomeriggio andai al centro commerciale con la scusa di fare la spesa, e chiamai l'uomo da un telefono pubblico. Credo che mi abbia raccontato del giorno in cui morí suo padre ma non ne sono certa. Tutto quello che ricordo è il sollievo che provai nel trovarlo a casa, nel fatto che quando il telefono squillò lui rispose. Ricordo di essere rimasta ferma davanti a una pizzeria a guardare le macchine arrivare e ripartire, mentre ascoltavo la sua voce.

Avevo detto a mia madre che mi sarei fermata per un po' da lei, cosí portai vestiti, libri e computer a casa sua, e provai a scrivere senza molto successo, nello studio di mio padre. I primi giorni dopo la sua morte, io e mia sorella avevamo messo in ordine e sbrigato le pratiche piú urgenti. Allora mi era sembrato di lavorare con la fretta e la determinazione di chi non vuole farsi sorprendere dal calar della notte, o da una tempesta; ora che la notte era davvero arrivata, che la morte di mio padre era una realtà, non avevo piú il coraggio né l'energia di passare in rassegna, e ancor meno di eliminare le sue cose. Liberai un piccolo spazio per lavorare al centro della sua scrivania piena di roba; quando entrai nello studio e lo vidi da una certa distanza, non mi parve molto diverso da quei misteriosi cerchi nel grano... un vuoto creato per una ragione sconosciuta.

Mi rendevo conto che sarebbe stato strano per me vivere di nuovo a casa dei miei dopo vent'anni; ma forse fu persino piú strano del previsto. Mentre parlavo avevo l'impressione che gli amici mi ascoltassero con particolare attenzione e che si facessero delle idee. Riconoscevo l'atteggiamento dell'estraneo preoccupato; l'ho assunto spesso anch'io.

Anche l'uomo sembrava in pensiero per me e mi stupí invitandomi ad andare a trovarlo a New York. Ancora non lo conoscevo abbastanza per sentirmi a mio agio con lui, e spesso ero nervosa quando prendevo il telefono per chiamarlo. Per un verso era strano, ma per un altro non lo era affatto, trovarmi seduta a tavola davanti a lui dentro l'appartamento che mi aveva descritto nelle sue lettere. Quella prima sera parlammo a lungo, in un botta e risposta in cui ciascuno si chiedeva che cosa l'altro volesse dire veramente. Alla fine portai i miei piatti al lavandino e lui mi seguí e, dopo tutti quei mesi, mi posò le mani sulle spalle.

Nei due anni successivi, in cui ci incontrammo dall'uno o dall'altro e trascorremmo insieme prima settimane e poi mesi di fila, l'uomo e io stabilimmo una routine fatta di piacevoli momenti condivisi e un buon numero di liti furiose.

Durante il giorno me lo immaginavo concentratissimo sul suo romanzo, e anche io cercavo di lavorare. La mia raccolta di racconti era stata finalmente accettata e pubblicata da una casa editrice universitaria l'autunno successivo alla morte di mio padre, e per quanto mi ritenessi preparata, l'educato silenzio con cui venne accolta dovette deludermi piú del previsto perché cominciai a mettere in dubbio la qualità del mio lavoro come non mai. A volte impiegavo la mattina intera per approdare alla scrivania e una volta lí, spesso accendevo il computer e mi distraevo, sfogliavo un libro, rispondevo alle mail o perdevo tempo a rivedere qualcosa. Quando alla fine riuscivo a concentrarmi, pensavo che scrivere per il teatro fosse uno sbaglio e che in realtà avrei dovuto tornare alla narrativa. D'altra parte, mi dicevo, se davvero era una commedia che volevo scrivere, allora dovevo insistere a scrivere una commedia... ma, una riga dopo l'altra, mi rendevo conto di aver imboccato la strada sbagliata e che ogni passo che facevo mi allontanava dall'unica cosa che sapevo fare: scrivere racconti. Solo che ormai temevo di aver dimenticato anche quello che un tempo sapevo fare. Erano secoli che non scrivevo un racconto e anche se ricordavo di non avere mai avuto la sensazione di sapere bene cosa stessi facendo, anche quando lo facevo, ora mi rendevo conto che, di fatto, prima lo sapevo, mentre adesso non lo sapevo piú.

Aspettavo con ansia che arrivasse la sera per vedere l'uomo, che ancora mi sembrava nuovo e misterioso, varcare la porta. Ma avevo anche paura di quel momento perché avrei dovuto mentire sulla mia giornata di lavoro o peggio ancora dire la verità... e anche perché avrei dovuto ascoltare quello che aveva fatto lui.

Perché l'uomo, che quando l'avevo incontrato era cosí piacevolmente in crisi, ora aveva trovato la quadra, il punto di svolta. Nei mesi che mi ci erano voluti per scrivere un raccontino di quindici pagine irrisolte sulla fine di un matrimonio, una breve commedia su una donna che va a letto col marito della sua migliore amica, e una sceneggiatura di settanta pagine che portava i segni disperati ed evidenti della «esercitazione didattica», lui aveva sfornato svariate centinaia di cartelle del suo nuovo romanzo.

Che purtroppo era buono. Mi bastò leggerlo per saperlo, ma ne ebbi anche conferme indipendenti – perché man mano che ne finiva una parte e la stampava arrivavano le telefonate di congratulazioni e i messaggi in cui veniva paragonato a scrittori morti e a scrittori vivi abbastanza famosi da essere morti.

Nel bel mezzo di quell'intenso periodo, l'uomo una sera tornò a casa frustrato per un paio di giornate difficili e mi chiese se gli rileggevo qualche pagina su cui si stava tormentando. Mi sentii immensamente sollevata al pensiero che anche lui potesse produrre una schifezza, e apprezzai che fosse disposto a mostrarmela.

Provai il desiderio improvviso di buttarlo per terra e tirarmi su la gonna, ma pensai di leggere prima le pagine.

Lui mi portò le olive e un bicchiere di vino, e io mi sedetti a leggere. Confidavo nel peggio ed ero già pronta a incoraggiarlo.

– Non capisco, – gli dissi alla fine. – È fantastico.

– Davvero lo pensi? – mi chiese illuminandosi. – Davvero pensi che funzioni?

– Penso che è perfetto, divertente, vero, interessante –. Riuscii a tirar fuori quelle parole dalla gola e a pronunciarle. Anche se avevo sperato che fosse una schifezza, non potevo dirglielo se non era vero.

– Grazie. Non sai che sollievo. Ne avevo davvero *davvero* bisogno. *Grazie.*

Se vuoi vedere una schifezza, te la faccio vedere *io*, pensai, mentre giuravo a me stessa che non gli avrei mai piú mostrato una parola scritta da me.

Avevo quarant'anni, poi quarantuno e poi quarantadue. Non avevo figli e il marito con cui pensavo di rimanere tutta la vita se n'era andato. Il padre che pensavo che un giorno mi avrebbe capito era morto e non avevo una carriera degna di questo nome. E adesso stavo con un uomo capace di questo.

Mi era passata la voglia di fare l'amore.

Quando finí il romanzo, l'uomo lo consegnò e il suo editor cominciò a chiamare ogni cento pagine per dirgli quanto gli stava piacendo, poi chiamò per dire che stava staccando l'assegno e alla fine per dire che voleva invitare l'uomo e me a cena fuori per festeggiare.

Il giorno della cena, dopo un tot di ore infelici passate alla scrivania, uscii a comprarmi un paio di pantaloni neri e una camicia di seta. La serata andava bene, pensai; l'editor sembrava apprezzare, cosa che come al solito mi gratificava.

A metà cena quando l'editor disse una frase gentile, tipo che gli sarebbe piaciuto leggere qualcosa di quello che stavo scrivendo e io non sapevo cosa dire, l'uomo intervenne: – L'hai già fatto, e già scartato.

Per una di quelle bizzarre coincidenze che dimostrano, a scelta, il progetto intelligente dell'universo o la sua gratuita casualità, il suo editor era proprio la persona che due anni prima a New York aveva guardato e rifiutato il mio lavoro non ancora pubblicato dalla casa editrice universitaria. Fino a quel momento avevo potuto pensare che lo sfortunato episodio appartenesse alla categoria dei segreti vergognosi il cui oscuro peso viene dissipato non appena qualcuno ne parla ad alta voce, ma mi resi subito conto che non era cosí.

L'editor, uomo garbato e gentile, a quel punto deve aver detto qualcosa di garbato e gentile, ma non riuscii a sentirlo, coperto com'era dalla voce nella mia testa: continua a sorridere, continua a sorridere!

Piú tardi quella sera, dopo il gelido silenzio, le lacrime e la rabbia, mi dovetti chiedere che cosa mi aspettavo che facesse l'uomo. Volevo fosse colpa sua, ma non lo era. Ero arrabbiata per quello che aveva detto, ma lo sarei stata qualunque cosa avesse detto, e anche se non avesse detto niente – perché quello che davvero mi aveva fatto arrabbiare era essere andata a cena fuori con un editor sul quale il mio lavoro aveva fatto cosí poca impressione che nemmeno si ricordava di averlo letto. Un editor che, oltre tutto, mi *piaceva*, che avevo pensato non fosse solo carino e divertente ma brillante, e che avrebbe fatto tutto quanto era in suo potere perché l'uomo con cui stavo ricevesse l'attenzione che meritava.

Nel corso dei mesi successivi, quella che in principio era apparsa come la mia previsione esagerata e patologica del successo dell'uomo cominciò a sembrare nient'altro che un ragionevole pronostico. Furono distribuite alcune copie in anteprima del suo libro e all'improvviso sembrava che tutti quanti volessero intervistarlo, fotografarlo, scrivere e parlare di lui. Era chiaro che il suo non sarebbe stato *un* libro ma *il* libro e ogni giorno diventava piú evidente che a lui era destinato il raro privilegio di essere uno scrittore di cui tutti (non solo gli altri scrittori) hanno sentito parlare.

L'11 settembre 2001 il suo libro era uscito da circa una settimana. In quella giornata traumatica io e lui continuammo a fare la spola tra l'appartamento e il televisore dell'agenzia immobiliare nell'atrio. Io provavo la sensazione del disastro, lo strano gelo della paura soffusa dal senso di ebbrezza all'idea che il mondo e tutte le sue consuetudini note potessero cambiare in un solo giorno.

Mentre cercavamo insieme a tutti gli altri di pensare a quello che era successo e a che cosa sarebbe successo dopo, c'era un'altra domanda che non facevamo: che cosa avrebbe significato per il suo romanzo? Ero certa che se lo stesse chiedendo, come me del resto, ma lasciai passare l'intera giornata senza parlarne. In quelle strane ore in cui tutto sembrava possibile non sembrava del tutto improbabile che il libro sul quale l'uomo che amavo aveva lavorato dieci anni scomparisse sotto i nostri occhi, eppure non dissi nulla.

Mi dicevo che sarebbe stato fuori luogo, sia pure nell'intimità del nostro appartamento, concentrarsi sulle nostre piccole preoccupazioni mentre migliaia di persone avevano perso la vita e il destino stesso del mondo era in gioco. Ma la verità è che non parlai del suo libro perché non volevo farlo. Perché almeno per un giorno, per la prima volta in quelli che mi erano sembrati mesi, lui e la sua opera erano stati oscurati... e io provavo un certo sollievo.

Ecco dove mi aveva portato la mia invidia.

Le mie amiche, per essere carine, mi dicevano: – Io non potrei mai stare con uno scrittore tanto piú famoso di me.

Ma dopo tutto: perché no? In parte, immagino, perché il successo di un collega rende piú difficile consolarsi con quella che Virginia Woolf chiamava «la ben nota indifferenza del mondo». Il mondo, diceva Woolf, «non chiede alle persone di scrivere poesie e romanzi e libri di storia; non ne ha bisogno. Al mondo non importa nulla se Flaubert riesce a trovare la parola giusta o se Carlyle verifica scrupolosamente questo o quel fatto». Perciò finché l'uomo era solo pieno di talento ma non particolarmente riconosciuto, io mi sentivo a mio agio; eravamo sulla stessa barca, compagni in un mondo a cui non importava cosa avevamo da dirgli. Ma il suo successo non veniva forse a dimostrare che, se il talento è abbastanza straordinario, il mondo *ha bisogno* di noi, ed è *pronto* a pagare?

Quando veniva fuori il tema del suo successo, spesso qualche amico diceva: – Il bello è che lui se lo merita davvero –. Ma scherziamo? Era proprio quello che rendeva la cosa cosí difficile. Una volta tanto gli dèi non avevano commesso lo stupido errore di sorridere all'ennesimo ciarlatano privo di genio ma ben ammanicato. No, qui si trattava dell'eccellente opera di qualcuno che aveva dedicato la vita a quel lavoro, e che adesso veniva premiato per quello. A dimostrazione che il sistema, dopotutto, non era profondamente corrotto e sprovveduto, né incapace di riconoscere il valore vero.

Ma che razza di consolazione era?

Una mattina, non riuscendo a concentrarmi sul lavoro, improvvisamente pensai a un suo brano. Mi alzai e andai allo scaffale della libreria per tirare giú la rivista in cui era stato pubblicato. Non era la cosa giusta da fare, lo sapevo. Ma lo feci lo stesso, quasi automaticamente. Col cuore che bussava come un pazzo su una porta che non si sarebbe mai aperta, sfogliai le pagine. Lo trovai. Non era bello come lo ricordavo. Era meglio.

Mi proibivo di rivolgermi quella domanda, ma sapevo che c'era, ancora piú impellente perché non formulata: se io non ero in grado di fare una cosa cosí, che senso aveva continuare? Con la speciale severità dell'egotismo tipica degli insicuri, non potevo credere che sarei mai diventata la migliore e non potevo sopportare di essere niente di meno.

Ma perché non provavo la stessa cosa leggendo Wharton, o Faulkner (che proclamava soddisfatto che uno scrittore non avrebbe esitato a derubare sua madre, e che l'*Ode su un'urna greca* valeva innumerevoli vecchiette)? Perché non siamo ancora lí a roderci il fegato per Shakespeare? Perché fa male leggere i capolavori solo se l'autore è vivo? Perché fa tanto piú male quanto minore è la distanza tra noi e questi geniali altri: quelli che conosciamo, quelli che conosciamo e sono nostri coetanei (o peggio, piú giovani di noi), quelli che conosciamo, sono nostri coetanei e anche nostri amici? E, forse peggio ancora: quando l'altro che invidiamo è uno con cui condividiamo la vita.

Secondo una piacevole teoria di buon senso sul comportamento umano – nota come modello di Tesser della costanza dell'autovalutazione – tutti vogliamo pensare bene di noi stessi e uno dei modi per potenziare l'autostima è intrattenere rapporti con persone di successo.

In quello che è noto come il «processo di rispecchiamento», il successo di un altro ci può far sentire meglio; questo spiega perché, per esempio, ci sentiamo bene se vince la nostra squadra – i cui giocatori non sanno neanche chi siamo né gli interessa saperlo. Che poi è probabilmente anche ciò che sottende il vecchio modello di matrimonio, in cui dietro ogni uomo di successo c'era una donna che si faceva in quattro per supportarlo. Al di là dei vantaggi materiali che promettevano, i successi dell'uomo erano un fiore all'occhiello per la moglie: un segno che aveva fatto un buon matrimonio.

Ma quel felice scenario funziona solo nei casi in cui il successo dell'altro è in un'area lontana dal proprio campo. Quando invece è un rivale, comincia il «processo di paragone» in cui ci misuriamo all'altro e ci sentiamo sminuiti. Fortunatamente la competitività è limitata a poche aree. Sfortunatamente, però, si tratta di aree molto importanti: proprio quelle su cui si fonda il nostro senso d'identità.

Una sera tornai a casa e l'uomo mi chiese com'era andata la mia giornata, che era stata insignificante. Io chiesi della sua e scoprii che in Inghilterra i diritti per la pubblicazione del suo romanzo ormai famoso erano stati venduti a una cifra da capogiro, superiore a qualsiasi aspettativa. Era stato un gran giorno e lui era molto fiero ed emozionato. Quello era il tipo di notizia che richiede una telefonata alla famiglia, e poiché sua madre era morta e lui non aveva sorelle aveva chiamato sua cognata.

Non aveva idea di dove trovarmi, mi disse, sennò avrebbe chiamato me. Ma io lo vedevo nella sua espressione cauta e ansiosa: voleva chiamare qualcuno del cui entusiasmo poteva essere certo.

La parte di me che era la sua ragazza gli saltò al collo e gli disse quant'era felice. Ma l'altra parte, la povera scrittrice che c'era dietro, mantenne le distanze.

Non molto dopo ci lasciammo. Alla fine di una vacanza in cui andammo a trovare la sua famiglia all'Ovest, gli dissi che non me la sentivo di tornare a New York; là era troppo dura. Gli dissi che in quell'appartamento non c'era abbastanza aria per respirare in due; gli dissi che stavo annegando. Lui mi chiese di essere piú precisa, e gli dissi che non pensavo di essere fatta per quel genere di vita insieme.

– Quale vita? Di che parli? – Era tardi; litigavamo al buio su un divano letto a casa di suo fratello.

– Questa vita... tu tanto famoso e io cosí insignificante –. E nel dirlo mi sentii ancora piú insignificante.

– Io non penso affatto che tu sia insignificante.

Il fatto che gli credessi non mi aiutava. Annegavo; a cosa serviva sentirmi dire che era convinto che sapessi nuotare?

Ma nemmeno chiudere, scoprii, era la soluzione. Io continuavo a volerlo e il mio orgoglio, già infiammato, adesso bruciava all'idea che era solo la mia debolezza a impedirmi di averlo. Ero ai ferri corti con me stessa e stava vincendo la parte sbagliata.

Qualche mese dopo, quando lo convinsi a riprovare, sentii che era l'ultima vera occasione per restare insieme. Sentii anche che, malgrado di recente mi fossi convertita all'idea che i problemi si risolvono parlando, il nostro problema – nato dalle parole – non sarebbe mai stato risolto dalle parole. Piú ne parlavo piú lui si chiudeva, e piú tutti e due ci sentivamo in colpa e rancorosi.

Allora divenne, e cosí è rimasto, l'argomento di cui non si parla.

Quando mi raccontava di sua moglie – la sua ex moglie, ma aveva una presenza spaventosa che me la faceva sembrare piú reale di quanto mi sentissi io stessa – avvertivo una corrente fredda, come se qualcuno non avesse chiuso bene la porta sul futuro.

Anche lei era una scrittrice. Durante gli anni felici e frugali del loro matrimonio scrivevano tutti e due otto ore al giorno, alimentati, secondo la tradizione degli artisti in miseria, da una dieta di riso, fagioli e confezioni giganti di cosce di pollo. Un giorno avrebbero pubblicato insieme, si dicevano, e i loro libri avrebbero trovato un pubblico capace di apprezzarli. E quando il suo primo romanzo rispose alle loro attese e quello di lei no, lui cercò di aspettare che lei lo raggiungesse. Lei continuò: un secondo libro e una seconda casa, da sola, dove sperava di lavorare meglio senza essere distratta dal successo di lui. Ma con il secondo libro non c'era verso: non riusciva a finirlo. E solo dopo che si furono separati, questa volta in via definitiva, lei si concedette di metterci una pietra sopra. Per quanto ne sapeva lui, lei aveva smesso del tutto di scrivere – tranne per un saggio appena uscito su un'antologia di cui aveva sentito parlare e che aveva comprato.

Nel saggio, per come lo ricordo oggi, la sua ex moglie scriveva di come si era sentita quando si erano separati. Leggerlo mi faceva male, perché ero curiosa di sapere cosa pensava della loro vita insieme e al tempo stesso temevo di scoprire che quelle frasi mi avrebbero ancora fatto infuriare. Ma l'idea mi era chiara: lei, quando era finito il loro matrimonio, non solo aveva smesso di scrivere; per un certo periodo aveva smesso persino di *leggere*.

Bene, a me era andata meglio! Ma d'altra parte io stavo ancora con lui. Chissà a cosa avrei rinunciato una volta che fosse davvero tutto finito?

Che cosa sarebbe successo, mi chiedevo, se la situazione si fosse rovesciata e avesse pubblicato prima lei? Lui avrebbe tenuto duro, ne ero certa e il successo di lei avrebbe potuto rallegrarlo o frustrarlo – o forse tutte e due le cose – ma lui non si sarebbe mai dato per vinto.

Pensai a *Materiali* di Alice Munro, un racconto di uomini e di donne, di scrittura e di invidia, in cui una donna s'imbatte in un racconto pubblicato dall'ex marito e vi trova il ritratto affettuoso e commovente di un'altra donna che quando erano insieme, nella vita vera, lui scherniva e trattava con durezza. «Come è sincero, che bello, mi sono dovuta dire leggendo... Si tratta di un numero di magia, non c'è altro modo per definirlo; si tratta, potremmo anche dire, di un generoso atto d'amore particolare, libero da ogni sentimentalismo». Ma poi, quando si siede a scrivergli una lettera di elogio, le parole che affiorano sulla pagina sono le seguenti: «*Questo non basta, Hugo. Tu credi di sí, ma non è vero*». E poi ammette con se stessa: ancora lo accusa; lo invidia e lo disprezza.

Ho riletto quel racconto cinque o sei volte nel corso degli anni e quando ci penso mi torna sempre in mente quella donna che invidiava il suo ex, lo scrittore. Ma quando ci sono tornata sopra di recente, mi sono stupita di scoprire che non era solo lui che invidiava, ma *loro* – ovvero non solo l'ex ma anche il nuovo marito. Per quanto appaiano diversi, entrambi hanno «deciso come reagire a tutto ciò che incontrano in questo mondo, che atteggiamento assumere, come ignorare o utilizzare gli eventi». Quello che invidia non ha a che fare con il fatto che è uno scrittore ma con il fatto che è un uomo.

Mio padre era socio amministratore – una definizione su cui non mi ero mai soffermata a riflettere – di una società di revisioni contabili e mia madre, di conseguenza, era la moglie del socio amministratore. La first lady dell'azienda, che oltre a occuparsi della casa doveva anche intrattenere i soci del marito e accompagnarlo nei suoi viaggi.

– Dovunque andassimo ero «la moglie», – mi ha detto di recente. Eravamo nella sua attuale casa, vicine a un comò con sopra una foto di mio padre sorridente che nessuna di noi guardava. – Lui invece non è mai stato «il marito». Insopportabile.

– Ma tu non lavoravi nello stesso campo, – cercai di spiegarle. Come poteva pensare che la sua situazione fosse anche solo paragonabile alla mia? – Tu non *cercavi* di competere con lui.

– No, io nemmeno lo avevo un campo.

In lei c'erano la purezza e il senso di superiorità morale di un rancore adamantino. Le invidiavo quell'invidia vecchio stampo – la furia pura e tenera di una donna che aveva un uomo con cui prendersela. La loro vita insieme era stata dedicata al lavoro di lui e per lei ci poteva essere una sola alternativa: lasciarlo. Ma come? Non aveva un reddito suo e con quattro figli, il piú piccolo dei quali, una bella pietra al collo, ero io. Mentre io... io! avevo avuto tutti i vantaggi e ciononostante ero risentita. Nulla di moralmente superiore in *questo*.

Consolarsi con le generalizzazioni è una bella tentazione, e io ho ceduto. Mi vedo come parte di quella generazione di donne cresciute con la certezza di poter fare ed essere quello che volevano, figlie di donne che, in linea di massima, non avevano goduto di quella libertà (e che forse per quello invidiavano le loro figlie). Io ero cresciuta desiderando ancora tutte le vecchie cose – essere una ragazza carina, buona e simpatica – ma desiderando anche di non dovergli dare peso.

Ma le vecchie abitudini sono dure a morire. Forse non è stato per caso se quando mi sono sentita piú scavalcata dal successo e dal talento dell'uomo, leggendo quelle pagine che avrei voluto scrivere io, ho reagito rifiutando di darmi a lui. Quando lui era lodato e richiesto, mentre il mondo ne esaltava intelligenza e immaginazione, il mio modo di pareggiare i conti è stato di ritrarmi da lui.

Fintanto che lui mi avesse voluto e non fosse riuscito ad avermi, pensavo, saremmo stati pari e io avrei potuto smettere di sentirmi sminuita dal fatto che lui aveva quello che io volevo. Ma questo che cosa significava? Che se non potevo essere felice io, ero pronta a fare l'infelicità di entrambi. E che la mia risposta al suo lavoro ero *io*; lui aveva il suo libro per farsi amare dal mondo e io il mio sesso per prendermi la mia rivincita.

Mi fece ripensare a un episodio recente, avvenuto poco prima che lo incontrassi: avevo scritto un pezzo teatrale in cui sei donne fanno l'unica cosa che, a quanto pare, i miei personaggi sanno fare – chiacchierare. Lo avevo scritto per un corso, perché in quel periodo non riuscivo a scrivere niente se non per farmi dire da un insegnante che era buono. In quell'occasione l'insegnante non lo trovò cosí buono. Pensava che non fosse abbastanza ambizioso, che non succedesse granché e che sei persone fossero troppe per una *pièce* di dieci minuti.

Dopo, mentre lasciavo l'aula, scoraggiata ma non convinta, un compagno di corso mi venne a dire che gli piaceva quello che avevo scritto.

Tutti i suoi lavori teatrali erano su rodei e cowboy e donne mezze nude sedute a piangere in cucina dopo che loro se n'erano andati. Ma mi resi conto che era molto piú acuto di quanto pensassi.

– Grazie, – dissi.

Mi suggerí di aggiungere un uomo alla commedia, proprio all'inizio, per stimolare l'interesse degli spettatori.

Gli dissi che ci avrei pensato.

– Vuoi andare a bere una cosa? – mi chiese.

Perché siamo qui, per gli altri o per noi? Per quanto suoni pomposo ed esagerato non è di questo che si tratta? Ho sempre pensato che arrivata a questo punto della mia vita avrei avuto se non altro una risposta decente a questa domanda, e invece no; e in assenza di quella certezza, tutto appare provvisorio.

L'ultima volta che ho visto mia madre, abbiamo chiacchierato in un buon ristorante, davanti a una cena che entrambe eravamo liete di non aver cucinato, e abbiamo discusso di cosa fare quando lei non fosse piú stata in grado di rimanere in quella casa da sola. Io voglio bene a mia madre, voglio saperla felice e in una situazione sicura, senza ansie.

E tuttavia cosa mi ritrovo a fare? A rassicurarla che andrà tutto bene, che mio fratello che abita lí vicino si occuperà di lei, mentre io volo dall'altra parte del continente, e scrivo dei miei sensi di colpa.

Una sera ne parlo a un'altra scrittrice. Prima di conoscerla davvero, pensavo fosse una donna inguaribilmente ottimista e allegra, cosí intenta a vedere solo il lato positivo delle cose da non rendersi nemmeno conto di farlo. Stasera mi rassicura di nuovo sul valore di una bozza che le ho mostrato, con un entusiasmo tale che al tempo stesso vorrei abbracciarla e scappare via urlando. Ma è un bello scambio, pieno di paure e desideri confessati, pieno di quell'intesa che le donne adorano. Tutt'e due chiediamo un altro bicchiere di vino. Le dico, meno convinta di quanto credevo prima di cominciare a parlare, che spero che le mie varie crisi di insicurezza possano aprire la strada a un modo nuovo e piú ottimistico di lavorare.

Quando arriviamo a lei, mi sorprende raccontandomi di essere stata depressa ultimamente, di avere come la sensazione che tutti ormai vogliano solo fare ginnastica per stare in gran forma, mentre lei vuole... qualcos'altro. Non capisce piú il senso.

Il giorno dopo il mio telefono squilla ed è lei, mi dice di aver appena saputo che sua sorella ha un cancro inoperabile. Sento la paura e il dolore nella sua voce, ma sento anche che mette in moto le sue energie, scrive liste e prepara cene, grata di avere tanto da fare. Certo non avrebbe voluto che succedesse, ma adesso ha di nuovo un compito; la situazione è chiara, quel che deve fare è chiaro, sa come farlo ed è brava a farlo. Si appresta a fare quello che è il lavoro delle donne dall'alba dei tempi, e sfido chiunque a sostenere che ci sia qualcosa di piú importante al mondo.

Comunque questo è quello che penso io ora, mentre scrivo.

Ma poi ritorno al racconto di Alice Munro, *Materiali*: «Li invidio e li disprezzo». Il paradosso piú grande di quella storia, quello invisibile e centrale – non è forse che sia stata scritta proprio da una donna che attribuisce al suo geniale alter ego maschile le qualità, le percezioni e la disinvoltura di saper ignorare o usare le cose che l'ex moglie gli invidia tanto?

La vita, ovviamente, non si riduce a questo. Nessuno pensa che essere un bravo scrittore faccia di te una bella persona. Ma aiuta. (Non è forse per questo che le donne, in generale, sono piú portate degli uomini a vedere la lettura e la scrittura come atti terapeutici? Tutto quel tempo passato da soli a esprimere e trasformare un'esperienza personale sulla carta sembra piú facile da giustificare se lo scrittore – e idealmente il lettore – guarisce nel farlo). Se hai davvero talento, allora il tuo lavoro diventa un modo di servire a qualcosa nel mondo; altrimenti è una stravaganza, addirittura imbarazzante.

Ma come fai a *sapere* che sei bravo se non paragonandoti favorevolmente agli altri (azione di per sé non da bella persona)? E quante sono le donne che lo fanno senza disagio?

Cosí Edith Wharton: «Se solo il mio lavoro fosse migliore, non avrei bisogno di altro. Ma questa specie di mezzo talento che ho non è un grande rifugio».

E Joan Didion a proposito del suo primo romanzo: «Pieno di sciatterie. Roba che non c'entra. Parole che non funzionano. Goffaggini. Scene che avrebbero dovuto avere piú risalto, scene che andavano smorzate. Ma poi *Prendila cosí* è pieno di sciatterie. Non ho riletto *Diglielo da parte mia*, ma sono sicura che sia cosí anche quello».

O Dorothy Parker: «Vorrei saper scrivere bene, ma so che non è cosí, so di non essere stata capace. Per tutta la vita, però, avrò grande ammirazione per chi invece ci è riuscito». (Ecco forse l'invidia femminile nella sua forma piú assoluta: la svalutazione di sé portata come un cilicio per ricordarci di amare i migliori).

Difficile parlare di una categoria di «scrittrici» o di «scrittura femminile» senza l'impressione di stuzzicare una ferita che non guarirà fintanto che continui a stuzzicarla. D'altra parte, per quanto controverse, quelle categorie continuano ad avere un senso anche se non sempre siamo d'accordo su quale sia.

La maggior parte delle donne che conosco sono riluttanti a dire: «Io sono meglio di questa, di quella e di quell'altra – e dunque sí, continuerò sulla mia strada», mentre gli uomini che conosco, se necessario, ricorrono quasi sempre proprio a questa formula. Inoltre le donne non hanno solo altre donne con cui competere (in modi subdoli ed estenuanti, che richiedono di volta in volta diplomazia e ipocrisia) ma anche uomini da invidiare; perché succede ancora che le scrittrici vengano paragonate tra di loro, ma che il grande romanzo letterario (diversamente, per esempio, dalla prosa lirica) continui a essere una categoria essenzialmente maschile. I libri delle donne non sono ancora discussi allo stesso modo di quelli degli uomini, e le donne ancora se la prendono.

Mentre rimuginavo su tutto ciò, mi è tornata in mente la prima volta che avevo incontrato il mio compagno. E come, prima di sapere una qualsiasi cosa di lui, avessi saputo che sarebbe successo – che un giorno avrebbe scritto il suo Grande Libro, e il mondo gli avrebbe srotolato il tappeto rosso sotto i piedi. In tutti quei mesi che aveva passato a sfornare, trionfalmente, penosamente, una pagina riuscita dopo l'altra – io lo sapevo, con maggiore certezza di qualunque cosa avessi mai saputo sulla mia stessa vita. (Non c'è da stupirsi se avevo prodotto cosí poco io stessa, impegnata com'ero a monitorare il suo lavoro).

Era chiaroveggenza la mia? O forse qualcosa di piú metafisico: la mia paura aveva funzionato come un magnete cosmico, attirando a sé l'oggetto della sua ossessione (dimenticando per un momento che il destino del mio compagno potesse dipendere proprio da lui)?

Oppure in un qualche modo perverso avevo ottenuto proprio ciò che volevo?

Avevo trovato un partner che, essendo cosí bravo – e riuscendo cosí bene – a fare quello che volevo fare io, aveva smascherato il mio bluff. La verità era che non volevo smettere. Volevo trovare il modo di continuare a scrivere comunque, indipendentemente dalla mia capacità di diventare una brava scrittrice.

Invidiavo il suo talento – il fatto che fosse capace di uscire la mattina e tornare a casa la sera con cinque pagine brillanti, o di escogitare una metafora, fissare un personaggio con una frase, e affrontare con disinvoltura questioni di geopolitica o di chimica cerebrale. Invidiavo il fatto che in aeroporto o al ristorante, sconosciuti – lettori! – gli andavano incontro entusiasti; invidiavo il fatto che giornali e riviste che per anni avevano rifiutato i miei lavori accettassero cosí facilmente i suoi.

E con tutto ciò, ero stupita di rendermi conto che non avrei voluto essere stata io a scrivere il suo libro, cosí come non avrei voluto svegliarmi il giorno dopo trasformata in una sex symbol da copertina. Invidiavo quello che talento e successo gli avevano trasmesso, il senso di stare facendo la cosa giusta. Io volevo quello che vogliono sempre le donne: sentirmi legittimata. Ma in fondo lui ce l'aveva anche prima di scrivere quel libro, era stata la prima cosa che gli avevo invidiato. Probabilmente era stato proprio quello a permettergli di scriverlo.

Mi hanno insegnato ad ammirare la vita come servizio, e tuttora la ammiro. Quando vedo una persona dedita ad aiutarne un'altra, penso che stia facendo il lavoro di tutti, il compito dell'essere umano. Ma nessuna buona azione altrui mi dà la stessa pugnalata di un buon libro. La ammiro, ma non la invidio. Qualunque altro effetto abbia prodotto, di certo l'invida nei confronti di quell'uomo mi ha aiutato a vedere la differenza tra ciò che mi hanno insegnato a desiderare, ciò che vorrei desiderare, e ciò che desidero.

Mi lusingo dicendomi che sto migliorando, che mi sto abituando. Io e l'uomo siamo finalmente felici e per lo piú rilassati, e il suo libro e la sua fama sono un dato della nostra vita insieme.

Ma chi voglio prendere in giro? A casa certi giorni non voglio ascoltare la segreteria telefonica; quando entro in libreria e vedo quella pila sul tavolo delle novità qualche volta il cuore mi batte cosí forte che sembra mi voglia uscire dal petto. Leggo le interviste e le recensioni, ma non tutte; voglio che siano positive, ma poi le voglio dimenticare. Quanto al libro, che ho letto due volte, adesso non lo voglio piú vedere.

Ecco quanto sono migliorata.

Eppure sono migliorata, perché dentro di me qualcosa è venuto a galla: un altro racconto. In questo nuovo racconto ho dato via libera a ogni impulso meschino e desiderio egoistico, a tutto quello sgradevole groviglio di insicurezza. Non c'è un io migliore da proteggere; il moralismo ha capitolato.

In questo racconto io non faccio il lavoro per cui sono nata, forse nemmeno quello che faccio meglio, ma quello che ho scelto – incompleto, spesso infelice, incostante e incerto.

In questo nuovo racconto, scrivo per smentire l'ex moglie e anche per vendicarla. È la mia nemica e la mia amica.

A quanto pare ho affrontato circostanze che superano la mia capacità di incassare sorridendo. Mi sono scontrata con i limiti della mia bontà: la persona che amo ha quello che voglio io e probabilmente lo avrà sempre. Che ci posso fare? Tanto vale che continui a lavorare.

«Lui è piú bravo di me».

L'uomo di cui parla Kathryn Chetkovich in questo racconto, pubblicato su «Granta» nell'estate del 2003, è Jonathan Franzen. L'uomo di cui si è innamorata e che però invidia troppo. L'uomo che ha lasciato perché si sente «insignificante» davanti a lui. Il romanzo che lui sta scrivendo, riscrivendo e poi pubblicando, è *Le correzioni* («Non *un* libro ma *il* libro»). Franzen ha quarantadue anni, lei ha quarantadue anni. Sono entrambi scrittori e lei lo invidia cosí tanto da arrivare a provare sollievo, l'11 settembre del 2001, perché «almeno per un giorno, lui e la sua opera erano stati oscurati».

Lo ama e lo invidia, perché lui possiede quello che lei desidera: il talento, il successo, ma soprattutto il senso di stare facendo la cosa giusta.

«Io volevo quello che vogliono sempre le donne: sentirmi legittimata». Sentirsi forte, o almeno che anche lui si senta debole. Invece si è innamorata, nel racconto e nella vita, di un uomo la cui forza sta esplodendo, e sta esplodendo proprio nel campo su cui si fonda l'identità di entrambi. Kathryn Chetkovich ha scritto un racconto in cui l'io è completamente svelato e coincidente con l'io reale, e ha avuto la libertà umana e letteraria di illuminare, usando la prima persona, la parte piú oscura, piú impresentabile, la parte in cui una donna invidia l'uomo che ama, e lo invidia non soltanto perché è uno scrittore di talento, e lei davanti a lui si trova miserabile e continuamente umiliata, ma perché è un uomo, ed è piú bravo di lei.

La competizione, l'ambizione, la speranza, l'invidia, l'amore e la continua lotta tra uomini e donne: di questo è fatto un essere umano. Ci scontriamo con i limiti della nostra bontà, e ci specchiamo nelle persone che amiamo, ma piú sono vicine piú rischiamo di frantumare la nostra immagine riflessa, nel confronto con loro.

«La persona che amo ha quello che voglio io e probabilmente lo avrà sempre», ha scritto Kathryn Chetkovich. Quanto è sopportabile la vita continuamente sovraccaricata e depotenziata dalla vita e dalle parole di un altro? Kathryn Chetkovich e Jonathan Franzen vivono ancora insieme, a Santa Cruz, vicino alla madre anziana di lei. Lui dice che con lei non si è mai annoiato. E di *Invidia* ha riso: «Io scrivo sempre di tutti, come potrei criticarla?» È piú facile essere generosi, quando si è forti. Lei ha continuato a scrivere, dopo avere esposto «ogni impulso meschino e desiderio egoistico, a tutto quello sgradevole groviglio di insicurezza». Non significa liberarsene, significa usare la scrittura come mezzo per andare sotto la superficie rassicurante delle cose. Quindi Kathryn Chetkovich, davanti al suo conflitto esistenziale, davanti alla parte peggiore di sé, ha reagito come reagisce una scrittrice, secondo il suo compito di verità. Le è accaduto quello che accade ad Alice Munro, sempre, da quando ha iniziato a scrivere: «Ma poi arriva un altro breve racconto, e ti risolve la vita».

Chimamanda Ngozi Adichie

Domani è troppo lontano

Fu l'ultima estate che passasti in Nigeria, quella prima del divorzio dei tuoi genitori, prima che tua madre giurasse che non avresti piú messo piede in Nigeria e rivisto i famigliari di tuo padre, soprattutto la nonna. Ricordi ancora chiaramente l'afa di quell'estate, sebbene siano passati diciott'anni: l'ambiente caldo umido del giardino della nonna, talmente fitto di alberi che i fili del telefono si perdevano tra le foglie e i rami si intrecciavano, tanto che a volte spuntavano manghi sull'anacardio e guaiave sul mango. Le foglie in decomposizione formavano una spessa coltre molliccia su cui tu giravi scalza. Di pomeriggio le api dal ventre giallo ronzavano intorno alla tua testa e a quelle di tuo fratello Nonso e di tuo cugino Dozie, e di sera la nonna permetteva solo a tuo fratello Nonso di salire sugli alberi per scuotere un ramo carico, anche se ad arrampicarti eri piú brava tu. I frutti cadevano a pioggia, avocado, anacardi e guaiave, e tu e il cugino Dozie vi affrettavate a riempire dei vecchi secchi.

Fu la stessa estate in cui la nonna insegnò a Nonso a raccogliere le noci di cocco. Era difficile salire sugli alberi di cocco, cosí lisci e alti, e la nonna diede a Nonso un lungo bastone e gli mostrò come colpire delicatamente i frutti inguainati per farli cadere. A te non lo mostrò, perché diceva che raccogliere noci di cocco non era roba da bambine. La nonna apriva le noci battendole su una pietra, con cura, in modo che il latte acquoso rimanesse nella metà piú bassa, come in una tazza frastagliata. Prendevano tutti un sorso del latte rinfrescato al vento, anche i bambini del vicinato che venivano a giocare da voi, e la nonna presidiava quel rituale per assicurarsi che fosse Nonso a bere per primo.

Fu l'estate in cui chiedesti alla nonna perché Nonso prendeva sempre il primo sorso sebbene Dozie avesse tredici anni, un anno piú di Nonso, e la nonna disse che Nonso era l'unico figlio di suo figlio, quello che avrebbe portato avanti il cognome Nnabuisi, mentre Dozie era solo *nwadiana*, il figlio di sua figlia. Fu l'estate in cui trovasti sul prato la pelle di un serpente, intatta e diafana come una calza trasparente, e la nonna vi disse che il serpente si chiamava *echi eteka*: «domani è troppo lontano». Bastava un morso, aggiunse, e nel giro di dieci minuti era tutto finito.

Non fu, invece, l'estate in cui ti innamorasti di tuo cugino Dozie, perché era già successo alcune estati prima, quando lui aveva dieci anni e tu sette e vi infilavate nel minuscolo spazio dietro al garage della nonna, dove lui cercava di mettere quella che entrambi chiamavate la sua «banana» in quello che entrambi chiamavate il tuo «pomodoro», ma nessuno di voi sapeva per certo quale fosse il buco giusto. Era comunque l'estate in cui vi prendeste i pidocchi, e tu e tuo cugino frugavate nei vostri capelli folti in cerca di quegli insettini neri, e li schiacciavate con le unghie ridendo per il rumore aspro delle loro pance piene di sangue che scoppiavano; l'estate in cui l'odio per tuo fratello Nonso era cresciuto al punto che pareva ostruirti le narici, mentre l'amore per tuo cugino Dozie era lievitato e ti si era avvolto intorno alla pelle.

Fu l'estate in cui vedesti un albero di mango fendersi in due metà quasi perfette durante un temporale, quando i lampi tagliavano il cielo con linee fiammanti.

Fu l'estate in cui Nonso morí.

La nonna non la chiamava estate. Nessuno lo faceva in Nigeria. Era agosto, incastrato fra la stagione delle piogge e l'harmattan. Poteva piovere tutto il giorno, pioggia d'argento che batteva sulla veranda dove tu, Nonso e Dozie scacciavate le zanzare a sberle e mangiavate granturco arrostito; oppure poteva esserci un sole accecante e allora voi stavate in ammollo nel serbatoio dell'acqua che la nonna aveva diviso in due per farne una piscina improvvisata. Il giorno in cui Nonso morí il clima era mite; la mattina ci fu un po' di pioggia, il pomeriggio un tiepido sole e la sera la morte di Nonso. La nonna gli urlò contro, urlò al suo corpo esanime *i laputago m*, che lo aveva tradito, chiedendogli chi avrebbe portato il nome dei Nnabuisi, chi avrebbe preservato la discendenza famigliare.

Quando la sentirono, arrivarono i vicini. Fu la donna che viveva nella casa dall'altro lato della strada – la padrona del cane che al mattino frugava nella pattumiera della nonna – a strappare dalle tue labbra intorpidite il numero telefonico americano e a chiamare tua madre. Fu lei, la vicina, a sciogliere le tue mani da quelle di Dozie, a farti sedere e a darti dell'acqua. Cercò anche di abbracciarti perché non ascoltassi la nonna che parlava con tua madre, ma tu ti liberasti e ti avvicinasti al telefono. La nonna e tua madre erano concentrate piú sul corpo di Nonso che sulle circostanze della sua morte. Tua madre insisteva perché fosse trasferito subito in America, e la nonna ripeteva le parole di tua madre scuotendo la testa. La follia traspariva dai suoi occhi.

Sapevi che a tua nonna non era mai piaciuta tua madre – alcune estati prima le avevi sentito dire alla sua amica: Quella negra americana ha incastrato mio figlio e lo tiene in pugno –, ma guardandola parlare al telefono, capisti che lei e tua madre erano unite. Eri certa che anche tua madre aveva negli occhi la stessa rossa follia.

Quando parlasti con tua madre, la sua voce rimbombava nella linea come non aveva mai fatto in tutti gli anni in cui tu e Nonso avevate passato l'estate dalla nonna. Stai bene? continuava a chiederti. Stai bene? Sembrava impaurita, come se avesse il sospetto che stavi bene davvero, malgrado la morte di Nonso. Giocavi col filo del telefono e parlavi poco.

Disse che avrebbe cercato di avvertire tuo padre, anche se era da qualche parte nella foresta a un festival di arte afro dove non c'erano telefoni né radio. Alla fine emise un singhiozzo acuto, simile al latrato di un cane, prima di concludere che tutto sarebbe andato bene e che avrebbe fatto in modo che il corpo di Nonso tornasse a casa. Ti fece pensare al suo modo di ridere, una risata di cuore che le partiva dal profondo, affiorava senza attenuarsi e non si addiceva per nulla al suo corpo snello e flessuoso. Quando entrava in camera di Nonso per dargli la buonanotte, ne usciva sempre ridendo in quel modo. Il piú delle volte ti tappavi le orecchie con le mani per non sentirla, e le tenevi tappate anche quando veniva in camera tua a dire: Buonanotte, tesoro, dormi bene. Non usciva mai da camera tua con una risata.

Dopo la telefonata, la nonna cadde supina sul pavimento e lí rimase, con gli occhi sbarrati, a rotolarsi a destra e sinistra, come intenta a uno stupido gioco. Diceva che era sbagliato trasferire il corpo di Nonso in America, che il suo spirito avrebbe sempre aleggiato lí. Apparteneva a quella terra dura che si era rifiutata di ammortizzare la sua caduta. Apparteneva agli alberi, uno dei quali lo aveva lasciato cadere. Ti sedesti a guardarla e all'inizio avresti voluto che si alzasse e ti prendesse tra le braccia, ma poi cambiasti idea.

Diciotto anni dopo, gli alberi del giardino della nonna non sembrano cambiati; ancora tendono i rami e si abbracciano, ancora proiettano ombre sul cortile. Ma tutto il resto sembra piú piccolo: la casa, il giardino sul retro, il serbatoio dell'acqua reso dalla ruggine color del rame. Perfino la tomba della nonna, nel giardino sul retro, sembra minuscola, e ti immagini il suo corpo tutto ripiegato per poter entrare in una bara cosí piccola. La tomba è ricoperta da un sottile strato di cemento e circondata da terra smossa di recente e tu, ferma lí accanto, te la immagini tra dieci anni, abbandonata, con un groviglio di erbacce che copre il cemento e la soffoca.

Dozie ti osserva. All'aeroporto ti ha abbracciato con prudenza, dandoti il benvenuto, e si è detto sorpreso che fossi tornata, e tu lo hai guardato a lungo in faccia, nell'atrio affollato, finché non ha distolto lo sguardo, gli occhi marroni tristi come quelli del barboncino della tua amica. Però non avevi bisogno di quello sguardo per sapere che con lui il segreto della morte di Nonso era al sicuro, lo era sempre stato. Portandoti in macchina a casa della nonna, ti ha chiesto di tua madre e tu gli hai risposto che adesso vive in California; senza specificare che sta in una comune in mezzo a gente dalla testa rasata e coi piercing ai seni o che quando chiama riattacchi sempre prima che finisca di parlare.

Ti avvicini all'albero di avocado. Dozie ti guarda ancora e tu restituisci lo sguardo e cerchi di ricordarti l'amore che ti aveva del tutto sopraffatta in quell'estate dei tuoi dieci anni, che ti aveva fatto stringere con forza la sua mano quel pomeriggio, quando, dopo la morte di Nonso, sua madre, tua zia Mgbechibelije, era venuta a prenderlo. C'è una tristezza gentile nelle rughe sulla sua fronte, una certa malinconia nel modo in cui sta in piedi con le braccia lungo i fianchi. Ti chiedi d'un tratto se anche lui lo voleva come lo volevi tu. Non hai mai saputo cosa si nascondesse sotto quel sorriso quieto, sotto il suo restare seduto immobile al punto che i moscerini della frutta gli si posavano sulle braccia, sotto i disegni che ti regalava e gli uccellini che teneva in una gabbia di cartone, accarezzandoli finché non morivano. Ti chiedi cosa provava (se provava qualcosa) a essere il nipote sbagliato, quello che non avrebbe portato avanti il nome dei Nnabuisi.

Allunghi il braccio per toccare il tronco dell'avocado proprio mentre Dozie comincia a dire qualcosa, e tu sobbalzi perché pensi che voglia affrontare l'argomento della morte di Nonso, ma lui ti dice che non avrebbe mai immaginato che saresti tornata a dare l'addio alla nonna perché sapeva che nei suoi confronti nutrivi solo odio. Quella parola, «odio», aleggia nell'aria come un'accusa. Vorresti dirgli che quando ti ha chiamato a New York, dopo diciotto anni che non sentivi la sua voce, per dirti che la nonna era morta – Ho pensato che volessi saperlo, erano state le sue parole – ti sei appoggiata alla scrivania, le gambe molli, sentendo crollare il silenzio di una vita, e non pensavi alla nonna, pensavi a Nonso e a lui, Dozie, e all'avocado e a quell'estate umida nel regno amorale della tua infanzia e a tutte le cose a cui non ti eri permessa di pensare, che avevi compresso e messo da parte.

Invece non dici nulla e spingi i palmi contro il ruvido tronco dell'albero. Il dolore ti calma. Ricordi che mangiavi gli avocado; a te piacevano col sale mentre Nonso li voleva senza, e la nonna schioccava la lingua e diceva che non sapevi riconoscere le cose buone quando sostenevi che l'avocado senza sale ti dava la nausea.

Al funerale di Nonso in un freddo cimitero della Virginia con le lapidi che sporgevano oscenamente, tua madre era vestita da capo a piedi di un nero scolorito, velo incluso, che ne metteva in risalto la pelle color cannella. Tuo padre si teneva alla larga sia da lei che da te, col *dashiki* che portava di solito, intorno al collo una collana di cipree lattee. Non sembrava uno di famiglia, ma uno dei tanti ospiti che piangevano rumorosamente e che piú tardi avrebbero chiesto sottovoce a tua madre come fosse morto di preciso Nonso, come avesse fatto a cadere da uno degli alberi su cui saliva sin da piccolo.

Tua madre non rispose a nessuno. Non disse nulla neppure a te, su Nonso, nemmeno quando mise in ordine la sua stanza e impacchettò le sue cose. Non ti chiese se volessi tenere qualcosa, e per te fu un sollievo. Non volevi conservare nessuno dei libri con i suoi appunti scritti, diceva tua madre, in una grafia piú precisa delle frasi a stampa. Non volevi le sue foto dei piccioni al parco che tuo padre pensava fossero molto promettenti, considerato che le aveva scattate un bambino. Non ti interessavano i suoi dipinti, nient'altro che copie di quelli di tuo padre, solo di colori diversi. E nemmeno i suoi vestiti, o la sua collezione di francobolli.

Tua madre sollevò l'argomento Nonso, finalmente, tre mesi dopo il suo funerale, quando ti disse del divorzio. Ti spiegò che non era per Nonso, che lei e tuo padre si stavano allontanando da tempo (all'epoca lui era a Zanzibar; era partito subito dopo il funerale). Poi tua madre domandò: Com'è morto Nonso?

Ti chiedi ancora come ti uscirono di bocca quelle parole. Fatichi a riconoscere la ragazzina dagli occhi limpidi che eri. Forse fu perché lei disse che il divorzio non aveva a che fare con Nonso, come se Nonso fosse l'unico in grado di essere una causa, come se tu non fossi nemmeno contemplata. O forse semplicemente provavi quell'ardente desiderio, quel bisogno che a volte provi ancora, di stirare le pieghe, di lisciare quello che ti sembra troppo grinzoso. Raccontasti a tua madre, con tono opportunamente reticente, che la nonna aveva chiesto a Nonso di salire sul ramo piú alto dell'avocado per farle vedere quanto fosse uomo. Poi lo aveva spaventato – per scherzo, rassicurasti tua madre – dicendogli che c'era un serpente, l'*echi eteka*, sul ramo accanto al suo. Gli aveva detto di non muoversi, ma lui, ovvio, si era mosso eccome, ed era caduto dal ramo, e quando era piombato a terra, aveva fatto un rumore come di tanti frutti caduti insieme. Un tonfo sordo, definitivo. La nonna era rimasta impalata a fissarlo, poi si era messa a urlare che era l'unico figlio maschio, che morendo aveva tradito la sua stirpe, che gli avi si sarebbero irritati. Respirava ancora, dicesti a tua madre. Respirava ancora, ma la nonna era rimasta a urlare al suo corpo spezzato finché non era morto.

Tua madre si mise a strillare. E tu ti domandasti se la gente urlava in quel modo folle dopo aver deciso di rifiutare la verità. Sapeva bene che Nonso era morto sul colpo, battendo il capo su una pietra: aveva visto il cadavere, la testa fratturata. Ma aveva scelto di credere che Nonso dopo la caduta fosse ancora vivo. Urlò, gemette e maledisse il giorno in cui aveva posato gli occhi su tuo padre in quella sua prima mostra. Poi lo chiamò, la sentisti urlare al telefono: È tutta colpa di tua madre! Lo ha spaventato e lo ha fatto cadere! Poteva fare qualcosa, dopo, e invece quello stupido feticcio di donna africana è rimasta là e lo ha lasciato morire!

Tuo padre parlò con te, dopo, e ti disse che capiva quanto fosse dura per te, ma che dovevi stare attenta a quello che dicevi per non provocare altro dolore. E tu ripensasti alle sue parole, Sta' attenta a quello che dici, e ti chiedesti se sapesse che avevi mentito.

Quell'estate di diciotto anni fa fu l'estate della tua prima autoconsapevolezza. L'estate in cui capisti che, se volevi sopravvivere, sarebbe dovuto succedere qualcosa a Nonso. Perfino a dieci anni sapevi che ci sono persone che per il semplice fatto di esistere occupano troppo spazio, soffocando gli altri. L'idea di spaventare Nonso con l'*echi eteka* fu soltanto tua. Ma la dicesti a Dozie, spiegando che avevate bisogno entrambi di un Nonso ferito, magari menomato, magari con le gambe storte. Volevi sfregiare la perfezione del suo corpo agile, per renderlo meno adorabile, meno capace di fare tutto quello che faceva. Meno in grado di invadere il tuo spazio. Dozie non disse nulla, ma disegnò un tuo ritratto con gli occhi a forma di stella.

La nonna era dentro a cucinare e Dozie ti stava accanto in silenzio, spalla contro spalla, quando proponesti a Nonso di salire fino in cima all'avocado. Fu facile convincerlo; bastò ricordargli che eri tu la piú brava ad arrampicarti. Ed eri veramente la piú brava, potevi salire su un albero, su qualunque albero, in pochi secondi. Eri la migliore nelle cose che potevi imparare da sola, in ciò che la nonna non poteva insegnargli. Gli chiedesti di salire per primo, per vedere se riusciva ad arrivare sul ramo piú in alto dell'avocado prima che tu lo raggiungessi. I rami erano fragili e Nonso piú pesante di te. Pesante per tutto il cibo che la nonna gli faceva mangiare. Mangiane ancora, diceva spesso, per chi credi che lo abbia fatto?, come se tu non esistessi nemmeno. A volte ti dava una pacca sulla spalla dicendoti, in igbo: È bene che impari, *nne*, è cosí che un giorno ti prenderai cura di tuo marito.

Nonso salí sull'albero. Sempre piú in alto. Aspettasti che fosse quasi in cima e che gli tremassero le gambe all'idea di salire oltre. Aspettasti il breve istante fra due movimenti. Un istante aperto in cui vedesti l'azzurro di tutto, della vita stessa, quel puro azzurro di uno dei dipinti di tuo padre, l'azzurro dell'opportunità, di un cielo ripulito dalla pioggia del mattino. Poi urlasti: – Un serpente! C'è l'*echi eteka*! Un serpente! – Non sapevi se aggiungere che il serpente era su un ramo vicino a lui, oppure che stava strisciando lungo il tronco. Ma non ebbe importanza perché, in quei pochi secondi, Nonso guardò in basso verso di te e perse la presa, il piede scivolò, le braccia si liberarono. O forse fu l'albero a scrollarsi Nonso di dosso.

Non ricordi per quanto tempo rimanesti ferma a guardarlo prima di andare a chiamare la nonna, con Dozie per tutto il tempo muto al tuo fianco.

La parola che Dozie ha usato, «odio», ti gira e rigira in testa. Odio. Odio. Odio. Ti fa mancare il fiato, come ti mancava il fiato quando aspettavi, nei mesi successivi alla morte di Nonso, che tua madre si accorgesse che avevi la voce pura come l'acqua e le gambe come fasce elastiche, o che uscisse da camera tua ridendo di gusto. Invece ti abbracciava circospetta dandoti la buonanotte, sempre sussurrando, e tu cominciasti a evitare i suoi baci simulando colpi di tosse o starnuti. Nemmeno col passare degli anni, mentre si trasferiva con te da uno stato all'altro, accendendo candele rosse nella sua camera da letto, evitando ogni discorso sulla Nigeria o sulla nonna, rifiutandosi di farti vedere tuo padre, sarebbe tornata a ridere cosí.

Dozie adesso parla, ti dice che alcuni anni prima ha cominciato a sognare Nonso, sogni in cui Nonso è piú vecchio e piú alto di lui, e tu senti dei frutti cadere da un albero vicino e senza voltarti gli chiedi: Cosa volevi quell'estate, cosa volevi?

Non sai che Dozie si muove, che ora è dietro di te, cosí vicino che senti l'odore di agrumi che ha addosso, forse ha sbucciato un'arancia e non si è lavato le mani. Ti gira e ti guarda, e tu guardi lui: ha rughe sottili sulla fronte e una durezza nuova nello sguardo. Risponde che non gli veniva neanche in mente di volere qualcosa, perché importava solo ciò che volevi tu. C'è un lungo silenzio mentre fissi la colonna di formiche nere che salgono sul tronco: ognuna porta un pezzetto di lanugine bianca, creando un disegno geometrico in bianco e nero. Ti chiede se fai sogni simili ai suoi e tu rispondi di no, i tuoi occhi evitano i suoi, mentre ti volta le spalle. Vorresti dirgli del dolore nel petto, del vuoto nelle orecchie e dell'agitazione nell'aria dopo la sua chiamata, delle porte che si spalancavano, delle cose compresse che rispuntavano, ma lui si allontana. E tu piangi, sola sotto l'albero di avocado.

I capelli afro naturali.

«Quando ho iniziato, tutto quello che volevo era scrivere libri che qualcuno avrebbe letto, – ha detto Chimamanda Ngozi Adichie. – Non avevo intenzione di diventare questa "icona femminista": quale altro romanziere è citato in un singolo di Beyoncé *e* il suo lavoro sta su una maglietta Dior?, è qualcosa con cui mi sento a disagio. La gente dice: "Questo è ciò per cui sei conosciuta". Ma non è ciò per cui *io* conosco me stessa». Chimamanda Ngozi Adichie prima di ogni altra cosa è una scrittrice, e da qualche anno è una madre. Nata nel 1977 ad Abba, in Nigeria, figlia di un professore e di una direttrice amministrativa, ha imparato a leggere a quattro anni, ha cominciato a scrivere storie a sette, ha studiato negli Stati Uniti, e la sua compagna di stanza al college era stupita che parlasse inglese cosí bene. Stupita che sapesse come funziona una stufa. Stupita che non fosse poverissima e disperata.

Nel suo terzo romanzo, *Americanah*, la protagonista Ifemelu, nigeriana, fa una scoperta: «Cari Neri Non Americani, quando fate la scelta di venire in America, diventate neri. Chiusa la discussione. Smettetela di dire sono giamaicano o ghanese. All'America non interessa». È la scoperta della *single story*. Un'unica storia. Femminista, nera, africana, probabilmente poverissima, una che non sa come si accende una stufa.

In una Ted Conference del 2009 vista quasi diciotto milioni di volte, Chimamanda Ngozi Adichie ha raccontato i pericoli, umani e narrativi, di questa *single story*: «La storia unica crea gli stereotipi. E il problema degli stereotipi non è che non siano veritieri, ma che sono incompleti. Fanno diventare una storia la sola storia». Fanno diventare l'Africa un solo paese, tutte le donne una sola donna. Appiattiscono invece di arricchire. Come a Lagos, in Nigeria, una metropoli con quasi venti milioni di abitanti: una sera con un amico, lei ha dato qualche soldo a un ragazzo che li aveva aiutati a trovare parcheggio fuori dal locale. «E lui, quell'uomo grato e felice, ha preso i soldi dalla mia mano, poi si è girato verso Louis e ha detto: "Grazie, signore!"» Perché se una donna aveva dei soldi, quei soldi dovevano venire per forza da un uomo: l'unica storia, la sola storia. Ed è per desiderio di svelare la complessità delle storie che la protagonista di *Americanah* incita sfacciatamente Michelle Obama perché lasci i suoi capelli afro naturali, li mostri al mondo almeno una volta come sono, senza ricorrere ai liscianti che li fanno cadere, ai ferri che li strinano, ai diversi tipi di capelli finti appiccicati in testa. I capelli che hanno cosí tanto a che fare con l'identità e con il suo nascondimento, con le infinite possibilità di un racconto.

E in questo racconto Chimamanda Ngozi Adichie va completamente oltre, capovolgendola, l'unica storia: offre, diciotto anni dopo, il segreto di una bambina che ha un fratello maggiore troppo perfetto, troppo amato. La nonna controlla che lui abbia sempre il primo sorso d'acqua. La mamma esce la sera dalla sua stanza, dopo il bacio della buonanotte, ridendo («Non usciva mai da camera tua con una risata»). Il padre ritiene che le foto che ha scattato ai piccioni siano molto promettenti. La bambina, adesso una giovane donna assalita dai fantasmi, sentiva distintamente che ci sono persone che con la loro sola esistenza occupano troppo spazio, soffocano gli altri. Sentiva che quello spazio lei lo voleva per sé, a ogni costo.

Nora Ephron

La parola con la D

Per un periodo piuttosto lungo, essere una donna divorziata ha rappresentato il fatto principale della mia vita. E ha continuato a essere cosí anche quando mi sono risposata, e quindi non ero piú una donna divorziata. Ormai sono sposata con il mio terzo marito da piú di vent'anni. Ma se hai avuto figli con l'uomo da cui ti sei separata, il divorzio definisce ogni cosa; è l'ombra in agguato, la fetta di rabbia nella torta della tua mente.

Esistono i buoni divorzi, naturalmente, dove tutto si svolge in maniera civile e addirittura cordiale. Gli assegni di mantenimento per i figli arrivano puntuali. Le visite avvengono nei tempi e nei modi stabiliti. L'ex marito suona il campanello e si ferma sulla soglia, non entra mai senza bussare e non va dritto in cucina a prepararsi una tazza di caffè. Nella mia prossima vita vorrei avere un divorzio cosí.

Una cosa buona da dire sul divorzio è che ti consente di essere una moglie migliore per il marito che viene dopo perché hai un bersaglio contro cui rivolgere la rabbia, e non è la persona che ti sta accanto.

Un'altra cosa buona da dire sul divorzio è che ti mostra con chiarezza una realtà che il matrimonio occulta, ovvero che nella vita ti devi arrangiare da sola. Non ci sarà piú nessuna lotta di potere su chi si alzerà nel cuore della notte; ti alzerai tu.

Per quanto riguarda i figli, invece, nel divorzio non c'è niente di positivo. Non ci si deve illudere, come fanno molti. Si sentono affermazioni del tipo: è meglio che i bambini non crescano con genitori infelici. Ma a meno che i genitori si pestino a sangue o maltrattino i figli, i bambini staranno meglio se loro due rimangono insieme. Sono troppo piccoli per fare la spola fra una casa e l'altra. Troppo piccoli per affrontare l'idea che le persone che piú amano non si amino piú, ammesso che si siano mai amate. Troppo piccoli per capire che non ci sarà desiderio capace di farle tornare insieme. E l'odierna tiritera della custodia condivisa non servirà a indorare la pillola: per vedere un genitore il figlio di separati deve abbandonare l'altro.

Il tipo migliore di divorzio è quello in cui non ci sono figli. Come è successo a me la prima volta. Prendi la porta e te ne vai, senza guardarti indietro. Avevamo dei gatti a cui ero molto affezionata. Io e mio marito comunicavamo miagolando. Quando finí il matrimonio, non pensai piú neanche ai gatti (finché non ne parlai in un romanzo dove li avevo trasformati in criceti).

Qualche mese prima che ci separassimo, il mio primo marito e io, una rivista mi chiese di scrivere un pezzo sugli attori Rod Steiger e Claire Bloom e il loro favoloso matrimonio. Andai nella casa in cui vivevano, sulla Fifth Avenue, e vollero che li intervistassi separatamente. Questo avrebbe dovuto mettermi una pulce nell'orecchio ma io non mi insospettivo mai. In effetti, a ripensarci, mi sembra di non aver mai nutrito un sospetto in vita mia fino ai cinquant'anni. Comunque li intervistai separatamente. Sembravano molto felici. Scrissi l'articolo, lo consegnai, la rivista mi mandò un assegno, lo incassai e il giorno dopo Rod Steiger e Claire Bloom annunciarono che avrebbero divorziato. Era pazzesco. Perché non me l'avevano detto? Perché avevano fatto uscire un articolo sul loro matrimonio mentre stavano divorziando?

Ma quando fu il mio matrimonio a finire e circa una settimana dopo un fotografo si presentò a casa per fare un servizio sulla nostra cucina, con me e mio marito, io non c'ero, ovviamente. Me n'ero andata. E avevo dimenticato l'appuntamento. La giornalista che doveva scrivere il pezzo era furiosa. Non l'avevo avvertita, e sicuramente era arrabbiata perché avevo accettato l'intervista e il servizio sulla nostra cucina coniugale, pur sapendo che stavo per divorziare. Ma la verità è che a volte proprio non lo sai. Sei sposata da anni e poi un giorno l'idea del divorzio si insinua nella tua mente. Se ne sta lí per un po'. Ti ci avvicini e ti allontani. Fai una lista. Calcoli quanto ti costerà. Soppesi i torti subiti, i pro e i contro. Vai a letto con un altro, vai dallo psicanalista. E poi metti la parola fine al matrimonio, non perché sia successo chissà cosa, ma semplicemente perché c'è un posto dove puoi stare per un po' mentre cerchi un appartamento, oppure perché tuo padre ti ha regalato tremila dollari.

Anche il contesto ha il suo peso. Il mio primo matrimonio finí nei primi anni Settanta, al culmine del movimento femminista. Jules Feiffer disegnava giovani donne che ballavano come invasate in cerca di se stesse, e noi eravamo proprio cosí. Prendevamo tutto troppo sul serio. Stendevamo contratti allo scopo di dividere le incombenze domestiche in maniera piú equa. Facevamo gruppi di autocoscienza e, sedute in cerchio, fingevamo che fra noi la gelosia e l'invidia non esistessero. Leggevamo pamphlet che affermavano che il personale è politico. E, a proposito, il personale *è* politico, anche se non quanto avremmo voluto.

In ogni modo, il vero problema dei nostri matrimoni non era che i mariti non ci aiutassero con le faccende domestiche, ma che eravamo giovani donne incredibilmente irritabili e i nostri mariti ci irritavano oltremisura.

Ricordo che un giorno una donna del nostro gruppo di autocoscienza scoppiò a piangere perché per il compleanno suo marito le aveva regalato una padella per friggere.

Lei non ha mai divorziato, comunque.

Tutte le altre invece sí.

Eravamo cresciute in un'era in cui non divorziava nessuno, e all'improvviso divorziavano tutti.

Il mio secondo divorzio è stato del tipo peggiore. C'erano due bambini, uno dei quali neonato. Mio marito si era innamorato di un'altra e scoprii la sua relazione che ero ancora incinta. Ero andata a New York per parlare con una scrittrice e produttrice, Jay Presson Allen. Al momento dei saluti, prima che tornassi all'aeroporto LaGuardia per prendere il volo della Eastern per Washington, lei mi diede una sceneggiatura, un dattiloscritto che aveva sulla scrivania, di un inglese che si chiamava Frederic Raphael. – Leggila, – mi disse. – Ti piacerà.

Ero a pagina 8.

Cominciai a leggerla in aereo. Iniziava con una cena elegante a cui prende parte una coppia sposata, non ricordo i nomi, diciamo che si chiamavano Clive e Lavinia. È una cena estremamente raffinata dove tutti i commensali sono intelligenti e arguti. Clive e Lavinia sono brillanti e si punzecchiano in tono amabile e civettuolo. Tutti li ammirano, e invidiano il loro matrimonio. Gli ospiti si mettono a tavola e i motteggi proseguono. A metà della cena l'uomo seduto accanto a Lavinia le posa una mano sulla coscia. Lei gli spegne la sigaretta sulla mano. La conversazione brillante non si interrompe. Finita la cena, Clive e Lavinia salgono in macchina. Niente piú chiacchiere. Arrivano a casa nel piú assoluto silenzio. Non hanno niente da dirsi. Appena entrano Lavinia dice: «D'accordo. Chi è?»

Chiusi il dattiloscritto. Mi mancava il respiro. In quel momento capii che mio marito aveva una relazione. Me ne restai cosí, impietrita, finché l'aereo atterrò. Arrivata a casa, andai direttamente nel suo studio. C'era un cassetto chiuso. Ovvio. Sapevo che ci sarebbe stato un cassetto chiuso. Trovai la chiave. Lo aprii ed ecco la prova: un libro per bambini, un regalo di lei con una stupida dedica che parlava del loro amore eterno. Ho scritto di questa storia in un romanzo, *Affari di cuore*. È un libro molto divertente, anche se all'epoca ero tutt'altro che divertita. Ero folle di dolore. Ero a pezzi. Mi chiedevo cosa ne sarebbe stato di me e dei miei figli. Mi sentivo plagiata, idiota, completamente mortificata. Mi chiedevo se sarei diventata una di quelle donne divorziate, costrette a trasferirsi con i figli nel Connecticut e di cui non si hanno piú notizie.

Me ne andai dopo una scenata memorabile. E dopo le sue promesse tornai. Mio marito entrò in un prevedibile vortice di bugie, bugie e ancora bugie. Io entrai nel vortice del sospetto e del controllo: aprivo gli estratti conto della carta di credito con il vapore, facendo giurare agli amici di mantenere il segreto per poi scoprire che non ne erano capaci, e cosí via. Trovai una ricevuta misteriosa dell'antiquario James Robinson. Chiamai, fingendo di essere la segretaria di mio marito, e dissi che avevo bisogno di sapere cosa fosse l'oggetto in questione per poterlo assicurare. Si trattava di un'antica scatola di porcellana con la scritta: «Ti amo con tutto il cuore». Probabilmente non molto diversa da quella che aveva regalato a me un paio d'anni prima, sui cui c'era una scritta che diceva: «Ti amerò per sempre». Ne parlo perché sappiate che simili episodi sono parte del processo: una volta scoperto che ti ha tradita, ti senti costretta a continuare a cercarne le conferme, fino a quando ti sei umiliata al punto che non ti resta altro da fare che andartene.

Quando il mio secondo matrimonio finí, ero arrabbiata, ferita e traumatizzata.

Ora penso: Ma certo.

Penso: Come si fa a essere fedeli quando si è giovani?

Penso: Può capitare.

Penso: Le persone si comportano con leggerezza e non ci sono quasi mai conseguenze (tranne che per i bambini, come ho già detto).

Sono sopravvissuta. Sono una seguace del credo Fattela Passare. Ho trasformato l'esperienza in una storia divertente. Ci ho scritto un romanzo. Con i soldi guadagnati ho comprato una casa.

Si dice che, quando è passato, il dolore si dimentica. È un cliché riferito alle sofferenze del travaglio e del parto: la madre dimentica il dolore. Non sono d'accordo. Io me lo ricordo, il dolore. Quello che dimentichiamo è l'amore.

Il divorzio sembra durare per sempre e poi, un bel giorno, i tuoi figli sono diventati adulti e se ne vanno a vivere la loro vita e, a parte qualche rara eccezione, non hai piú contatti con il tuo ex marito. Il divorzio è durato molto piú a lungo del matrimonio, ma ora è finito.

Non parliamone piú.

Il punto è che per molto tempo essere divorziata è stato il fatto principale della mia vita.

E adesso non lo è piú.

Adesso il fatto principale della mia vita è che sono vecchia.

«Struccarmi ogni sera».

Nora Ephron ha chiuso il suo libro sull'invecchiare, *Il collo mi fa impazzire*, consigliando l'olio da bagno migliore: Dr. Hauschka al limone. Ha incitato anche a esagerare, a usarne tanto, perché un tappo non basta. «Se mai gli eventi degli ultimi anni mi hanno insegnato qualcosa, è che mi sentirò un'idiota se domani morirò e oggi avrò lesinato sull'olio da bagno». Parlare di qualcosa di profondo raccontando una piccola cosa lieve, trasformare il dolore in una storia divertente, riflettere sul fatto che a quella cena l'errore sia stato lanciare in faccia al marito una torta al limone, perché se gli avesse lanciato una torta ai mirtilli avrebbe ottenuto un risultato ancora migliore: i mirtilli avrebbero irreparabilmente rovinato la giacca che il marito aveva acquistato insieme all'amante. Sense of humour, ma senza sarcasmo, eliminando la ferocia, aggiungendo waffles, l'idea del burro e la scena dell'orgasmo in *Harry ti presento Sally*.

Nora Ephron, che ha modellato se stessa su Dorothy Parker, senza il senso di distruzione, ha scritto sempre di che cosa significhi essere una donna, in tutte le fasi di una vita, forza, debolezza e fissazioni immobiliari. In un modo diretto, con onestà, con il senso della vita pratica e con una grande, ostinata attenzione alle possibilità di consolazione. Si è sposata tre volte, ha avuto due figli, molti amici che tremavano ogni volta che lei diceva: «Scusa, posso parlarti un attimo?», e che chiedevano a lei come vivere e che ristorante scegliere. Avrebbe voluto essere ancora piú brava, avere molto piú talento, ma ha creato un modo unico di raccontare una storia, nei libri e nei film. Ha sempre seguito l'insegnamento di sua madre, che anche mentre moriva, in ospedale, le diceva: prendi appunti. «Everything is copy», tutto è ispirazione, anche i tradimenti del suo secondo marito, romanzati poi in *Affari di cuore* nel 1986. «Sono sopravvissuta. Ci ho scritto un romanzo. Con i soldi guadagnati ho comprato una casa». Da quel momento Nora Ephron è diventata piú forte, piú libera, anche libera di dire che il divorzio «ti mostra con chiarezza una realtà che il matrimonio occulta, ovvero che nella vita devi arrangiarti da sola». C'è nella sua scrittura, nella sua immaginazione e nel suo modo di ispirarsi alla vita di tutti i giorni, il senso della preziosità dell'esistenza. In *Insonnia d'amore*, in *C'è posta per te*, nei film di cui è anche regista, c'è la capacità di vedere il romanticismo, l'idea saggia di una seconda possibilità, la sconfitta dell'amarezza. «Fallire, dicono, è un'esperienza di crescita; dal fallimento si impara. Vorrei che fosse vero. A me pare che la cosa piú importante che si impara da un fallimento è che può benissimo capitartene un altro». Ha scritto di lei Richard Cohen, amico di sempre: «Nora Ephron non era una femminista ortodossa. Lei cavillava e a volte litigava con il movimento, ma l'ha sempre sostenuto totalmente. Amava essere una donna. Si circondava di donne, cercava i talenti, preparava loro il pranzo, incoraggiava le loro carriere, capiva i loro problemi come un uomo non avrebbe potuto – e, se poteva, preparava i biscotti per i loro figli». Tra le cose che non le mancheranno, ha scritto: la pelle secca, le cene come quella a cui siamo andati ieri sera, i reggiseni, i funerali, i caratteri di stampa piccoli, i convegni sulle Donne nel Cinema, struccarmi ogni sera.

Yasmina Reza

Robert Toscano

Stavamo facendo la spesa per il weekend al supermercato. A un certo punto lei ha detto, vai a metterti in fila ai formaggi che io intanto penso al resto. Quando sono tornato il carrello era mezzo pieno di cereali, biscotti, buste di liofilizzati e creme da dessert, ho detto, che ce ne facciamo di tutta questa roba? – Come che ce ne facciamo? Ho detto, che senso ha tutta questa roba? Hai dei figli, Robert, e a loro piacciono i Cruesli, le merendine, adorano i Kinder Bueno, e mi indicava le confezioni a una a una, ho detto, è assurdo ingozzarli di zucchero e grassi, è assurdo questo carrello, lei ha detto, che formaggi hai comprato? – Un caprino di Chavignol e un morbier. Ha gridato, e il gruyère? – Me lo sono scordato e di sicuro non ci torno, c'è troppa gente. – Se compri un formaggio solo sai benissimo che devi comprare il gruyère, chi mangia il morbier a casa nostra? Chi? Io, ho detto. – E da quando in qua mangi il morbier? Chi è che lo vuole il morbier? Ho detto, smettila, Odile. – A chi piace quella schifezza di morbier?! Sottinteso «a parte tua madre», ultimamente nel morbier mia madre ci aveva trovato un bullone, ho detto, Odile, stai urlando. Ha strattonato il carrello e ci ha buttato una confezione da tre di tavolette Milka al latte. Ho preso le tavolette e le ho rimesse sullo scaffale. Lei le ha rimesse nel carrello ancor piú rapidamente. Ho detto, io me ne vado. Ha risposto, ma vai, vai, non sai dire altro, è l'unica risposta che trovi, appena sei a corto di argomenti dici me ne vado, tiri subito fuori questa minaccia grottesca. È vero che dico spesso me ne vado, riconosco che è vero, ma non vedo come potrei non dirlo, dato che è l'unica cosa che ho voglia di fare, dato che non vedo altra via di uscita se non la diserzione immediata, ma riconosco anche che lo comunico sotto forma, sí, sotto forma di ultimatum. Allora, hai preso tutto, dico a Odile spingendo bruscamente il carrello, o dobbiamo ancora comprare altre stronzate? – Ma come mi parli! Ti rendi conto di come mi parli? Dico, va' avanti. Vai! Niente mi irrita piú dei suoi risentimenti improvvisi, quando tutto si ferma, tutto si pietrifica. Naturalmente potrei dire, scusami. Ma non una: dovrei dirlo due volte, e con il tono giusto. Se dicessi, scusami, due volte e con il tono giusto, la giornata potrebbe riprendere il suo corso piú o meno normale, salvo che non ho nessuna voglia, nessuna possibilità fisiologica di pronunciare queste parole quando lei si ferma tra due scaffali di condimenti con l'aria attonita per l'offesa e il dolore. Va' avanti Odile, per favore, dico con voce pacata, ho caldo e ho un articolo da finire. Chiedi scusa, dice lei. Se dicesse chiedi scusa con un timbro normale potrei anche andarle incontro, ma lei lo dice in un sussurro, con una voce bianca, atonale, che trovo inaccettabile. Dico per favore, resto calmo, per favore, in modo pacato, mi vedo già correre a rotta di collo sulla tangenziale, ascoltando a tutto volume *Sodade*, una canzone che ho scoperto di recente, di cui non capisco nulla, se non la solitudine della voce, e la parola solitudine ripetuta all'infinito, anche se mi hanno detto che non significa solitudine bensí nostalgia, mancanza, rimpianto, spleen, tutte quelle cose intime e non condivisibili che si chiamano solitudine, come si chiamano solitudine il carrello della spesa, il reparto olio e aceto, e l'uomo che implora sua moglie sotto i neon. Dico, scusami. Scusami, Odile. «Odile» nella frase non è necessario. Certo. «Odile» non è gentile, aggiungo «Odile» per sottolineare la mia insofferenza, ma quello che non mi aspetto è che faccia dietrofront e si avvii con le braccia penzoloni verso i surgelati, ossia verso il fondo del negozio, senza dire una parola e mollando la borsa nel carrello. Che cosa fai, Odile? grido, mi restano due ore per scrivere un pezzo importantissimo sulla nuova corsa all'oro! grido. Una frase assolutamente ridicola. Lei è uscita dal mio campo visivo. La gente mi guarda. Afferro il carrello e mi precipito verso il fondo del negozio, non la vedo (ha sempre avuto il dono di sparire, anche in circostanze piacevoli), grido, Odile! Vado verso le bibite, nessuno: Odile! Odile! Mi rendo conto che sto dando fastidio alla gente tutt'intorno, ma non me ne importa niente, percorro i corridoi con il carrello, detesto questi supermercati, e a un tratto la vedo, nella fila dei formaggi, una fila ancora piú lunga di prima, si è rimessa in fila ai formaggi! Odile, dico, pesando le parole, quando le sono accanto, Odile, qui passano venti minuti prima che ti servano, andiamo via, il gruyère lo compriamo da un'altra parte. Nessuna risposta. Che cosa fa? Rovista nel carrello e recupera il morbier. Non vorrai restituire il morbier? dico. – Certo! Lo regaleremo a mamma, dico io per sdrammatizzare. Mia madre di recente ha trovato un bullone nel morbier. Odile non sorride. Se ne sta dritta e oltraggiata nella fila dei penitenti. Mia madre ha detto al formaggiaio, io non sono una che fa storie ma visto che ci tiene alla sua reputazione di formaggiaio devo segnalarle che ho trovato un bullone nel morbier che mi ha venduto, quello se n'è fregato altamente, non le ha neanche regalato i tre rocamadour che ha comprato quel giorno. Mia madre si vanta di aver pagato senza batter ciglio e di essere stata piú elegante di lui. Mi avvicino a Odile e dico, a bassa voce, conto fino a tre Odile. Conto fino a tre. Hai capito? E chissà perché, mentre dico questo penso agli Hutner, una coppia di nostri amici, che si sono ripiegati in un desiderio di benessere coniugale, da un po' hanno cominciato a chiamarsi «tesoro» e dicono frasi del tipo «stasera tesoro facciamoci una buona cenetta». Non so perché mi vengono in mente gli Hutner mentre sono preda di una follia opposta, ma forse non c'è tutta questa differenza tra stasera tesoro facciamoci una buona cenetta e conto fino a tre Odile, in entrambi i casi è una specie di costrizione dell'individuo per riuscire a essere in due, voglio dire non c'è mica piú armonia e spontaneità nel tesoro facciamoci una buona cenetta, no, no, né minore è il baratro, se non che conto fino a tre detto in faccia a Odile ha provocato un fremito, un'increspatura della bocca, un impercettibile preludio al riso, cui a mia volta non devo assolutamente cedere, è ovvio, non prima di avere un esplicito segnale di via libera, anche se la voglia è forte, ma devo fare come se non avessi visto niente, decido di contare, dico *uno*, lo sussurro distintamente, la donna in coda dietro Odile si gode lo spettacolo, Odile respinge con la punta della scarpa un resto d'imballaggio, la fila si allunga e non avanza per niente, devo dire due, dico *due*, un due bendisposto, magnanimo, la donna di dietro ci sta addosso, porta un cappello, una specie di secchio rovesciato di pannolenci floscio, non mi piacciono neanche un po' le donne che portano cappelli del genere, è un pessimo segno questo cappello, affilo lo sguardo in modo da farla indietreggiare di un metro ma non succede niente, mi osserva con curiosità, mi squadra, non è lei che puzza in questo modo? Le donne che si vestono a strati spesso esalano un odore sgradevole, a meno che non sia la vicinanza dei formaggi fermentati. All'interno della giacca mi vibra il cellulare. La faccia mi si deforma nello sforzo di leggere il nome sul display perché non ho il tempo di cercare gli occhiali. È un collaboratore del giornale che può darmi una dritta sulle riserve d'oro della Bundesbank. Gli chiedo di mandarmi una mail perché sono in riunione, è quello che dico per tagliar corto. Una fortuna, forse, questa breve chiamata: mi chino e bisbiglio all'orecchio di Odile, con una ritrovata responsabilità nella voce, il caporedattore vuole un box sul segreto di Stato riguardo allo stoccaggio tedesco, e ora come ora non ne so assolutamente niente.

Lei dice, interessa a qualcuno? E si stringe nel soprabito incurvando gli angoli della bocca per darmi la misura della futilità dell'argomento, ma in modo ancora piú netto della futilità del mio lavoro, dei miei sforzi in generale, come se da me non ci si potesse aspettare piú niente, nemmeno la consapevolezza delle mie stesse rinunce. Le donne approfittano di qualsiasi cosa per avvilirti, adorano ricordarti quanto sei deludente. Odile è appena avanzata di un posto nella fila dei formaggi. Ha ripreso in mano la borsa e tiene sempre stretto il morbier. Io ho caldo. Soffoco. Vorrei essere lontano, non so piú cosa ci facciamo qui né quale sia il problema. Vorrei scivolare sulle racchette nell'Ovest canadese, come Graham Boer, il cercatore d'oro, il personaggio centrale del mio articolo, piantare paletti e segnare gli alberi con la scure nelle valli gelate. Chissà se lui ha moglie e figli... Uno che affronta il grizzly e temperature di meno trenta non va certo a rompersi le palle in un supermercato all'ora in cui tutti fanno la spesa. È forse un posto adatto a un uomo? Chi può circolare in questi corridoi di neon, tra imballaggi sconfinati, senza soccombere allo sconforto? E sapere che ci tornerai, in ogni stagione, volente o nolente, trascinando lo stesso carrello agli ordini di una donna sempre piú rigida. Non molto tempo fa mio suocero, Ernest Blot, ha detto a nostro figlio di nove anni, ti compro una stilografica nuova, con questa ti macchi le dita. Antoine ha risposto, non ti scomodare, non ho piú bisogno di una penna che mi faccia felice. Ecco il segreto, ha detto Ernest, questo bambino l'ha capito, ridurre al minimo le pretese di felicità. Mio suocero è il campione di questi adagi chimerici, agli antipodi del suo temperamento. Ernest non ha mai accettato la minima riduzione delle sue potenzialità vitali (non parliamo di felicità). Costretto ai ritmi del convalescente dopo i bypass coronarici, sottoposto all'umiliazione di dover imparare di nuovo a vivere e alle schiavitú domestiche che aveva sempre evitato, si era sentito preso di mira e abbattuto da Dio in persona.

Odile, se dico tre, se pronuncio il numero tre, tu non mi vedi piú, prendo la macchina e ti pianto in asso col carrello. Lei dice, non ne sarei tanto sicuro. – Ne sono piú che sicuro, invece, dato che tra due secondi lo farò. – Non puoi prendere la macchina Robert, ho io le chiavi in borsa. Mi frugo nelle tasche, inutilmente, tanto piú che mi ricordo benissimo di essere stato io ad affidarle a lei. Ridammele, per favore. Odile sorride. Schiaccia la borsa a tracolla fra sé e la vetrina dei formaggi. Faccio un passo avanti per tirare la borsa. Tiro. Odile resiste. Tiro la cinghia. Lei ci si abbranca in senso contrario. E si diverte pure! Afferro il fondo della borsa, non avrei nessun problema a strappargliela se il contesto fosse diverso. Lei ride. Si aggrappa. Dice, non dici tre? Perché non dici *tre*? Mi dà sui nervi. E le chiavi nella borsa, mi danno sui nervi anche quelle. Però Odile mi piace quando fa cosí. E mi piace vederla ridere. Sono lí lí per rilassarmi e scivolare in una specie di scherzoso tira e molla quando accanto a noi sento un mugolio, mi giro e vedo la donna col cappello di pannolenci che si scompiscia dalle risate, ebbra di complicità femminile e senza un'ombra di imbarazzo. A questo punto non ho scelta. Divento brutale. Blocco Odile contro il plexiglas e cerco di raggiungere l'apertura della borsa, lei si dibatte, si lamenta che le faccio male, dico, dammi quelle chiavi cazzo, lei dice, tu sei fuori, le strappo il morbier dalle mani, lo scaravento in mezzo al corridoio, alla fine sento le chiavi nel caos della borsa, le tiro fuori, gliele agito davanti agli occhi continuando a tenerla bloccata, dico, togliamoci immediatamente di qui. Adesso la donna col cappello ha l'aria spaventata, le dico, com'è, non ridi piú? Tiro Odile e il carrello, li piloto lungo gli scaffali, verso le casse all'uscita, le stringo forte il polso benché lei non opponga resistenza, una sottomissione che non ha nulla di innocente, preferirei doverla trascinare, quando si cala nella parte della martire finisce sempre che la pago cara. Alle casse naturalmente c'è la fila. Ci accodiamo, preparandoci a quell'attesa mortale, senza scambiarci nemmeno una parola. Le ho mollato il braccio e Odile finge di essere una cliente normale, la vedo addirittura smistare le cose nel carrello e metterle un po' in ordine per facilitare l'imbustamento. Nel parcheggio non apriamo bocca. In macchina nemmeno. È buio. Le luci della strada ci danno sonnolenza e io metto il Cd della canzone portoghese con la voce della donna che ripete la stessa parola, all'infinito.

L'arte non si fa con gli scrupoli.

L'umanità in movimento, l'umanità un attimo prima di esplodere, le relazioni nel punto piú oscuro, vivo, feroce. È lo sguardo di Yasmina Reza, nata a Parigi nel 1959 da un ingegnere russo iraniano e una violinista ungherese, entrambi di origine ebraica, entrambi musicisti. I suoi genitori le dicevano: «Devi imparare perfettamente la lingua se vuoi integrarti, è l'unico modo».

Cosí, dentro il rispetto e l'interesse per le sfumature delle parole, Yasmina Reza ha costruito se stessa e la propria identità di drammaturga, scrittrice, sceneggiatrice e attrice. «I critici in generale hanno sempre la tendenza a dare una dimensione sociologica al mio lavoro. Sono entusiasta che lo dicano, ma non è quello che mi anima. Quello che mi motiva di piú è scrivere di persone che sono cresciute bene eppure, sotto quella facciata, si rompono, i loro nervi si rompono».

Come quando in fila al banco dei formaggi al supermercato fra marito e moglie esplode il caos. Questo racconto, *Robert Toscano*, tratto da *Felici i felici*, è l'unico dell'antologia in cui il punto di vista è maschile. È il marito che litiga con Odile, è il marito che perde il controllo per un formaggio e per il modo in cui lei gli dice: «Chiedi scusa», è lui a minacciarla, sempre dentro al supermercato: «Conto fino a tre Odile, e poi non mi vedi piú». Ma è Odile, che trionfo, ad avere le chiavi dell'auto nella borsa, lui non può andare da nessuna parte. «Perché non dici *tre*?», e Odile ride. Il confine tra una risata e la brutalità è sottilissimo, come lo è il confine tra il ridicolo e il dramma, e Yasmina Reza pattina leggera, precisa, spietata, su questo ghiaccio sottile, disegna tutte le difficoltà, i deliri, i risentimenti, le esplosioni e le esasperazioni dell'incontro con l'altro: le donne non sono migliori degli uomini, ma gli uomini sanno rendersi piú ridicoli. Come ne *Il dio del massacro*, in cui viene svelata la barbarie degli esseri umani rispettabili, riuniti per risolvere civilmente una lite scoppiata tra i figli ai giardinetti: «Senta, ne ho fin sopra i capelli di tutte queste discussioni alla cazzo di cane. Abbiamo fatto i simpatici, abbiamo comprato tulipani, mia moglie mi ha camuffato da uomo politicamente corretto, ma la verità è che sono del tutto privo di autocontrollo, sono uno che va fuori di testa». Roman Polański ha voluto fare un film da *Il dio del massacro* (*Carnage*), e una giornalista ha chiesto a Yasmina Reza se avesse avuto degli scrupoli a lavorare con un regista, con un uomo ricercato negli Stati Uniti per sei capi di imputazione. «Scrupoli?», ha risposto lei, apparentemente disorientata dalla domanda. «No, non ho avuto nessuno scrupolo». L'arte non si fa con gli scrupoli, gli scrupoli al massimo si mettono in scena. Grazie a Yasmina Reza uomini e donne sono adesso nudi, alla pari, uno di fronte all'altro: «Sei un essere abbietto, hai distrutto la mia vita di donna. Pulendosi la giacca Ernest aveva detto, la tua vita di donna? Che cos'è una vita di donna?»

Valeria Parrella

Il giorno dopo la festa

– Dài mamma, siediti.

– No, aspettate: la signora vuole stare con la faccia verso la sala, ecco qua.

– Marò quante mosse fa 'sto cameriere.

– Perché, scusa? Lo sa che ho una preferenza e mi accontenta… Secondo me è solo gentile.

– Secondo me ti devi operare alle cataratte, mamma, perché 'sto fatto che non puoi guardare verso la luce ti condiziona troppo.

– Ma quando mai, io ci vedo benissimo, mi dà solo noia guardare a te in controluce: sono andata in pizzeria con una sagoma, o con mia figlia?

– Con la sagoma di tua figlia, mamma, con quello che ne resta…

Non ero mai stata una donna brutta. Forse a dodici-tredici anni avevo sofferto qualcosa di troppo: un neo molto vistoso all'angolo del naso su cui spuntavano dei peli che madre e medico intimavano di non tirar via con la pinzetta. Qualcosa di troppo poco: niente seno, fianchi stretti, capelli corti che assecondavano un principio di ordine famigliare piú che uno personalissimo ed estetico. Ancora qualcosa di troppo: gli occhiali, ché le lentine a contatto non se ne parlava – poco sperimentate all'epoca, e costose per due dipendenti statali. Qualcosa di troppo poco: gli incisivi davanti, aperti, che non si richiudevano, e speravo sempre che un giorno sarebbero spuntati gli ottavi a stringerli. Sí, c'è stato un tempo in cui mi sono sentita brutta, ma manco quel tempo doveva essere vero se poi un paio d'anni dopo riuscii a fidanzarmi con il ragazzo piú bello del liceo scientifico, e anche il piú intelligente. Ma di un'intelligenza viva, che lo faceva parlare inglese come un inglese, in un'Italia di provincia che aveva ancora solo tv in bianco e nero. Bello e intelligente, e affidabile, e con una Moto Guzzi ereditata dal padre, 125 che si poteva guidare solo con il patentino. E io mi ci ero fidanzata e ci avevo fatto tutte quelle cose che da brutta ti rendono bella, poi bellissima, poi invincibile, tanto invincibile che alla fine me ne ero andata io, complici le maturità e i viaggi, e le grandi città che ci avevano risucchiato dentro gli atenei.

Tutto il resto della vita sentimentale era stata un'alternanza di due dimensioni: o ero stata innamorata innamorata tendente al matrimonio – il che non implica che lo facessi sempre, ma insomma era lí che sarei voluta andare a parare tre o quattro volte in cinquant'anni, e poi ci ero andata a parare una sola volta, completa però, con matrimonio e figlia e relativo passeggero appagamento. Le altre erano state sottoformule equiparabili: due fidanzamenti stabili ed esclusivi, dichiarati ed esibiti, una convivenza. Punto.

Oppure ero stata libera e libertina: mi piaceva tornare a casa da sola, trovare casa vuota se volevo restar sola e trovare casa vuota se mi ci volevo portar qualcuno. E poi, in settimana, fare tre telefonate piú o meno dello stesso tenore a un paio di tipi umani diversi (gli uomini con cui ero stata, lo so, in fondo erano ripetitivi: o allegrissimi e superficiali, o sentimentali inclini al pianto. Sulla facciata esterna invece: o quelli brutti che nessuno guarda o quelli strepitosi che tutti guardano). Cosí, facendo attenzione a non confondere i numeri, se ne potevano passare i mesi. Il cambio di turno poi veniva naturale e neppure traumatico. Semplicemente, come arrivava quell'enfasi improvvisa, cosí poi se ne passava. Quella che era dipendenza diventava niente. Proprio dimenticavo quell'uomo che mi aveva allietato i pomeriggi e le sere – e qualche colazione a letto – e lui, nel patto implicito, se ne andava da dove era venuto. E come la storia delle stelle piú luminose che annientano le sorelle lontane, cosí mi si parava innanzi un altro al quale mi attaccavo piú o meno sempre con la stessa scaletta. Mi diceva una cosa carina davanti a un bicchiere, e veniva già da un contesto di comunanze. Io ho sempre fatto l'insegnante, e sempre dal mondo della scuola venivano questi. E poi ho sempre ballato il tango, e sempre da una balera ne veniva un altro. E poi ho sempre amato il cineforum, e sempre gli stessi film avevamo visto. Dal bicchiere alla cena, dalla cena alla casa, dalla casa alla telefonata, dalla telefonata a un tipo nuovo.

E comunque avevo attraversato anche una dimensione ibrida che prevedeva le volontà di entrambe le altre due, ma accavallate. In buona sostanza: tradivo. Dopo due-tre anni di legame fisso, mi acquietavo: scendeva una pace e una consapevolezza in me che non era piú la fretta della passione, l'inondargli la vita di me e cose mie, l'obbligo della condivisione. E quando mi acquietavo allora cominciavo a rilassarmi. Doveva, quella rilassatezza, vedersi da fuori, lanciare segnali dai capelli, sentirsi l'odore di una rinnovata disponibilità. Non sono mai stata brutta, l'ho detto. Cosí quella dimensione di donna legata e slegata mi faceva trovare in breve tempo e, mi si deve credere sulla parola, senza che lo volessi, un amante. L'amante doveva sapere che nulla della mia vita sarebbe cambiato con lui.

Non essendo cattolica, non essendo niente di piú che un'insegnante moglie di insegnante con bambina sveglia e autonoma abbastanza da poter fare palestra con i compagni e fine settimana con i nonni, io per la verità non ho mai provato alcun senso di colpa. A volte mi terrorizzavo all'idea di aver lasciato qualche traccia che poteva far crollare l'assoluta perfezione del tempio sghembo che mi ero edificata, ma poi per fortuna nessuno è stato cosí crudele da conservare o esibire tracce del mio passaggio. O esso stesso è stato innocuo e leggero, caduco, come una stagione.

Ma ora, ora, in pizzeria, mentre aiutavo mia mamma a passare la coscia sinistra oltre la gamba del tavolo, mentre le spiegavo il tovagliolo in grembo, da quelle condizioni alterne ero passata in un'ultima fase, che attribuivo all'età, e alla condizione infelice di essere una donna divorziata, con una ragazza di diciott'anni che aveva appena cominciato un'università lontana e una madre a cui un ictus aveva tolto mezza vita, lasciandogliela appesa all'altra metà.

Mia madre era vedova, io l'accudivo. Mi sentivo sfortunata. Ora, la sfortuna, per una donna che ha girato tante regioni e tante scuole a correre dietro le supplenze, e che per farlo ha cambiato tante case, e che poi tra i trentadue e i cinquant'anni ha cresciuto una figlia e combattuto piú di una battaglia sempre nella tensione di qualcosa di esterno che doveva arrivare, e quando poi arrivava si spostava e cosí via. Bene, insomma la sfortuna che mi costringeva a baliare mia madre, era una condizione in fondo comoda. Significava piú o meno: *Tu adesso te ne stai buona qui, tanto non hai alternative. Scuola ne hai per almeno altri dieci-quindici anni, sempre che ti permettano di andare in pensione, figlia si è fatta grande e ha preso la sua strada, scordati i fine settimana con l'amica – ché mamma a chi la lasci? – e conservati le tue serate al cinema, alla balera, una cenetta a casa con il gruppo storico di colleghi, insomma tutte attività serali: quelle coperte dai beveroni riequilibra-toni del neurologo di tua madre. Punto. Ah, negli intervalli di tempo vedi se puoi trasferirti qualche isolato piú vicino a lei.*

Questo mi diceva da un po' di tempo il destino. E non lo diceva solo in maniera chiara, facendosi megafono i dottori, e il riabilitatore di mamma, e il salumiere che le portava la spesa a casa, e la vicina di casa. Me lo diceva, lui, il destino maledetto, in tanti altri modi. Per esempio nelle ginocchia.

Avevo sempre vantato proprio un bel paio di gambe, del resto, ballavo. Ballavo cosí tanto e bene che quando il referente di banca del mio povero stipendio mi aveva chiamato per cercare di appiopparmi un'assicurazione sulla vita lo aveva sottolineato. «Lei non fuma, e balla pure...» aveva fatto cosí, piacione, guardandomi le gambe accavallate – era estate e io in estate ho piú caldo che morigeratezza, quando decido quanta stoffa avere negli abiti.

«E quindi che facciamo, senti, assicuriamo le gambe?»

Fine. Però insomma da qualche anno il destino mi chiamava dalle ginocchia. Non c'era nulla da fare: creme, massaggi nel bagno di casa, calze contenitive in inverno: la pelle si era come staccata dalla materia che conteneva. Finché restavo seduta se ne stava quieta e stirata sulle ossa, ma appena mi mettevo in piedi rivelava la mia condizione di donna-bàlia di una madre dimezzata. Faceva delle piccole ghirlande senza tono piú tra la coscia e lo stinco: era ciò che rimaneva della mia festa, il giorno dopo.

Questa ero io, adesso. Ero nel giorno dopo. E la colpa non era certo dei miei cinquant'anni, visto che non occorreva indugiare sulle copertine dei femminili per sapere che c'era un intero mondo di cinquantenni da urlo: bastava guardare la preside quando tornava dalla settimana bianca. Aveva anche tre anni piú di me, aveva vinto l'ultimo concorso per dirigente, il marito medico le aveva regalato un anello con uno smeraldo grosso cosí e tutti, dai ragazzi di prima al bidello che stava per andare in pensione, tutti le guardavano un seno trionfale.

La colpa era di questa vita che mi aveva incastrato nel giorno dopo, e la cui verità – l'immobilità, la rinuncia, l'incastro – mi veniva sottolineata con annunci di tromba:

– Menopausa, signora, facciamo la terapia sostitutiva cosí non rischiamo cali di calcio: lei balla.

Prendevamo da almeno una decina d'anni la stessa pizza. Mamma per evitare di leggere sul menú, che le appariva, come qualunque altra scritta, dietro il vetro appannato del suo stesso inverno. E io per noia. Per una depressione improvvisa che mi avvolgeva ogni volta che uscivo con lei e consumavo il rituale macabro di quel «solito giro». Due parole orrende a cinquant'anni: *solito*. E *giro*. Ma giro dopo giro qualcosa cambiava, in peggio. Ora mamma non aveva piú né la precisione né la forza per tagliarsi la pizza da sola.

– Due margherite con bufala. Una la può fare già a spicchi, per favore?

– Giulia ma sei pazza? Ai bambini si taglia la pizza con la rotella.

– Si fa tagliare a chi serve, bambini, pigri e anziani.

– Allora quella a spicchi te la mangi tu.

– Cosí poi la tua te la devo comunque tagliare io...

Allora mamma alzava la manina funzionante e richiamava il cameriere, quello bello, che piú si faceva anziano piú si faceva bello. E insopportabilmente cerimonioso.

– Cesare, me la tagliate voi la pizza, sí?

– A disposizione, signora cara.

Povera mammotta, me la guardavo di lato, il lato buono, l'altro almeno in pizzeria me lo potevo dimenticare. Che fatica, pure, a settantacinque anni, dover imparare a masticare tutto daccapo. Mi faceva una pena e una tenerezza, ma mo quanto sarebbe durata ancora? I parametri vitali erano buoni, ma lo scafo cosí malandato che oggettivamente, oggettivamente, mia madre non era piú autonoma in nulla. Tranne che nella caparbietà.

– La polacca non la voglio.

– Che ti hanno fatto i polacchi? Papa Wojtyła era polacco.

– Sto bene da sola.

– Fosse vero, mamma: tu non stai da sola: tu stai con me.

– Ma se vivi dall'altra parte della città.

– Madonna che coraggio, se appena esco da scuola vengo da te, sto con te tutto il pomeriggio e me ne vado alle otto dopo che ti ho messo a letto.

– Però vivi dall'altra parte.

– Dormo, dall'altra parte.

E dormivo solo, infatti.

Questa ero io mentre mi alzavo dal tavolo per andare in bagno, svoltavo l'arco che immetteva nella seconda sala della pizzeria, e mi si parava davanti il cameriere.

Aveva un modo professionale di guardarmi, quando si faceva da parte per farmi passare. Ma da quale professione lo stava attingendo? Era stanco, scocciato, distratto? E io ero trasparente? Oppure provava una certa compassione per noi due, io e la mamma, intendo, ché oramai ai miei occhi eravamo inscindibili – anzi ero proprio io quella a cui gravava un lato – e in quello sguardo trattenuto celava un sorriso per tanta pena?

Non lo avrei mai saputo dire, e avrei voluto tanto non chiedermelo proprio, per due motivi almeno che potevo analizzare in quei cinque passi che mi dividevano dal bagno: il primo era che il cameriere era alto, e io quando uscivo con mamma non mettevo mai i tacchi.

– Mamma, prendi il bastone.

– No, tanto mi appoggio a te.

Il secondo è che mi conoscevo troppo bene e sapevo che una domanda di questo tipo poteva avere solo una risposta: *La festa è finita: a proposito, stai cercando un quartino nello stesso isolato di tua madre?* La strada di insoddisfazione che si sarebbe aperta dentro di me portava su una piazzola di sosta per gente senza fortuna, che aveva bisogno di far la pipí a troppi chilometri di distanza dalla meta.

Cosí fu che, poiché la porta del bagno faceva angolo con la parete, e su quella parete c'era appeso un enorme specchio senza cornice, rettangolare e lungo, con serigrafata su la scritta PERONI, io, nello svoltare, alzai gli occhi allo specchio.

E tra la R e la O vidi che il cameriere si era fermato, si era girato, e mi stava guardando da qualche parte sotto la vita.

Da qualche parte, sotto la vita, c'è la vita. Pure se stai facendo la cura sostitutiva per la menopausa, perché a me proprio da lí mi prese una vampa, tanto che rimasi piú del dovuto in bagno, a insaponarmi le mani e a controllare nell'ovale del viso, nel modo in cui il mento diventava collo, nelle rughe labio-nasali, nella ricrescita dei bianchi sulle tempie: cercavo cosa ci fosse di me e cosa degli altri.

Quanta mia madre c'era lí dentro e quanta mia figlia, e quanto del padre di Iodice Silvio che mi voleva denunciare perché a lezione dicevo che i fascisti erano fascisti.

Quanto dei giorni andati e quanto di quelli a venire.

«No, no», mi dissi, e feci la pipí, nella piazzola.

Poi fu molto bello trovare che mia madre, al tavolo, ciancicava beatamente, anzi spudoratamente con il cameriere, come se l'ictus e la vecchiaia l'avessero messa al di là del male e molto dentro il bene, e intanto gli infarciva il taschino della camicia con una banconota, cosí che quello, prodigo di cura, le offriva il braccio e la accompagnava alla porta, lí dove la lasciò: appoggiandola a me. Poiché chi va con lo zoppo è costretto a zoppicare, innalzai una silenziosa preghiera affinché l'ultima immagine del mio sedere che il cameriere potesse conservare con sé fosse quella dello specchio PERONI. E arrivederci.

– Mamma, ma perché gli metti i soldi nel taschino? la mancia non la puoi lasciare nel piatto?

– E se alla cassa pensano che è il resto e se lo tengono?

Quella sera, a casa, cercai e trovai le sigarette che mia figlia aveva nascoste due mesi prima, dimenticandole alla partenza per l'università.

Io avevo smesso di fumare quando avevo cominciato a ballare: era per il fiato, e forse anche un poco per l'invecchiamento della pelle. Non per dare un buon esempio a mia figlia, né per il cancro annunciato sul pacchetto. Non voglio sembrare superficiale, benché ci provassi non riuscivo davvero a esserlo, infatti mi tormentai tutta la notte in questa riflessione umiliante: *Come è possibile che io mi sono ridotta a rinfocolarmi per lo sguardo di un cameriere?* D'accordo: nella prima supplenza ero stata con un bidello, e mentre ero ancora sposata avevo flirtato con il collega di educazione fisica, che per una docente di storia è già piú in basso nella scala sociale; e in fondo il fatto della scala sociale a me non interessava, cioè non mi avviliva l'idea che io mi rinfocolassi allo sguardo di un cameriere, mi umiliava l'idea di essermi dimenticata dello sguardo di un uomo, che quello sguardo avesse un potere su di me.

No, d'accordo, alle quattro di mattina ci arrivai: mi umiliava che io stessi a pensare a lui e lui non stesse a pensare a me.

Punto.

Il rapporto con gli uomini si era sdoppiato, non era piú paritetico. E mi capitava di comprenderlo con un cameriere. Avrei potuto mettermi a caccia. Tornare a mangiare lí da sola mollando la mamma per qualche ora. Chiedere una pizza a domicilio e lavorare sulla consegna. Dimenticare il telefono in pizzeria. Avrei potuto provarci. Ma provarci mi avrebbe delusa, e io non ero piú pronta alle delusioni.

Io non gli piacevo. Lui era un bell'uomo. La sua condizione proletaria lo rendeva ancora piú ruvido, meno lavorato...

Dopo una notte passata a pensare a questo oramai sarebbe stato inutile pure il tentativo di conquista: il sesso non ammetteva pensieri e parole. Solo opere e omissioni. L'unica fu stancare in qualche modo i muscoli e dormire un paio d'ore prima di tornare a scuola.

Poi un giorno mi arrivò l'avviso a comparire dei carabinieri.

Iodice Mario, padre di Iodice Silvio, V B, non aveva retto a Villari, alle leggi razziali, alla Repubblica di Salò e ai cinquanta milioni di morti del nazifascismo. Niente. Di tutta la Storia aveva deciso di denunciare me.

Avevo chiamato la mia amica Silvana, l'avvocatessa prêt-à-porter. E registri in ordine, programmi in mano e carta d'identità ce ne tornavamo dalla caserma, io irritata assai, che per 1720 euro al mese dovessi pure andare a ripetere la lezione davanti al magistrato. Sempre che la capisse.

– Ti offro la pizza, almeno questo, – dissi a Silvana.

E stavo tutta concitata e accesa, mentre ci sedevamo d'angolo al tavolino sulla strada, intanto ci si era messa pure la primavera, e mentre facevo l'imitazione di Iodice padre mi tolsi la giacca, mi sciolsi i capelli, e restai con la canottiera e i jeans, la sigaretta sul tavolo e la ricerca vana e furente di un accendino nel magma della borsa.

– Hai ricominciato a fumare? – disse il cameriere allungandomi il fiammifero acceso nel cavo della mano.

– Grazie... sí, da quando mia figlia è partita...

– E la mamma come sta?

– Eh, piano piano... – risposi, lui sorrise vagamente e ci lasciò il menú. Ma soprattutto lasciò Silvana molto compresa dalla nostra conversazione.

– Non me lo ricordavo cosí bello, questo posto, – disse. – La pizza dev'essere molto buona...

– E non lo so mica se è buona.

– Ah non lo sai? – disse lei con un lungo profondo sguardo al magnifico culo del cameriere.

– È la prima volta in vent'anni che mi parla, te lo giuro. Oggi.

Io non sono mai stata brutta, forse per un annetto, poco dopo che mia madre era stata male, o forse perché mia figlia mi aveva lasciato una casa vuota, o semplicemente erano gli ormoni ai quali dovevo abituarmi. Fatto sta che guardavo in modo diverso pure Silvana. Amica da sempre, dal banco dell'esame di maturità, quello in cui ripetevamo la monetazione dell'età argentea fino allo sfinimento. Lei era ricca e io normale, e mia madre camminava ed era lucida, e proteggeva le nostre ultime ore di studio da liceali: ci permetteva di restare in pigiama, e di arrivare a tavola stravaccate, e di continuare ad associare date e nomi che non conosceva in un infinito elenco rimato. *Tiberio / Caligola / Claudio e Nerone. Galba-Otone-Vitellio. Vespasiano / Tito e Domiziano. Nerva / Traiano / Adriano / Antonino Pio / Marco Aurelio, tua mamma ce la mette la scorza di parmigiano nella pasta e patate?*

Solo che la mia amica Silvana, amica da sempre, era cresciuta diversa. Si era fatta avvocato nello studio di suo padre, quei genitori lí si scambiavano i figli per la pratica negli studi cosí come facevano con le carte al tavolo di bridge; e poi, finita la pratica ed entrati nell'albo, cominciavano a passar loro i clienti come gli passavano le cime sul molo di Marina Grande. E infine Silvana si era sposata con un penalista di grido, e anche se ora a cinquant'anni io ballavo e lei no, lei aveva una massaggiatrice indonesiana che andava a casa sua tre volte a settimana portandosi dietro un lettino pieghevole e le impastava le gambe. E mio marito e io ci eravamo lasciati, e lei e il suo no. Ed è vero che io mio marito non lo tolleravo piú e mi sembrò un estremo gesto di emancipazione allontanarmi da un uomo che non poteva toccare il peperoncino a tavola sennò prima o poi stropicciandosi gli occhi avrebbe pianto. E che non sopportava i piatti colorati. E che non sopportava le forchette pesanti: quelle leggère voleva, leggère. Perché un marito è una scelta fideistica e i guai cominciano se ti accorgi che Dio non esiste.

Però adesso il mio ex marito chissà dove stava, e io da sola mi ero tirata su la figlia e stampellavo mia madre. Mentre Silvana, con suo marito che l'amava assai, aveva avuto questa figlia Elisabetta che stava per sposarsi con un francese, conosciuto «nel mondo internazionale del cinema», cioè in buona sostanza non si ricordava dove. Non potevo dire nulla contro Silvana. Nulla. Perché se uno è fortunato e non è manco arrogante – e Silvana non era arrogante – non gli si può dire nulla. Solo sentirmi immensamente piú vecchia e cellulitica, e guardare all'epoca della monetazione argentea, all'epoca della livella scolastica come a un'epoca di profonda falsità. Alla prossima manifestazione di protesta avrei detto chiaramente i criteri che andavano applicati: i figli di quelli che pagavano il IV e V scaglione di Irpef, dai cinquantacinquemila in su, dovevano obbligatoriamente andare alle private, e i figli dei normali, insieme a quelli dei poveri, alla scuola pubblica fin dalle elementari, cosí da proteggere la verità di casta.

– Ma dài, ti ho invitato io, non scherziamo, – le dissi un poco incagnita allungando cinquanta euro al cameriere.

– La signora Giulia è cliente, non posso permettere, mi dispiace, – disse lui aprendosi in un sorriso bianchissimo che gli mutò il paesaggio del viso; e mi prese di mano i soldi.

– Sa come ti chiami...

– Ma certo che lo sa, pure io lo so.

– Ok, allora io, prima che torna con il resto, mi dileguo. Ti tengo aggiornata sulla causa Iodice. Ciao.

Silvana mi stampò un bacio e scappò dal locale, mentre Cesare, cioè il cameriere, tornava con il resto.

I meridionali pranzano tardi, tardissimo, ma alle 15.55 anche i tavoli di un'antica pizzeria cittadina sono tutti vuoti. Il pizzaiolo e quello che lo aiuta al forno guardano una serie in tv; il proprietario chiude la cassa e va a fare il primo versamento al bancomat della filiale. Il ragazzo delle consegne chiama la fidanzata seduto di traverso sul motorino. Se qualche tedesco sputato fuori dal museo nazionale guarda voglioso verso la porta a vetri, il lavapiatti scuote la testa e fa con le mani a sliding doors: «Closed» dice piano scandendo tutte le sillabe, anche quelle che non si pronunziano.

Cesare si sedette affianco a me portandomi un caffè che non gli avevo ordinato.

– Prenditi una rossa mia, dopo pranzo ci sta, – e accese la sua Marlboro.

– La mia amica si è meravigliata che hai notato che ho ricominciato a fumare.

– È simpatica la tua amica.

– È un avvocato.

– Ma tu sei un'altra cosa.

– Faccio la professoressa...

– Un altro livello, voglio dire.

– Molto piú basso del suo...

– Non mi prendere in giro perché non so parlare, già è complicato cosí.

– Ma complicato che cosa?

– Dirti che per me sei una femmina esagerata, e piú passano gli anni piú ti fai bella.

– Vuoi dire vecchia.

– No, voglio dire che sono vent'anni che vieni qua, con tuo marito, con tua figlia, e poi con tua mamma, e non mi hai mai lasciato un centesimo di mancia, mai. Perfino tua figlia una volta con le amichette mi lasciò la mancia, tu mai.

– Scusa.

– Figurati, però dimmi perché.

– Non mi piace come uso, è spagnolesco, io insegno storia.

– Tua madre mi disse un'altra cosa.

– Mia madre?

– Sí, tua madre è di casa, quando stava bene veniva qua da sola e parlavamo a lungo, di te, ovviamente, e mi disse un'altra cosa...

– Che sono tirchia?

– No, che ti volevi fare superiore.

– Gesú che sciocchezza, è proprio il contrario: se non lascio la mancia è perché rispetto il tuo lavoro, la regalía è un uso borghese... ma come si è permessa di dire... no, no guarda.

– Aspetta, non ti alzare, non è una cosa brutta: lei diceva che ti volevi fare superiore perché è il tuo modo di fare quando stai in imbarazzo.

– Adesso per esempio sto in imbarazzo e me ne vado.

– Non ti volevo offendere, però qua dentro i colleghi lo sanno tutti che mi fai salire il sangue alla testa.

Gli sventolai davanti la mano sinistra aperta, cinque dita tese tese, come in un disperato *ciao*:

– Ho cinquant'anni, Cesare.

– Pure io. Anzi cinquantadue. Per questo mi permetto, non mi sono mai permesso prima, lo sai…

– Ma mo che vuoi tu da me alle quattro del pomeriggio?

– Accompagnarti a casa.

Poi, a ciascuno il suo. Dove c'è gusto non c'è perdenza. O la va o la spacca. Contento tu contenti tutti. Ogni promessa è debito. La vita è bella perché è varia. Date a Cesare quel che è di Cesare. Finché c'è vita c'è speranza. Meglio un uovo oggi che una gallina domani. Chi ben comincia è già a metà dell'opera.

A metà dell'opera mi chiese: – Posso dirti delle cose?

A quel che ricordavo, mi piaceva, sí, sentirmi dire delle cose. Veramente in quel momento avrebbe potuto dirmi tutte le oscenità che voleva: il fuoco era già divampato cosí violentemente che soffiarci su non avrebbe spostato di molto l'avanzata delle fiamme.

– Tanto dopo te le dimentichi, vero?

– Ma sí.

– Ti amo, Giulia, ti amo, mi sono innamorato di te.

Insomma la storia era questa. Mi stavo lavando il quarto di sotto nel box doccia e dall'altra parte del muro c'era un tipo a cui mia madre aveva messo nel taschino della camicia per vent'anni tutte le settimane, indipendentemente dai tassi di conversione, cinquemila lire o cinque euro. In quei vent'anni il tipo, a me direttamente, mi aveva rivolto in tutto una decina di frasi, tronche e monche e poco significanti, per il resto gli avevo solo sentito elencare ingredienti. A volte dovevo aver ordinato indicando sul menú, senza manco aprire bocca – tanto c'era mia madre. Lo stesso uomo mi aveva tenuta intrappolata sul mio ex letto coniugale per un'oretta buona, e per dare consistenza all'aria, che già grondava umori di suo, si era dovuto convincere che mi amava. Me lo aveva proprio detto, a ritmo di spinte pelviche. Ecco.

Davanti allo specchio, mi toglievo le linee di mascara colato con la crema antirughe (colato per il sudore, mica per le lacrime), e decisi ciò che andava fatto: non passare mai piú in pizzeria.

Eppure ancora, mentre mi accompagnava da mamma con la vespa, dietro di lui e senza casco, mi sentivo proprio al posto giusto: infilai la fronte tra le sue scapole e me ne stetti qualche istante cosí, a sentire come veniva pioggia e muschio e odore di sottobosco. Pure se era caldo e la città si dimenava feroce attorno a noi, e lui imprecava e prendeva i controsensi – tutti quelli che c'erano –, io fui per qualche attimo altrove, in uno spazio remoto di un'altra età.

– Pòrtatelo alla festa.

– Cazzo dici.

– Giulia/Cesare, siete perfetti: pòrtatelo al matrimonio di Elisabetta.

– Silvà, ma sei scema? Non so neppure se riesco a mollare mamma. Magari vengo solo in chiesa, che dici?

– Non se ne parla proprio: è il matrimonio di mia figlia e tu sei la mia migliore amica. Che ti devo dire, secondo te: portati tua mamma?

– Mia mamma verrebbe.

– Lo so bene, ma io voglio te e il cameriere.

– Invece non voglio passare mai piú in pizzeria.

– Non devi andare in pizzeria, invitalo a Nerano.

– Non verrà mai.

– Se non glielo chiedi non verrà mai.

– È sposato.

– Tu piazzi la mamma lui piazza la moglie. Ognuno ha le sue rogne. Elisabetta sarà felicissima.

– Seee, di avere un cameriere in piú.

– Giulia, tu sei la donna piú snob di tutte quelle che conosco.

– Tra quelle che non si sono rifatte, dici?

– Quelle che si rifanno, prima di rifarsi, ammettono di averne bisogno.

– Non mi sembra un gran progresso ammettere di aver bisogno di scopare.

– Te lo sei scopato già. Mo, se ne hai bisogno, è perché ti è piaciuto. Vuoi o non vuoi.

Si può resuscitare per una scopata? No, in primo luogo perché non credo nella resurrezione. Mi sembra una faticata, preferirei di no. E poi mi sembrerebbe immorale dopo aver costretto centinaia di ragazze ad adottare *Sputiamo su Hegel* come lettura per le vacanze. Però la verità è che poi la sera, stesa nel letto a dare fondo a tutto quello che di fumabile aveva lasciato mia figlia in carta d'alluminio, io mi sentivo proprio un'altra persona. Una persona che si sente bene.

E adesso che dovrei dire? Che non sono piú mai piú tornata in pizzeria, che non ci siamo visti piú e ho aggiunto quella storia all'album delle foto d'epoca?

Invece andammo insieme al matrimonio di Elisabetta, in vespa: che non è lontano, certo, ma manco vicinissimo. E io all'inizio mi sentivo come in quelle estati liceali con il ragazzo dello scientifico, quando si andava in Cilento senza prendere l'autostrada. Non che mi sentissi proprio sicura sicura su tutte quelle curve, ma settembre era cosí glorioso e la campagna cosí *felix* che pensavo: «Vabbuò, se mi rompo una caviglia qua meglio che rompersela sui sanpietrini sconnessi di via Mezzocannone, no?» E quell'altra me, quella a cui era indirizzata la spiegazione, faceva *Sí, certo*, con la testa.

Prima di scendere verso la marina ci fermammo a prendere un caffè in una botteguzza che non pareva mai di stare a pochi chilometri dalla piú bella cala della Costiera, e l'inadempienza della barista era tale che rese subito il caffè romantico. Fu allora che percepii chiaramente che non stavo sulla moto del mio fidanzamento liceale, perché sentii all'unisono e compresse le natiche, e la curva lombare e le prime vertebre e *Sí*, pensai, *mo mi viene la sciatica*.

Al matrimonio erano tutti vestiti di bianco. Tutti, tranne la sposa, che lo sapeva già, e noi, che non lo sapevamo affatto.

Anche lo sposo era vestito di bianco, anzi soprattutto lui, che si era fatto tagliare l'abito dal costumista di Ridley Scott: glielo aveva disegnato proprio lui alle Canarie nelle pause di lavorazione dell'ultimo film.

– Ma ho capito bene che lo sposo è francese? – mi chiese Cesare.

– Già.

– Allora perché è vestito da samurai? – e fu l'ultima cosa che si disse a quel tavolo in italiano, perché eravamo intruppati proprio con i parenti dello sposo, che venivano da Arles.

Io non ero mai stata una donna brutta, sí, forse al mio matrimonio, che non ci fu manco il tempo di pensarci, con la bimba nella pancia e io che m'incamminavo per la circoscrizione municipale verso l'impiegato, tutta riottosa. Adesso però, guarda: come Cesare parlava in francese del santo patrono, decollato come la sua città, e come lo seguivano rapiti, i parenti di Arles, nella descrizione, che io manco mi ci provavo a capire cosa stesse dicendo, e coglievo solo i toponimi. Avrei voluto lo sguardo complice di Silvana, ma lei stava, concentrata e bianca, ad accelerare il ritmo dei camerieri al buffet, ché non facessero fare la fila agli ospiti. Allora, sorridendo in esperanto, la raggiunsi io al posto di comando.

– Vuoi un tamburo?

– Per farne che?

– Per dare il ritmo al personale di sala: nelle galere funzionava, eh?

E un tamburo c'era davvero, perché gli sposi avevano

preferito il gruppo etnico metropolitano al quartetto d'archi, e lí Cesare mi raggiunse e mi chiese se volevo ballare.

Ballare. Mentre gli altri erano al dolce. Mentre non ballava nessuno.

– No, mi metto vergogna.

– Ma se vai in balera tutte le settimane.

– Vabbè ma so ballare solo il tango.

– E vediamo se 'sti quattro scortichi lo sanno suonare, un tango.

Patteggiarono per un pezzo solo, e soli ballammo.

– Guida tu, – disse, – ché io non so ballare.

E io, speculare, guidai. Se devo dire che fummo bravissimi, no: non lo fummo. Se devo dire che qualcuno se ne accorse che non eravamo bravissimi, no: non se ne accorsero. Ci cominciarono a guardare tutti, con le forchette ferme a metà strada verso le labbra, i busti ruotati di novanta gradi tra il buffet e i suonatori, i calici congiunti al centro dei tavoli in un immobile cin-cin. Pure al contrario, lui che andava all'indietro e io che avanzavo, io che andavo solo di tacco e con la spalla che conduceva, proprio cosí: ci tributarono un lungo applauso, ed Elisabetta, felice al suo terzo cambio d'abito, venne a baciarci. Poi il gruppo ricominciò il suo repertorio etno-folk, e ai gelati tutti si lanciarono sul prato e cominciarono a ballare scalzi, a mimare movenze popolari, al che Cesare annotò:

– Napoli è piena di figlie di avvocati che suonano le nacchere.

Allora ci ritirammo in camera. Tornando verso il corpo dell'edificio incrociammo un primario ubriaco che aveva dato il meglio di sé in una pianta, e un'addetta alle camere che sfaccendava con acqua e ammoniaca per salvare il suo lavoro e il povero vegetale.

La mattina dopo dormivano tutti. Qualcuno ancora si agitava negli umori del suo stomaco, qualcuno si svegliava con una persona nel letto che se l'avesse vista nel foyer di un teatro, se ne sarebbe scappato verso il palco schermandosi il volto con il programma di sala. I cuscini di tutti erano insozzati, le rughe delle donne erano piú profonde dei solchi che l'aratro stava lasciando, a due miglia da loro, nell'entroterra, sotto i vitigni. Il cuore degli uomini scoppiava sotto la pressione dell'alcol e del Viagra. Corto il respiro, qualcuno maldestramente chiamava un caffè doppio, qualcun altro provava con la teoria della birra. I francesi davano fondo agli Alka-Seltzer. Ma questo comunque lo abbiamo ricostruito molto dopo mezzogiorno. Prima, alle nove, io mi ero svegliata e avevo trovato il letto vuoto: Cesare stava fuori alla veranda, guardava il mare. Alle sue spalle mi aveva accolto il profumo dei gelsomini e quello della sua pelle: era già rasato e bruno, dentro la camicia chiara.

– Ma i gelsomini non profumano solo di notte?

– Questi sono gelsomini spagnoli, vedi? Hanno i fiori piú piccoli e resistenti.

– E tu come lo sai?

– Me lo diceva mia madre. Ma tua madre come sta?

– Sai che gli ha detto al cardiologo che le vuole mettere il bypass?

– ...

– Gli ha detto: «Dottò, io non tengo paura della morte: tengo paura di voi».

Scendemmo a fare colazione quando i pavimenti di ceramica vietrese, blu e gialli, erano ancora umidi per le pulizie. Chiedemmo scusa, camminando lungo i battiscopa per non vanificare il lavoro degli inservienti: Cesare prese i nostri due caffè, li impilò uno sull'altro e li portò in spiaggia.

– Facciamo il bagno? – gli chiesi.

– No, io non ne ho voglia, sto bene cosí: vai tu, io ti guardo.

Allora io andai rabbrividendo nell'acqua vitrea del mattino, ma dopo pochi minuti già nuotavo e non avevo piú freddo. Davanti a me, una bracciata sí e una no, vedevo le barche lente all'orizzonte. Avanzavo e a ogni metro sentivo che l'acqua mi alleggeriva e sosteneva. L'ultima propaggine della spiaggia tirava sull'orizzonte una linea retta con le rocce dell'altra baia: andare oltre avrebbe significato prendere il largo, uscire dalla cala, ma io restai, e proprio su quella linea mi stesi a pancia in su, con le braccia aperte, a fare il morto. Lentamente le gambe affondarono, e la testa, fino ai timpani. Anche il sole avanzava, allora chiusi gli occhi e rimasi cosí, senza alcun peso: scoprivo che alla festa siamo buoni tutti a partecipare, ma quello che piú importa è come ti senti il giorno dopo.

Una sfera rovente nella tasca.

«Un racconto è un nucleo che esplode. Ho questa sfera rovente e amica tra le mani che possiede un'unica verità centrale, essa sia un'immagine, un dolore, un bacio. Tu lo tieni là e intanto ti distrai. La sfera che hai in tasca prende fuoco, ti accende il cappotto. Ti levi il cappotto, lo lasci nell'ingresso e continui. Ti accorgi che mancano il caffè e i dadi da brodo vegetali. E quella ti sta incendiando l'ingresso. E allora devi fare qualcosa sennò tuo figlio non troverà una casa quando tornerà da scuola, e non potrai coricarti vicino all'uomo che ami e sarà colpa tua se il quartiere brucia. Ti vesti d'amianto, indossi la mascherina, prendi l'estintore e ti ci getti dentro. Quando esci, se esci: non era accaduto nulla. Tutti sono incolumi e anche un po' scocciati. Tu metti la tavola come se nulla fosse, infili le pantofole, ascolti quanto si sono stancati tutti – ma poi l'hai comprato il caffè? – e quando sei stanca anche tu che non ne puoi piú, ti metti le mani vicino al naso e senti un vago odore di bruciato che ti commuove». La sfera rovente e amica di Valeria Parrella esiste nell'intersezione continua e viva di tre elementi: il mondo, la lingua e l'io. L'io dai confini incerti che le permette di essere ogni protagonista dei suoi racconti, un marinaio di Liverpool sessantenne, Guappetella di sedici anni e la cinquantenne in pizzeria con la madre anziana che incrocia lo sguardo del cameriere nello specchio del bagno con la scritta Peroni.

Valeria Parrella ha esordito quindici anni fa con una raccolta di sei racconti fulminanti e febbrili, *Mosca piú balena*, e in quindici anni ha costruito la sua solidità e importanza di scrittrice anche di romanzi, ma la forma del racconto, breve e compiuta, le è congeniale perché permette di attraversare l'umanità, e tutte le declinazioni del sentimento dentro uno scrigno, e ha a che fare con questo nucleo che si gonfia nella testa fino a esplodere, riguarda l'esasperazione e riguarda l'amianto. All'esasperazione Valeria Parrella risponde sempre: sí, e al dolore e alla paura risponde sempre con la possibilità di una luce («La mia paura non è mai stata disperante, è sempre stata una paura al fondo della quale si fa qualcosa, non ci si ferma», mi ha detto).

Il titolo di questo racconto, *Il giorno dopo la festa*, è la chiave dello scrigno che contiene la vita di una donna.

«Non mi avviliva l'idea che io mi rinfocolassi allo sguardo di un cameriere, mi umiliava l'idea di essermi dimenticata dello sguardo di un uomo, che quello sguardo avesse un potere su di me. No, d'accordo, alle quattro di mattina ci arrivai: mi umiliava che io stessi a pensare a lui e lui non stesse a pensare a me».

Il giorno dopo la festa, lí nel fondo, che cosa abbiamo, che cosa ci resta? Il mondo, la lingua e l'io.

Mary Miller

Il 37

Non ho mai preso l'autobus. Intendo quelli che girano in città, che li aspetti alla fermata e devi sapere su quale salire e dove scendere. Una volta ho preso un pullman da Jackson, Mississippi, a Denver, Colorado, per andare a vedere il papa a Strawberry Park. Era il papa prima di questo ed è stato tanto tempo fa. Non sono piú cattolica, non sono piú niente adesso. Ricordo dei pullmini con cui facevo avanti e indietro da scuola quando ero piccola e quelli che mi portavano al campo estivo, che non mi piaceva. Quella volta che mi è venuto il ciclo per la prima volta, ho pianto e l'infermiera mi ha fatto venire a prendere dai miei genitori. Da allora sono stata su diversi tipi di autobus, autobus turistici, autobus che ti portano all'aeroporto. Navette, si chiamano. Di quelle ne ho prese tante. Con le navette non c'è verso di sbagliare, vanno tutte nello stesso posto.

Vivo in città adesso, una città con tanti autobus che possono portarti ovunque, posti in cui vuoi andare e posti in cui non vuoi andare, e bisogna che li prenda perché oltretutto ho paura di guidare piú o meno per le stesse ragioni per cui ho paura di prendere l'autobus, e cioè che non so come fare ad arrivare dove voglio andare. In macchina, poi, una volta arrivata non so dove parcheggiare, non so se ho il permesso né se bisogna pagare, se ci sono le macchinette, e se le macchinette prendono solo monete. E ho appena scoperto che parcheggiare al campus è particolarmente complicato perché devi entrarci in retro invece che di muso. Devi mettere la freccia, bloccare il traffico ed entrare nel posteggio all'indietro, senza sbattere contro le macchine accanto o buttare giú un ciclista che scende sparato dalla collina. Ho osservato gli altri farlo con un misto d'odio e meraviglia. Molti sono studenti del primo anno. Sulle targhe si legge Illinois, Arkansas, New York. Una volta sono andata a New York a trovare un'amica e mi ha tenuto una vita ad aspettare davanti a casa sua. L'ho aspettata impalata sul marciapiede, con la valigia accanto. E poi è arrivata. Il topolino di campagna si avventura in città, mi ha detto.

Sarei pronta a mollare tutto e tornarmene a casa, nonostante me ne sia andata in un modo che preclude qualunque ipotesi di ripensamento: ho mollato il dottorato, detto addio al mio ragazzo e lasciato l'appartamento in cui vivevo, mettendo la mia coinquilina in una brutta situazione. Non ho niente a cui tornare, tranne mia madre. Potrei tornare da lei e ne sarebbe felice. Ho anche un padre. Vive con mia madre e voglio bene anche a lui, anche se non allo stesso modo. Prima che me ne andassi siamo usciti a pranzo fuori, noi due soltanto, ed è riuscito a far piangere la cameriera. Mi sa che l'hanno licenziata, perché a un certo punto è venuto a servirci il padrone del ristorante e mi si è spezzato un po' il cuore. Sono state cose piccole come queste, alla lunga, a consumarmi.

È agosto e ci saranno piú di trentasette gradi. Aspetto in piedi ma poi vado a sedermi sulla collina. Non piove da un po' ma mi sento il sedere bagnato. Indosso un vestito di cotone sottile. Praticamente sono nuda. È pure scollato e mi si vede mezzo seno. Perché me lo sono messo? È stato uno sbaglio. Non c'è nemmeno una panchina alla mia fermata, o a quella che almeno credo sia la mia fermata, solo un palo conficcato in terra con un cartello che ritrae un autobus stilizzato con i finestrini grandi che sembrano occhi e un sacco di numeri che non mi dicono niente.

Quando mi decido a chiamare mia madre, ho le lacrime

agli occhi. Sono seduta su questo prato da un'ora, le dico, da piú di un'ora, e non ce la faccio piú.

Ok, fa lei, nel panico. Che posso fare?

Sto per impazzire. Devo arrivare a casa.

Ok, dice. Ti aiuto io.

Controlla il percorso degli autobus, le ordino. E dimmi cosa devo fare. Lei è in Mississippi. Io in Texas. Non ho Internet sul telefonino, posso solo chiamare e mandare messaggi. Aspetto mentre controlla. Sono quasi certa che non abbia mai preso un autobus in vita sua, nemmeno uno turistico, nonostante mi ricordi vagamente di averne preso uno con lei a Parigi. Sono quasi certa di aver preso un autobus con lei a Parigi, uno scoperto, o forse era New York. No, Parigi, ma non era un autobus scoperto. Non ricordo l'aria fra i capelli. Da allora sono stata in altri posti. Un giorno ho deciso che ci sarei andata e ci sono andata. La prima volta che ho preso un volo transoceanico ho pianto all'aeroporto perché avevo paura di andare cosí lontano, di volare sopra l'oceano, di quello che avrei trovato al mio arrivo. Sull'aereo sono rimasta sveglia tutto il tempo mentre la gente intorno a me si toglieva le scarpe e dormiva della grossa fino a destinazione. E poi Heathrow. Non voglio neanche pensarci.

Non piango sempre, ci penso soltanto. Penso ai momenti tristi della mia vita; ce ne sono tanti e a volte mi assalgono tutti insieme.

Devi prendere il 37, dice mia madre. Il 37 ti lascia a circa un isolato da casa tua.

Ma sono tutti 37, tutti!

Non è possibile, fa lei.

Invece sí, ne sono praticamente sicura.

Come sei arrivata stamattina?

Te l'ho già detto, ho preso il taxi! Ma non posso prenderne uno ogni volta che devo andare da qualche parte.

No, concorda, no. Ti costerebbe troppo.

Ho problemi anche con i taxi. Alcuni non accettano

carte di credito e io non ho mai abbastanza contanti. Come tutti, del resto. E certi tassisti parlano troppo e mi dà fastidio, ma mi dà fastidio anche quando sono troppo silenziosi o durante la corsa parlano al telefono in un'altra lingua. Mi piace quando ti accolgono con qualche frase gentile, seguita da un paio di domande, e poi tacciono finché non li pago con la carta di credito.

La prima volta che sono salita su un taxi avevo ventun anni e mi trovavo ad Atlanta per un concerto dei Phish. Ricordo altre cose di quel fine settimana, altre prime volte. Il ragazzo con cui stavo aveva fatto un sacco di fotografie. Non le vedo da anni (forse non le ho mai viste), ma ce le ho ancora davanti agli occhi. Eccomi seduta in una stanza di motel, il mattino dopo, nel mio vestitino di spugna della Abercrombie & Fitch.

Tengo mia madre ancora un po' al telefono. Mi racconta del pranzo a casa di mia zia e chi c'era e cosa hanno mangiato e chi ha chiesto di me e cosa facevano i bambini, anche se ho già visto tutto su Facebook. Alcune vanno per il secondo o il terzo figlio e stanno acquistando casa nello stesso quartiere dove vivono i genitori. Altre hanno divorziato ma si sono già risposate. Quelle che non sono sposate hanno aperto ristoranti o fatto i soldi. Mi parla solo delle donne. Mi sono reiscritta all'università, e i miei ragazzi si rifiutano di diventare mariti.

Mi chiede se ho voglia di andare al matrimonio di una cugina di Memphis e se deve pagarmi il biglietto e se voglio una stanza tutta per me. Nel frattempo passano altri autobus. L'1, il 17, il 43, tutti tranne il 37. Avrò perso almeno quattro o cinque 37, ne sono sicura, a un certo punto ne saranno passati mille contemporaneamente. Poi lo vedo. Lui mi vede e rallenta. Corro giú per la collina e salgo. Mostro il documento all'autista perché mi hanno detto che gli universitari non pagano.

Strisciallo qui, mi dice, mostrandomi come fare. Striscio. La macchinetta emette un *bip* risentito. Riprova piú lentamente, dice. Riprovo piú lentamente e stavolta esce un *bip* gentile e si accende una lucina verde. L'autista mi fa cenno di andare.

Mi siedo nel posto libero piú vicino e mi sforzo di non guardarmi intorno. Mia madre è ancora in linea. Le dico che ce l'ho fatta, che sto bene, grazie, ciao, e mi congratulo con me stessa. Ho sentito dire che è da maleducati parlare al telefono sull'autobus. Sull'autobus guardi il cellulare o ti metti le cuffie e cerchi di non incrociare lo sguardo di nessuno, perché siete come in un limbo, un luogo di pace, e basta un niente a mandare in frantumi l'equilibrio. Solo durante il South by Southwest non è cosí. Durante il festival girano le palle a tutti e la gente litiga pure sugli autobus, e spesso non c'è nemmeno bisogno di prenderlo l'autobus, fai prima a piedi.

L'autista fa un giro strano, passa per una strada in cui non ci sono fermate, o almeno io non ne vedo. Piú tardi scopro che è il giro per raccogliere i diurnisti. Accettiamo la deviazione senza discutere. *Diurnisti*, immagino che stiano pensando gli altri, *povera gente*, con un cenno rassegnato del capo.

Tranne gli isolati immediatamente circostanti, tutto mi risulta estraneo intorno alla casa che ho preso in affitto da un'altra mia cugina. Questa qui lavora a Los Angeles e la pago una sciocchezza. Non mi chiede altro che di spedirle la sua posta ogni due o tre settimane e dare l'acqua alle piante, ma ancora non l'ho fatto. Sono arrivata da una settimana. Povere piante, moriranno. Le riviste invece le leggo. Dovrei mandarle ogni singolo coupon e volantino che le recapitano? Leggo «Rolling Stone», «Psychology Today», «Real Simple», «Time». Leggo di cose di cui non ho mai letto. Ho messo tutto nella stanza degli ospiti e dormo in quella di mia cugina, che ha il materasso in lattice a due piazze. Non ci sono abituata, mi fa sudare un sacco, ma la stanza degli ospiti è piccola e fa sentire piccola anche me, e poi ci ho preso gusto a sudare.

Scendo alla fermata sbagliata, ma nella via giusta, e proseguo a piedi. Guardo l'autobus fermarsi alla fermata in cui sarei dovuta scendere. Ora so qual è. Penso al mio ragazzo che non è piú il mio ragazzo, a quanto avrebbe voluto trasferirsi qui con me, ma ho deciso che avevo bisogno di rompere, di ricominciare da capo. Perché? Lo chiamerò e mi lascerò dire quanto gli manco.

Entro in casa e abbasso l'aria condizionata, accendo la televisione, infilo una busta di popcorn nel microonde. La casa si risveglia, dice ciao! Bentornata! Sono contenta di vederti! Ci riuscirò, penso, vedrai. Presto o tardi riuscirò a entrare in retromarcia nel posteggio e a girare liberamente per la città. Forse rischierò di investire un bel ragazzo in bicicletta che sbanderà ma non cadrà. Mi insulterà ma non ci saranno danni. Non mi chiederà il numero di telefono né diventerà l'amore della mia vita, come accadrebbe in una bella storia, una storia che non saprei raccontare. Diventerò vegetariana, nuoterò nell'acqua fredda delle sorgenti insieme a persone anziane prima che tutti gli altri si sveglino, scalerò una montagna con le scarpe sbagliate. Saprò quando aprono e quando chiudono i negozi, e come arrivare in un posto e dove parcheggiare e cosa ordinare, e avrò nuovi ragazzi che non sposerò. Ma tutto questo deve ancora accadere e ci vorrà tempo, magari piú di quanto ce ne voglia ad altri, ma altri non se ne sono andati di casa. Altri non sono mai andati da nessuna parte.

La tentazione di non farcela.

«Quando mi decido a chiamare mia madre, ho le lacrime agli occhi. Sono seduta su questo prato da un'ora, le dico, da piú di un'ora, e non ce la faccio piú».

Mary Miller racconta la vita nel momento della sconfitta, anzi, piú precisamente nel momento della tentazione di tornare indietro. Di rinunciare. Nel momento in cui pensi: non ce la farò mai. Lei è nata nel 1977 nel Mississippi, dove vive. «Mi sono laureata in psicologia, – mi ha raccontato, – e avevo intenzione di continuare a studiare psicologia clinica, ma non riuscivo a ottenere buoni voti nei test e sono stata troppo pigra nel processo di iscrizione. In quel momento di pausa sono successe altre cose: sposata a ventidue anni, la vita in una piccola città del Sud, un lavoro legato alle domande di invalidità. La ricetta perfetta per uccidere tutti i sogni e le speranze. Gradualmente ho iniziato a pensare: è questo che la gente fa con le proprie vite?» Mary Miller ha cambiato direzione, ha un altro marito, un'altra vita, è diventata una scrittrice e insegna all'università. Leggere Flannery O'Connor le ha fatto pensare: ma allora tutto questo è possibile. Le giovani donne di Mary Miller sono spesso, invece, in un pantano: uomini, sesso, incapacità di movimento, alcolismo, paura, sabbie mobili, pigrizia. Ognuna ha un fardello, ognuna crede di meritare di meglio, ognuna è causa della propria rovina. Loro sanno di dover reagire, ma restano lí, a galleggiare. Restiamo lí, a galleggiare. «Per ora è lui l'unico uomo cattivo che posso dire di conoscere. Questa non è la mia vita.

No, non lo è, mi dico mentre lo stringo fra le gambe piú forte che posso». «È un fastidio continuo, questa pressione per impegnarsi in noiose discussioni su incontri e lavoro, quando tutto ciò che voglio fare è guardare video sugli animali e stalkerare i miei ex». Ai suoi ex Mary Miller ha dedicato l'ultima raccolta di racconti, da cui ho scelto *Il 37*. Il 37 è un autobus, che la ragazza non riesce a prendere, e quando lo prende, con l'aiuto della madre al telefono da un altro Stato, scende comunque alla fermata sbagliata. Ma ha cambiato città, è partita, è sola, ha lasciato il fidanzato, può infilare una busta di popcorn nel microonde, c'è uno spiraglio. Può farcela. Imparerà a parcheggiare in retromarcia, imparerà quando aprono e chiudono i negozi, imparerà a ordinare al ristorante. E a vivere.

Claire Dederer

Quando l'artista è un mostro

Roman Polański , Woody Allen, Bill Cosby, William Burroughs, Richard Wagner, Sid Vicious, V. S. Naipaul, John Galliano, Norman Mailer, Ezra Pound, Caravaggio, Floyd Mayweather, ma se cominciamo a elencare gli atleti non finiamo piú. E le donne? Fare una lista è un'impresa molto piú difficile e incerta: Anne Sexton? Joan Crawford? Sylvia Plath? Gli atti di autolesionismo contano? Meglio tornare agli uomini: Pablo Picasso, Max Ernst, Lead Belly, Miles Davis, Phil Spector.

Hanno fatto o detto qualcosa di orribile, e hanno creato qualcosa di eccelso. L'atto orribile interferisce con il capolavoro. Non riusciamo a guardare, ascoltare o leggere il capolavoro senza ricordare l'atto orribile. Travolti dalla consapevolezza della mostruosità dell'artefice, ci allontaniamo, in preda al disgusto. O magari no. Continuiamo a guardare, separando o provando a separare l'artista dall'arte. In ogni caso c'è interferenza. Sono geni mostruosi, e non so come affrontare la cosa.

Da quando Trump è al potere pensiamo tutti ai mostri. Io ho cominciato qualche anno fa. Facevo delle ricerche su Roman Polański per un libro che stavo scrivendo e sono rimasta impressionata di fronte alla sua mostruosità. Era colossale, come il Grand Canyon. Eppure, guardando i suoi film, era la loro bellezza che trovavo colossale, e non veniva intaccata dalla mia conoscenza dei suoi atti scellerati. Avevo letto molto sul suo stupro della tredicenne Samantha Gailey. Sono certa di non essermi lasciata sfuggire nessun particolare della vicenda. Eppure riuscivo comunque a consumare le sue opere. Appassionatamente. Piú avanzavo nelle mie ricerche su Polański e piú mi sentivo attratta dai suoi film. Li guardavo e riguardavo, soprattutto i piú importanti: *Repulsione*, *Rosemary's Baby*, *Chinatown*. Come tutti i capolavori, chiedevano di essere rivisti. Li divoravo. Erano diventati parte di me, come succede con le cose che amiamo.

In teoria non avrei dovuto amare quelle opere o quell'uomo. È oggetto di sdegno, boicottaggi e azioni legali. Per il pubblico l'uomo e la sua creazione sembrano essere la stessa cosa. Ma è cosí? Non dovremmo cercare di separare l'arte dall'artista, il creatore dal creato? Ci abbandoniamo a un oblio deliberato quando vogliamo ascoltare, che so, il ciclo dell'*Anello del Nibelungo* (non tutti dimenticano altrettanto facilmente: le opere di Wagner non sono quasi mai andate in scena in Israele) o crediamo che i geni abbiano diritto a una specie di esonero comportamentale?

E come cambia la nostra reazione tra una situazione e un'altra? Per alcune opere d'arte è come se le trasgressioni dell'autore ne avessero reso impossibile il consumo: come si può guardare il *Cosby Show* dopo le accuse di stupro rivolte a Bill Cosby? Certo, tecnicamente nulla c'impedisce di farlo, ma anche in quel caso cosa stiamo guardando? Il programma o lo spettacolo della nostra innocenza perduta?

È solo una questione pratica? Sospendiamo il nostro apprezzamento se la persona è viva e potrebbe quindi trarre un guadagno dal fatto che consumiamo le sue opere? Votiamo con i nostri portafogli? E in tal caso, possiamo vedere un film di Roman Polański in streaming gratis? O a casa di un amico?

Fermi tutti: innanzitutto chi è questo «noi» che spunta sempre negli articoli di critica? È una via di fuga. «Noi» non vale niente, è un modo per sbarazzarsi di qualunque responsabilità personale e al tempo stesso ammantarsi di una facile autorevolezza. È la voce del critico mediocre, quello sinceramente convinto di sapere cosa dovrebbero pensare gli altri. «Noi» è corrotto. «Noi» è una finzione. La vera domanda è: io posso amare l'arte ma odiare l'artista? E tu? Quando dico «noi», intendo «io». Intendo «tu».

So che Polański è peggio, qualunque cosa questo significhi, e che Cosby è piú comune. Ma per me il mostro per eccellenza è Woody Allen.

Gli uomini vogliono sapere perché Woody Allen ci fa infuriare. Woody Allen è andato a letto con Soon-Yi Previn, la figlia della sua compagna Mia Farrow. La prima volta che è successo Soon-Yi era un'adolescente e lui il regista piú famoso del mondo.

Ho vissuto la scopata di Woody Allen con Soon-Yi come un tradimento personale. Quando ero giovane, mi sentivo come lui. Credevo che mi rappresentasse sullo schermo. Lui era me. È uno dei tratti distintivi del suo genio, la sua capacità di mettersi nei panni del pubblico. L'identificazione era accentuata dall'aria apparentemente inadeguata del suo personaggio: secco come un ragazzino, basso come un ragazzino, confuso da un mondo insensibile e incomprensibile (come Charlie Chaplin prima di lui). Mi sentivo vicina a quel regista adulto piú di quanto fosse ragionevole aspettarsi da una bambina. In qualche folle modo, sentivo che mi apparteneva. Lo avevo sempre considerato uno dei nostri. Dopo Soon-Yi è diventato un molestatore.

La mia risposta non era logica. Era emotiva.

Un pomeriggio piovoso della primavera del 2017 mi sono lasciata cadere sul divano del salotto e ho commesso un atto trasgressivo. Non quello a cui pensate. Ho noleggiato *Io e Annie*. È stato facile. È bastato premere il tasto ok sul mio gigantesco telecomando universale, poi ho cominciato a frugare in una confezione di biscotti mentre scorrevano i titoli di testa. Per essere un atto trasgressivo, non era dei piú spettacolari.

Avevo già visto il film una decina di volte, ma nonostante questo l'ho trovato ancora una volta incantevole. *Io e Annie* è pura arguzia, è Fred Astaire che balla in *Cappello a cilindro*, un palloncino pieno di elio che tira il nastro a cui è attaccato. È una storia d'amore per le persone che non credono nell'amore: Annie e Alvy si avvicinano, si allontanano, si avvicinano, e alla fine si lasciano una volta per tutte. La loro relazione è futile dall'inizio alla fine e al tempo stesso ha pienamente senso.

Io e Annie è la migliore commedia del ventesimo secolo, migliore di *Susanna!*, perché prende atto dell'irreprimibile nichilismo che si annida in ogni commedia. E poi è davvero divertente. Guardare *Io e Annie* vuol dire sentire, brevemente, che apparteniamo all'umanità. Durante la visione ci si sente quasi assaliti da questo senso di appartenenza. È un legame che può essere piú bello dell'amore. E, se mai ve lo foste chiesto, è questo che chiamiamo grande arte.

Non che io passi il tempo a sentirmi legata al resto del genere umano. È un piacere sporadico. Dovrei rinunciare solo perché Woody Allen si è comportato male? Non mi sembra giusto.

Quando le ho detto che stavo scrivendo un articolo su Allen, la mia amica Sara mi ha raccontato di aver visto nel suo quartiere una casetta di legno per la raccolta e lo scambio di libri piena di volumi di e su Woody Allen. Abbiamo riso al pensiero del fan furibondo – quasi certamente una donna – che non sopportando piú di avere quei libri tra le scatole li aveva infilati tutti in quella graziosa casetta. Poi Sara sí è fatta pensosa: «Non so dove mettere tutto ciò che provo per Woody Allen», ha detto. Appunto.

Ho raccontato a un'altra amica intelligente che mi stavo occupando di Woody Allen. «Ho tantissime cose da dire su Woody Allen!», ha risposto, impaziente di condividerle. Stavamo sorseggiando del vino sulla sua veranda. Si è messa comoda, con il viso illuminato dal sole del tardo pomeriggio. «Sono arrabbiatissima con lui! Già mi aveva fatto imbestialire con la storia di Soon-Yi, poi è stata la volta di – come si chiama quel ragazzino? Dylan? – poi sono arrivate le accuse di Dylan, e le orribili dichiarazioni con cui Allen le ha liquidate. E poi odio il modo in cui parla di Soon-Yi, ripetendo sempre quanto lui le abbia arricchito la vita».

Credo che questo sia ciò che accade a molti di noi quando consideriamo l'opera di geni che sono anche dei mostri. Pensiamo di formulare dei pensieri etici mentre stiamo provando dei sentimenti morali. Mettiamo delle parole intorno a quei sentimenti e li chiamiamo opinioni: «Quello che Woody Allen ha fatto è profondamente sbagliato». E l'origine dei sentimenti è piú elementare di quella del pensiero. Ecco cos'era successo: la vicenda di Woody e Soon-Yi mi aveva turbata. Non stavo pensando, stavo provando qualcosa. In un certo senso era come un affronto personale.

Volete provare delle emozioni complicate? Guardate *Manhattan*.

Come molti (molti cosa? molte donne? madri? ragazze cresciute? molti che provano sentimenti morali?), per anni non sono riuscita a guardare *Manhattan*. Qualche mese fa, quando ho cominciato a pensare a Woody Allen come a un mostro, ho visto praticamente tutti i suoi film prima di ammettere a me stessa che, prima o poi, avrei dovuto affrontare anche *Manhattan*.

Quel giorno è arrivato. Mentre prendevo posto sul mio bel divano nel mio comodo salotto, il processo a Bill Cosby era in corso. Era il giugno del 2017. Mio marito, che ha un talento tipicamente nordico per i melodrammi ovattati, mi ha suggerito di passare dal processo Cosby a *Manhattan* in modo da costruire una specie di metanarrazione della mostruosità. Ma l'austero senso dell'intrattenimento del mio consorte nordeuropeo si è rivelato inutile, perché il processo Cosby non era trasmesso in tv. Però si stava svolgendo.

Quell'estate regnava un'atmosfera di estremo disagio. Un senso generale che qualcosa non andava. Le persone, e con questa parola intendo dire le donne, erano sconvolte e scontente. S'incrociavano per strada, si scambiavano uno sguardo, scuotevano la testa e si allontanavano senza una parola. Le donne ne avevano abbastanza. Le donne avevano organizzato una gigantesca marcia dell'esasperazione. Le donne si esprimevano su Facebook e su Twitter, facevano lunghe, rabbiose passeggiate, si chiedevano perché i loro partner e i loro figli non lavassero piú spesso i piatti. Le donne stavano scoprendo l'invidia racchiusa nel paradigma del lavaggio dei piatti. Le donne si stavano radicalizzando, anche se in realtà non avevano tempo per radicalizzarsi. Arlie Russell Hochschild ha pubblicato *The Second Shift* nel 1989, e nel 2017 le donne si stavano rendendo conto che la situazione di merda che descriveva allora era piú attuale che mai. Nel giro di un paio di mesi sarebbero cominciate le accuse a Harvey Weinstein, seguite dalla valanga della campagna #MeToo.

«In questo momento non sono molto soddisfatta degli uomini», scrivevo nel mio diario quand'ero adolescente. Nell'estate del 2017 continuavo a non essere molto soddisfatta degli uomini, e come me molte altre donne. Anche molti uomini non erano soddisfatti degli uomini. Perfino i patriarchi erano stufi del patriarcato.

Nonostante quel mucchio di opinioni, sentimenti e rabbia, ero decisa ad avvicinarmi a *Manhattan* senza pregiudizi, o almeno volevo provarci. In fondo molte persone lo considerano il capolavoro di Woody Allen, ed ero pronta a lasciarmi rapire. Effettivamente durante i titoli di testa sono stata rapita: il bianco e nero, i tagli in asse sincronizzati in modo perfetto, quasi comico, con le note trionfali di *Rapsodia in blu*. Dopo un attimo la cinepresa inquadra Isaac (il personaggio di Allen) a cena fuori con i suoi amici Yale (che cazzo di nome è, Yale?) ed Emily, la moglie di Yale. Con loro c'è la ragazza con cui esce Allen, la liceale diciassettenne Tracy, interpretata da Mariel Hemingway.

L'aspetto piú sbalorditivo della scena è la sua disinvoltura. Mi scopo una liceale, che sarà mai. Certo, Isaac sa che la relazione non può durare, ma le implicazioni morali della faccenda non sembrano turbarlo piú di tanto. Allen è affascinato dalle sfumature della morale, tranne quando è alle prese con il tema degli uomini di mezza età che si scopano le adolescenti. Di fronte a questa particolare questione, uno dei migliori osservatori dell'etica contemporanea – uno la cui opera della maturità sfiora livelli flaubertiani – diventa improvvisamente un imbecille.

«Al liceo anche le ragazze brutte sono belle», mi disse una volta un professore del liceo.

Il viso di Tracy, il viso di Mariel, è fatto di superfici piane e aperte che evocano pionieri, sole e campi di grano (in fondo è un viso dell'Idaho). Per Allen, Tracy è buona e pura come le donne adulte del film non possono essere. Tracy è saggia, come Allen ha voluto che fosse il personaggio, ma a differenza degli adulti del film è completamente e miracolosamente libera da nevrosi.

Heidegger usa i concetti di *Dasein* e *Vorhandensein*. *Dasein* vuol dire coscienza presente, un'entità consapevole della propria mortalità, ovvero quasi tutti i personaggi di tutti i film di Woody Allen tranne Tracy. *Vorhandensein*, invece, è un essere che esiste in quanto tale. È e basta, come un oggetto o un animale. O come Tracy. È splendida semplicemente essendo: inerte come un oggetto, *Vorhandensein*. Come le stelle del cinema di un tempo, è un viso. È lo stesso Isaac a dirlo nella sua famosa tirata sulle ragioni per cui vale la pena di vivere: «Groucho Marx; Joe DiMaggio; i film svedesi; quelle incredibili mele e pere dipinte da Cézanne; i granchi da Sam Wo; il viso di Tracy».

Allen/Isaac può avvicinarsi a quel mondo ideale, un mondo che ha dimenticato la propria conoscenza della morte, scopandosi Tracy. E poiché è Woody Allen – un grande regista – Tracy è autorizzata a dire la sua, non è una sciocca. «M'importa di te. Abbiamo gli stessi interessi, – dice. – A letto è fantastico». A Isaac non poteva andare meglio: può risucchiare la meravigliosa semplicità incarnata di Tracy ed essere assolto da ogni colpa. Le donne nel film non hanno questo vantaggio.

Le donne adulte in *Manhattan* sono brusche e fin troppo consapevoli della morte. Sono consapevoli di tutto, porca miseria. Una donna pensante è bloccata, separata dal corpo, dalla bellezza, dalla vita stessa.

Per me il momento piú significativo del film è quando a un cocktail una signora molto chic fa una battuta in tono acuto e lamentoso: «Be', è che io finalmente ebbi un orgasmo e il mio medico mi disse che era di tipo sbagliato». La risposta (molto divertente) di Isaac: «Di tipo sbagliato, sí? Io mai avuti di tipo sbagliato, mai: coi peggiori faccio crollare il lampadario».

Qualunque donna guardi il film sa che lo stronzo è il dottore, non la donna. Ma Woody/Isaac non la vede cosí. Se una donna può pensare, non può venire; se può venire, non può pensare.

Proprio come *Manhattan* non esamina mai pienamente né genuinamente la complessa questione del vecchio che si fa una liceale, lo stesso Allen – uomo che sa parlare – diventa stranamente incapace di esprimersi quando parla di Soon-Yi. In un'intervista rilasciata nel 1992 a Walter Isaacson per «Time», Allen fece una battuta che diventò emblematica della frivolezza con cui liquida le sue debolezze morali: «Al cuor non si comanda».

È una di quelle frasi che non ti escono piú dalla testa una volta che le hai sentite: l'abbiamo memorizzata tutte subito, volenti o nolenti. Il suo mostruoso disinteresse per tutto ciò che non è la sua persona. La sua orgogliosa irrazionalità. Nell'intervista prosegue: «Non c'è nessuna logica in queste cose. S'incontra qualcuno, ci si innamora e questo è tutto».

Poiché in quel periodo la situazione era quella che era, ho fatto fatica a finire *Manhattan*: mi ci sono volute un paio di puntate. Ho raccontato sui social network quanto fosse difficile guardare *Manhattan* nella fase Trump (speravo ardentemente che fosse una fase). «*Manhattan* è l'opera di un genio! Dopo questa ti saluto, Claire!», ha risposto uno scrittore che non conoscevo personalmente, un tizio che non aveva reagito a molte delle mie ben piú scandalose dichiarazioni, alcune delle quali riguardavano il mio desiderio di giustiziare e fare a pezzi la metà maschile della specie umana, in puro stile Valerie Solanas. Ma nel momento in cui ho confessato di provare uno strano sentimento guardando *Manhattan* (se non sbaglio ho scritto che il film mi faceva venire «una leggera nausea»), questo tizio ha lasciato bruscamente la mia pagina, dichiarando di non voler piú avere nulla a che fare con me.

Ero venuta meno a quello che secondo lui era il mio compito: riuscire a superare la mia moraleggiante cavillosità – le mie emozioni – e ad apprezzare il genio. Ma chi era il piú emotivo tra noi due? Era lui quello che aveva lasciato lo spazio virtuale sbattendo la porta.

Nel corso dei mesi successivi avrei avuto quello stesso scambio con molti uomini, intelligenti e stupidi, giovani e anziani. «Devi giudicare *Manhattan* sul piano estetico!», dicevano.

A una cena mi sono ritrovata a parlarne con un altro scrittore. Sembrava uno sketch.

La scrittrice: – Non convince.

Lo scrittore, tagliente: – Cosa intendi?

– Be', è tutto un po' troppo blasé. Isaac non sembra molto turbato dal fatto che lei sia una liceale.

– Non è assolutamente vero, la cosa lo fa stare malissimo.

– Ci scherza su, ma di certo non ci sta malissimo.

– È che tu pensi alla vicenda Soon-Yi, e lasci che si rifletta sul film. Non ti facevo cosí.

– Secondo me il film è di per sé inquietante, anche senza pensare a Soon-Yi.

– Supera la cosa. Devi giudicare il film solo sul piano estetico.

– E cos'è che oggettivamente ne farebbe un buon film sul piano estetico?

Lo scrittore se ne esce con una frase brillante sull'equilibrio e l'eleganza.

A quel punto avrei voluto che la scrittrice gli sferrasse il colpo di grazia, ma non è successo. Mi aveva fatto dubitare di me.

Chi tra noi due vede le cose con piú chiarezza? La persona che ha la capacità – qualcuno direbbe il privilegio – di rimanere indifferente agli atteggiamenti del regista verso le donne e alle sue storie con delle ragazzine? Che ha saputo guardare l'arte senza cadere nell'errore di seguire la biografia dell'autore? O chi non poteva fare a meno di notare gli impulsi che sembravano animare il progetto?

Me lo chiedo davvero.

E questi spettatori cosí orgogliosamente oggettivi erano davvero oggettivi quanto credevano di essere? Il genio di Woody Allen è generalmente autoaccusatorio, in questo film l'autoaccusa vacilla e in piú Woody Allen si scopa un'adolescente, ed è proprio questo il film che tutti chiamano un capolavoro?

Cos'è esattamente che questi uomini stanno difendendo? Il film? O qualcos'altro?

Secondo me *Manhattan*, con la sua storia pro-ragazzine e anti-donne, sarebbe stato un film sconvolgente anche senza la vicenda Soon-Yi, ma non possiamo esserne certi, e il punto è proprio questo. *I love you, Daddy* di Louis C. K. – storia di un padre che fa di tutto perché la figlia adolescente non si metta con un uomo piú grande – farà la stessa fine. Sarà impossibile vederlo ignorando le accuse di molestie sessuali rivolte a Louis C. K., ammesso che qualcuno lo veda. Per ora la distribuzione è sospesa e il film non uscirà.

Una grande opera d'arte suscita delle sensazioni. Ma quando dico che *Manhattan* mi fa venire la nausea, un uomo mi dice: «No, quella è la sensazione sbagliata». Parla con autorevolezza: *Manhattan* è l'opera di un genio. Ma a chi spetta dirlo? La figura autorevole dice che l'opera non è influenzata dalla vita. La figura autorevole dice che seguire la biografia dell'autore è un errore. La figura autorevole è convinta che l'opera esista in uno stato ideale (astorico, alpino, nevoso, puro). La figura autorevole ignora il naturale sentimento ispirato dalla conoscenza della biografia di una persona. La figura autorevole diventa tagliente se si affronta l'argomento. La figura autorevole sostiene di poter apprezzare l'opera indipendentemente dalla biografia, dalla storia. La figura autorevole si schiera con l'artista (uomo), contro il pubblico.

Io invece non sono astorica né insensibile alla biografia. Sono caratteristiche dei vincitori della storia (gli uomini) (finora).

Non sto dicendo che ho ragione o torto. Ma sono il pubblico. E sto semplicemente prendendo atto della realtà di una situazione. Il fatto che conosciamo la vicenda di Soon-Yi interferisce con *Manhattan*. Ma il film è anche indecente di per sé. E ha anche tante qualità abbastanza straordinarie. Tutte queste cose possono essere vere allo stesso tempo. Sentirsi dire dagli uomini che la storia di Allen non dovrebbe avere importanza non fa sí che non abbia importanza.

Cosa devo fare con questo mostro? Ho una qualche responsabilità, in un senso o nell'altro? Devo respingerlo o devo superare la mia avversione biografica e guardare, leggere, ascoltare?

E perché il mostro ci fa – mi fa – tanto arrabbiare?

Il pubblico vuole qualcosa da vedere, leggere o ascoltare. È questo che lo rende un pubblico. Allo stesso tempo, in questo particolare periodo storico in cui siamo sommersi da rivelazioni ripugnanti, il pubblico è ripetutamente disgustato dai nuovi mostri. Il pubblico si esalta unendosi al coro di denunce dei mostri. Il pubblico gira i tacchi e giura che non vedrà mai piú un film con Kevin Spacey.

È possibile che i sentimenti del pubblico siano puri, legittimi e autentici. Ma potrebbe esserci dell'altro.

Quando si prova un sentimento morale, l'autocompiacimento è sempre dietro l'angolo. Avvolgiamo le nostre emozioni in un linguaggio etico, e ci ammiriamo nel farlo. Siamo guidati da un'emozione, un'emozione attorno alla quale disponiamo un linguaggio. La trasmissione della nostra virtú ci sembra estremamente importante e stranamente elettrizzante.

Ricorda: non «voi», non «noi», ma «io». Smettiamo di schivare la proprietà. Io sono il pubblico. E sento che c'è qualcosa di assolutamente inaccettabile che si annida dentro di me. Anche nel bel mezzo della mia legittima indignazione, quando mi lamento di Woody Allen e Soon-Yi so che io stessa, in un certo senso, non sono una cittadina completamente integra. Certo, sono in sintonia con i miei figli e piena di attenzioni verso i miei amici. Ho una casa accogliente, ascolto mio marito e sono ragionevolmente premurosa con i miei genitori. Nei miei pensieri e nelle mie azioni quotidiane sono una persona tutto sommato decente. Ma sono anche qualcos'altro, qualcosa che somiglia vagamente a, be', un mostro. I vittoriani capivano bene questa sensazione. Per questo ci hanno lasciato gli sdoppiamenti estremi di Dorian Gray, di Jekyll e Hyde. Suppongo che questa sia la condizione umana, questo strisciante sospetto della nostra cattiveria. È all'origine dell'attrazione che proviamo verso chi commette atti orribili. Qualcosa dentro di noi – dentro di me – risuona alla vista di quell'orrore, lo riconosce dentro di sé, è atterrito da questo riconoscimento, e poi si esalta nello scagliare vibranti attacchi al mostro.

Lo psicodramma della pubblica condanna dei mostri può essere considerato un elaborato sviamento: qui non c'è nulla da vedere. Non sono un mostro. Perché invece non dai un'occhiata a quel tizio laggiú?

Sono un mostro? Non ho mai ucciso nessuno. Sono un mostro? Non ho mai fatto l'apologia del fascismo. Sono un mostro? Non ho mai molestato un bambino. Sono un mostro? Non sono stata accusata da decine di donne di averle drogate e stuprate. Sono un mostro? Non picchio i miei figli (per ora!) Sono un mostro? Non sono nota per il mio antisemitismo. Sono un mostro? Non ho mai guidato una setta a sfondo sessuale in cui imprigionavo delle ragazze in una lussuosa villa di Atlanta obbligandole a eseguire ogni mio ordine. Sono un mostro? Non ho mai commesso lo stupro anale di una tredicenne.

Considerate tutte le cose orribili che non ho fatto. Forse non sono un mostro.

Ma ecco una cosa che ho fatto: ho scritto un libro. Poi un altro. Ho scritto saggi e articoli di critica. Forse questo fa di me un mostro, in un modo molto particolare.

Il critico Walter Benjamin ha detto: «Alla base di ogni grande opera d'arte c'è un cumulo di barbarie». Le mie opere non possono certo essere definite grandi, ma mi chiedo: alla base di ogni opera d'arte minore c'è forse un piccolo cumulo di barbarie? Un mucchietto di barbarie? Un pizzico?

Bisogna possedere molte qualità per esercitare il lavoro di scrittore o di artista. Talento, cervello, tenacia. Anche avere dei genitori benestanti aiuta, questo è poco ma sicuro. Ma tra gli ingredienti principali direi che il primo è l'egoismo. Un libro nasce da tanti piccoli atti di egoismo. Tagliare fuori la tua famiglia. Trascurare i figli. Dimenticare il mondo reale per inventarne uno nuovo. Rubare storie alle persone reali. Tenere la parte migliore di sé per quell'anonimo amante senza volto che è il lettore. Dire quello che devi dire.

Devo chiedermi: forse non sono abbastanza mostruosa. Sono consapevole dei miei difetti come scrittrice (conosco la lista a memoria, anche se i difetti che non sono in grado di riconoscere sono ben peggiori), ma una piccola parte di me deve chiedersi: se fossi piú egoista, le mie opere sarebbero migliori? Dovrei aspirare a un maggiore egoismo?

Ogni scrittrice-madre che conosco si è fatta questa domanda. Ovviamente nessuna la formula apertamente. Ma sento che la pensano. È quasi assordante. È possibile che un'identità interferisca fatalmente con l'altra? Il tuo lavoro ti rende una madre peggiore? Ecco la domanda che ti fai in continuazione. Ma ti chiedi anche: il tuo essere madre ti rende una scrittrice peggiore? Ed è una domanda un po' piú scomoda.

Jenny Offill coglie quest'idea in un brano del suo romanzo *Sembrava una felicità*, un brano molto condiviso tra le scrittrici e artiste che conosco. «Il mio piano era di non sposarmi mai. No, io volevo diventare un mostro d'arte. Le donne non diventano mai mostri d'arte, perché i veri mostri d'arte si preoccupano solo d'arte e mai di cose terrene. Nabokov non si chiudeva nemmeno l'ombrello, era Vera che gli leccava i francobolli».

Io odio leccare i francobolli. Un mostro d'arte, ho pensato leggendo questo brano. Sí, mi piacerebbe essere un mostro d'arte. Le mie amiche provavano la stessa cosa. Victoria, un'artista, se n'è andata in giro canticchiando «mostro d'arte» per qualche giorno.

Le scrittrici che conosco desiderano ardentemente essere mostruose. Lo dicono *en passant*, facendo battute: «Come vorrei avere una moglie». Cosa intendono dire, in realtà? Che vorrebbero smettere di accudire per potersi dedicare ai sacramenti egoisti legati alla condizione dell'artista.

E se non fossi abbastanza un mostro?

Da anni faccio questa domanda a un paio di amici scrittori che considero davvero eccezionali. Scrivo a entrambi delle mail carinissime, ma quello che in realtà cerco di sapere è: quanto siete egoisti? O per dirla altrimenti: quanto devo essere egoista per diventare brava quanto voi?

Molto egoista, come ho scoperto osservando da lontano questi uomini. Egoista al punto di chiuderti a chiave per non essere disturbato da tuo figlio mentre lavori. Al punto di lavorare ogni giorno compresi Natale e il giorno del Ringraziamento. Di sparire per quattro settimane per fare i tour di presentazione dei libri. Di andare a letto con delle tizie incontrate alle conferenze. Egoista al punto di non tirarsi indietro davanti a nulla.

Una sera, non molto tempo fa, ero seduta nel salotto disordinato e cosparso di libri di una scrittrice piú giovane e di suo marito, anche lui scrittore. I bambini erano a letto, al piano di sopra. Ogni tanto da su arrivava qualche lamento.

La mia amica era alle prese con quel problema: i tre figli erano alle elementari, il marito aveva un lavoro a tempo pieno e lei cercava di costruirsi una carriera scrivendo libri. Una nuvola d'intensa ambizione letteraria incombeva sulla casa come un piccolo microclima temporalesco. Era un giorno feriale. Saremmo tutti dovuti essere a letto. Invece stavamo bevendo vino e discutendo di lavoro. Il marito era molto carino con me, nel senso che rideva a ogni mia battuta. Era molto sveglio e con i nervi a fior di pelle, forse perché i suoi libri non avevano successo. Sua moglie, invece, stava avendo successo, molto successo, con i suoi libri.

La moglie ha parlato di un racconto che aveva appena scritto e pubblicato.

«Oh, ti riferisci all'ultima volta che hai abbandonato me e i bambini?», ha chiesto il marito tanto carino.

La moglie era stata un mostro, abbastanza da finire il suo lavoro. Il marito no.

Ecco come si presenta la mostruosità femminile: l'abbandono dei figli. Sempre. La donna mostro è Doris Lessing che molla i figli e se ne va a Londra a vivere da scrittrice. O Sylvia Plath, il cui suicidio fu terribile, ma peggio ancora fu il fatto che sigillò la stanza dei figli prima dell'atto. Lasciamo stare il latte e il pane che lasciò accanto a loro, di per sé una sorta di terribile poesia. Sognava di mangiare uomini come aria di vento, ma la cosa davvero mostruosa fu che lasciò i figli senza una madre.

Forse, quando sei una scrittrice, non ti uccidi né abbandoni i tuoi figli. Ma qualcosa l'abbandoni, la parte accudente di te. Quando finisci un libro, per terra ci sono tante piccole cose infrante: promesse, impegni, appuntamenti mancati. E altre cose, piú gravi, dimenticate o non soddisfatte: compiti dei figli che non hai controllato, chiamate ai genitori che non hai fatto, sesso coniugale che non hai consumato. Tutte cose a cui devi venire meno perché il libro possa essere scritto.

Certo, possiedo la mostruosità ordinaria di una persona in carne e ossa, gli abissi insondabili, il mister Hyde represso. Ma possiedo anche una mostruosità piú visibile e quantificabile, quella dell'artista che porta a termine il suo lavoro. Chi conclude qualcosa è sempre un mostro. Woody Allen non prova semplicemente a fare un film all'anno, prova a farne uscire uno all'anno.

Per me la particolare mostruosità del completamento di un'opera è sempre stata strettamente associata alla solitudine: voltare le spalle alla famiglia, piazzarmi in un bungalow di amici o nella stanza di un motel da quattro soldi. Se non riesco a distaccarmi del tutto, allora mi rintano nel mio ufficio ghiacciato, avvolta nelle sciarpe, con i guanti senza dita e un cappello di pelliccia calato sulla testa, e scrivo come una forsennata, provando a finire.

Perché è il completamento che rende un artista tale. L'artista dev'essere non solo abbastanza mostro da cominciare un'opera, ma anche da finirla. E da commettere tutti i piccoli atti di barbarie tra l'inizio e la fine.

La mia amica e io non avevamo fatto nulla di piú mostruoso che aspettarci che qualcuno si occupasse dei nostri figli mentre finivamo il nostro lavoro. Non è grave come uno stupro, e neanche come obbligare qualcuno a guardarti mentre ti masturbi ed eiaculi nel vaso di una pianta. Potrebbe sembrare che io stia facendo un collegamento inquietante tra uomini predatori e donne che portano a termine un'opera. Ed è proprio cosí. Perché quando noi donne facciamo quello che va fatto per scrivere o produrre arte, a volte ci sentiamo mostruose. E gli altri sono pronti a descriverci cosí.

La compagna di Hemingway, la scrittrice Martha Gellhorn, non pensava che l'artista dovesse essere un mostro.

Pensava che il mostro dovesse farsi artista. «Un uomo deve essere un grande genio per farsi perdonare di essere una creatura cosí spregevole» (immagino parlasse per esperienza). Voleva dire che se sei una persona davvero orribile, sei spinto a raggiungere la grandezza per farti perdonare dal mondo per tutte le cose mostruose che gli farai. In un certo senso è una revisione in chiave femminista dell'intera storia dell'arte. Una storia che Gellhorn trasforma, attraverso quest'unica, mordace battuta, in un racconto morale sul risarcimento.

Sia quel che sia, la domanda rimane: che fare con i mostri? Possiamo e dobbiamo amare le loro opere? Gli artisti ambiziosi sono tutti mostri? Spunta una vocina: e io, sono un mostro?

Se sei Nabokov, c'è Vera.

Claire Dederer, scrittrice americana cinquantenne, ha pubblicato nell'autunno del 2017 sulla «Paris Review» questo saggio narrativo che contiene l'io, il mondo e gli uomini di talento. E il rapporto delle donne con la «mostruosità» di quegli uomini e con le loro opere. Il senso di appartenenza che ci offre una grande opera, a confronto con l'esasperazione e la condanna verso quelli che pubblicamente vengono definiti «mostri».

È un racconto molto vitale e problematico, che complica le cose invece di semplificarle, e si muove dentro il punto di vista di una donna che scrive, ammira, desidera, si tormenta, è ambiziosa, e ha quindi un rapporto con la propria mostruosità. La mostruosità necessaria per creare qualcosa, il piccolo cumulo di barbarie che sta alla base di un lavoro portato a termine. Queste pagine mi hanno colpita nel punto esatto del mio egoismo, e della mia segreta ammirazione per comportamenti che Claire Dederer definisce in maniera efficace e inquietante: mostruosi.

Se sei Boris Pasternak, c'è Olga che si occupa di tutto, anche di scrivere messaggi cifrati all'editore e di andare nel Gulag al posto tuo. Se sei Vladimir Nabokov, c'è tua moglie Vera che ti tempera le matite e ti chiude l'ombrello e ti rilegge le bozze a voce alta e ti lecca i francobolli. Se sei Francis Scott Fitzgerald, scrivi a tua figlia diciassettenne: non ho energie per reggere il tuo peso morto, la tua compagnia mi rende depresso per la futilità e lo spreco assurdo che richiede. Se sei Sylvia Plath, sei un mostro e sei sconfitta. Se sei una madre, sei un mostro, però il problema è ancora piú complesso, il problema è che non lo sei abbastanza.

«Devo chiedermi: forse non sono abbastanza mostruosa. Da anni faccio questa domanda a un paio di amici scrittori che considero davvero eccezionali. Scrivo a entrambi delle mail carinissime, ma quello che in realtà cerco di sapere è: quanto siete egoisti? O per dirla altrimenti: quanto devo essere egoista per diventare brava quanto voi?» Dei mostri come voi, che ve ne fregate di tutto, che chiedete a Vera di leccarvi i francobolli, che lavorate il giorno di Natale e che non siete dilaniati da niente che non sia il vostro lavoro, il vostro cammino.

«Vi siete conquistate delle stanze tutte per voi nella casa che finora era solo degli uomini. Siete in grado, pur non senza grandi sforzi e fatiche, di pagare l'affitto. Guadagnate le vostre cinquecento sterline all'anno. Ma questa libertà non è che l'inizio; la stanza è vostra, ma è ancora spoglia», scriveva Virginia Woolf nel 1931. Quasi novant'anni dopo, è tutto cambiato ma la domanda è rimasta la stessa: quanta mostruosità serve? La protagonista de *La figlia oscura* di Elena Ferrante lascia le sue figlie, bambine, per tre anni, se ne va per inseguire il mondo e se stessa – un mostro – e alla fine torna a casa. Ma torna solo per se stessa. «Mi sono accorta che non ero capace di creare niente di mio che potesse veramente stare alla pari con loro».

«Mentre spontaneamente preferivo un'altra esistenza alla mia», scrive Simone de Beauvoir di Jean-Paul Sartre nell'*Età forte*, nel pieno della sua stessa forza, nel momento in cui è piú facile dispiegare l'egoismo, commettere tutti i piccoli atti di barbarie necessari. Ma a chi le ha chiesto, in giovinezza e in vecchiaia, quale fosse stato il piú grande successo della sua vita, Simone de Beauvoir ha risposto sempre: Sartre.

E adesso tutti mi chiamano signora.
Certo sarebbe peggio signorina.

PATRIZIA CAVALLI

Nota bibliografica.

Virginia WOOLF, *La presentazione* (*The Introduction*), trad. it. di Anna Nadotti. © 2019 Giulio Einaudi editore S.p.A., Torino.

Dorothy PARKER, *Il valzer* (*The Waltz*), trad. it. di Chiara Libero, in *Dal diario di una signora di New York*. © 1944 Dorothy Parker, © 1973 e 2006 The National Association for the Advancement of the Colored People. © 2015 Astoria Edizioni, Milano.

Marguerite YOURCENAR, *Saffo o del suicidio* (*Sappho ou le suicide*), trad. it. di Maria Luisa Spaziani, in *Fuochi*. I edizione © 1957 Libraire Plon, © 1974 Marguerite Yourcenar et Éditions Gallimard. © 2018 Giunti Editore S.p.A. / Bompiani, Milano.

Elsa MORANTE, *Prima della classe*, in *Aneddoti infantili*. © 2013 Giulio Einaudi editore S.p.A., Torino. Published by arrangement with The Italian Literary Agency.

Clarice LISPECTOR, *Il giorno di Joana* (*O dia de Joana*), trad. it. di Rita Desti, in *Vicino al cuore selvaggio*. © 1944 Clarice Lispector and Heirs of Clarice Lispector. ©1987 Adelphi Edizioni S.p.A., Milano.

Natalia GINZBURG, *Discorso sulle donne*, in *Un'assenza*, a cura di Domenico Scarpa. © 2016 Giulio Einaudi editore S.p.A., Torino. Published by arrangement with The Italian Literary Agency.

Joan DIDION, *A letto* (*In Bed*), trad. it. di Delfina Vezzoli, in *The White Album*. © 1979 Joan Didion. Originally published in *The White Album*. Reprinted by permission of the author. © 2015 il Saggiatore, Milano.

Edna O'Brien, *Oggetto d'amore* (*The Love Object*), trad. it. di Giovanna Granato, in *Oggetto d'amore*.

Margaret Atwood, *Fantasie di stupro* (*Rape Fantasies*), trad. it. di Gaja Lombardi Cenciarelli, in *Fantasie di stupro*.

Grace Paley, *Amiche* (*Friends*), trad. it. di Laura Noulian, in *Piú tardi nel pomeriggio*.

Lydia Davis, *Il calzino* (*The Sock*), trad. it. di Adelaide Cioni, in *Inventario dei desideri*.

Alice Munro, *Quello che si ricorda* (*What is Remembered*), trad. it. di Susanna Basso, in *Nemico, amico, amante*.

Kathryn Chetkovich, *Invidia* (*Envy*), trad. it. di Maria Baiocchi.

Chimamanda Ngozi Adichie, *Domani è troppo lontano* (*Tomorrow is Too Far*), trad. it. di Andrea Sirotti, in *Quella cosa intorno al collo*.

Nora Ephron, *La parola con la D* (*The D Word*), trad. it. di Katia Bagnoli, in *Non mi ricordo niente*.

Yasmina Reza, *Robert Toscano*, trad. it. di Maurizia Balmelli, in *Felici i Felici* (*Heureux Les Heureux*).

Fonti.

Simone de Beauvoir, *L'età forte*, Einaudi, Torino 2016.

Marion Capron, *The Art of Fiction No. 13*, intervista a Dorothy Parker, in «The Paris Review», XIII (estate 1956).

Paolo Cognetti, *Ricordando Grace Paley*, in «minima&moralia», 11 dicembre 2013.

Richard Cohen, *She Made Me Laugh. My Friend Nora Ephron*, Simon & Schuster, New York 2016.

Elizabeth Day, *There's no point in writing theatre if it's not accessible*, intervista a Yasmina Reza, in «The Guardian», 22 gennaio 2012.

Jonathan Dee, Barbara Jones e Larissa MacFarquhar, *The Art of Fiction No. 131*, intervista a Grace Paley, in «The Paris Review», CXXIV (autunno 1992).

Elena Ferrante, *La figlia oscura*, Edizioni e/o, Roma 2011.

Anna Folli, *MoranteMoravia. Una storia d'amore*, Neri Pozza, Vicenza 2018.

Emiliano Gucci, *Il racconto è un nucleo che esplode*, intervista a Valeria Parrella, in «Il Colophon», 2 febbraio 2017.

Shusha Guppy, *The Art of Fiction No. 103*, intervista a Marguerite Yourcenar, in «The Paris Review», CVI (primavera 1988).

Andrea Jeftanovic, *Sulle tracce di Clarice Lispector*, in «Sur», 20 luglio 2016.

Linda Kuehl, *The Art of Fiction No. 71*, intervista a Joan Didion, in «The Paris Review», LXXIV (autunno-inverno 1978).

Clarice Lispector, *Le passioni e i legami*, Feltrinelli, Milano 2013.

David Marchese, *In conversation: Chimamanda Ngozi Adichie*, in «Vulture», 9 luglio 2018.

Jeanne McCulloch e Mona Simpson, *The Art of Fiction No. 137*, intervista ad Alice Munro, in «The Paris Review», CXXXI (estate 1994).

Rebecca Mead, *Margaret Atwood, the Prophet of Dystopia*, in «The New Yorker», 17 aprile 2017.

Mary Miller, *Happy Hour*, Edizioni Black Coffee, Firenze 2017.

Mary Morris, *The Art of Fiction No. 121*, intervista a Margaret Atwood, in «The Paris Review», CXVII (inverno 1990).

Sheila Munro, *Lives of Mothers & Daughters. Growing Up with Alice Munro*, Union Square Press, New York 2008.

Luisa Muraro, *Non è da tutti. L'indicibile fortuna di nascere donna*, Carocci, Roma 2011.

Mary Oliver, *New and Selected Poems*, Beacon Press, Boston 1992, vol. I.

Dorothy Parker, *Tanto vale vivere*, La Tartaruga, Milano 2002.

Sandra Petrignani, *La corsara. Ritratto di Natalia Ginzburg*, Neri Pozza, Vicenza 2018.

Yasmina Reza, *Il dio del massacro*, Adelphi, Milano 2011.

Philip Roth, *Perché scrivere? Saggi, conversazioni e altri scritti 1960-2013*, Einaudi, Torino 2018.

Josyane Savigneau, *Marguerite Yourcenar. L'invenzione di una vita*, Einaudi, Torino 1993.

Stephen Schiff, *Remembering Nora Ephron as Our Dorothy Parker, but More*, in «The Daily Beast», 26 giugno 2012.

The Paris Review - Vol. 2, Fandango Libri, Roma 2010.

The Paris Review - Vol. 5, Fandango Libri, Roma 2018.

Bruno VENTAVOLI, *Edna O'Brien: "l'amore mi ha bruciata ma non mi pento"*, in «Tuttolibri», 1 febbraio 2017.

Women Writers at Work. The Paris Review Interviews, Random House, New York 1998.

James WOOD, *Postfazione*, in Lydia Davis, *Inventario dei desideri*, Bur, Milano 2012.

Virginia WOOLF, *Diario di una scrittrice*, minimum fax, Roma 2005.

Marguerite YOURCENAR, *Prefazione*, in Ead., *Fuochi*, Bompiani, Milano 2011.

Indice

Stampato per conto della Casa editrice Einaudi
presso ELCOGRAF S.p.A. - Stabilimento di Cles (Tn)
nel mese di marzo 2019

C.L. 24061

Ristampa — Anno

0 1 2 3 4 5 6 — 2019 2020 2021 2022